劉克襄精選集 增訂新版

陳義芝 主編

溪澗的旅次

劉克襄

目錄

7 編輯前言・推薦劉克襄／陳義芝
13 愛與冒險／簡義明
——論一九九〇年代之後劉克襄的「都市轉向」
25 劉克襄散文觀

27 輯一 旅次札記

29 旅次札記
38 從海峽出發
46 茗濃溪畔的六龜
57 松蘿湖之旅
65 路過植物園
70 劉公島紀遊
76 北壽山與南壽山

83
輯二 動物觀察
溪澗的旅次 85
沙岸 95
黑鯨之死 119
海東青 125
最後的黑面舞者 134
仁愛路上的鳥群 142
大安森林公園的鳥類 147
野狗絮語 151

157
輯三 人文地理
天下第一驛 159

八通關古道 169
金山小鎮 182
關渡原鄉 189
小綠山之歌 195
萬芳社區的故事 208
古橋之戀 215

輯四 自然教育 221

山黃麻家書 223
稻浪之歌 229
菅芒行 235
綠色童年 240
金面山來去 245

251

輯五 人物肖像

外木山傳奇 253
高海拔人 263
飛回玉山 272
自然老師 281
探險台灣之後 289
黑鳶大夢 297
台灣特有種 304

劉克襄寫作年表 311
劉克襄作品重要評論索引 315

編輯前言

陳義芝

熟識中文創作的人，對先秦諸子散文、漢代紀傳體散文，以及李密、陶淵明、江淹、庾信等人的六朝文，韓、柳、歐、蘇代表的唐宋文，必不陌生。清初吳楚材、吳調侯叔侄編注的《古文觀止》，網羅歷代名篇雖有遺漏，但大體輪廓的掌握分明，仍是研讀古代散文最重要的讀本。

今天我們讀古代散文，除《古文觀止》上的文章，論、孟、莊、荀，也不可棄，因為是源遠流長的文化氣質。歸類為小說的《世說新語》，寫人敘事清雅生動，當小品文讀也不錯，可欣賞它精練的筆觸、機智的餘情。而繼明代歸有光、張岱之後，猶有黃宗羲、袁枚、姚鼐、蔣士銓、龔自珍……

古人說，「文之思也，其神遠也」，又說，「事出於沉思，義歸乎翰藻」，當文統與道統釐清，藝術的想像力與語言的精緻性即獲得高度發揚；迨至明代獨抒性靈，清代提倡義法，民國梁啓超錘鍊的新文體（雜以俚語、韻語及外國語法），兩千年來中文散文的山形水貌，因而更見壯麗。可惜今人不察中文散文有其獨特鮮明的傳統，往往以西方不重視散文為名，任意貶損散文價值，誤導文學形勢。

究實而言，粗糙簡陋的經驗記述，與不具審美特質的應用文字，當然算不得散文，就像這世界充斥許多聲音，只為溝通、發洩之用，或無意為之，毫無旋律可言，也就算不得是音樂。但我們不能因為聲音之產生容易而漠視聲音之創造，同理，不能因「非散文」之充斥而不承認散文所展現的生命價值、啓蒙作用。〈庖丁解牛〉、〈出師表〉、〈桃花源記〉、〈滕王閣序〉之所以千古傳誦，正在於作家內在精神之凝注與文學意趣之揮灑，代代有感應。

清末劉熙載〈文概〉講述作文七戒：「旨戒雜，氣戒破，局戒亂，語戒習，字戒僻，詳略戒失宜，是非戒失實。」分別關切文章的主題、文氣、布局、語字、結構、義理，我們拿這個標準來檢視現代散文，也很恰適。試以現代（白話）散文前期名家的看法為例。

周作人主張散文要有「記述的」、「藝術性的」特質，「須用自己的文句與思想」，「真實簡明便好」。

冰心主張散文創作「是由於不可遏抑的靈感」，並且是以作者自己的靈肉「來探索人生」。

朱自清說：「中國文學大抵以散文學為正宗，散文的發達，正是順勢。」他認為散文「意在表現自己」，當然也可以「批評著、解釋著人生的各面。」

魯迅主張小品文不該只是「小擺設」，「生存的小品文，必須是匕首，是投槍，能和讀者一同殺出一條生存的血路的東西；但自然，它也能給人愉快和休息。」

林語堂說小品文，「可以發揮議論，可以暢泄衷情，可以摹繪人情，可以形容世故，可以札記瑣屑，可以談天說地。」又說散文之技巧在「善冶情感與議論於一爐」。

梁實秋特重散文的文調，「文調的美純粹是作者的性格的流露」，「散文的美，不在乎你能寫出多少旁徵博引的故事穿插，亦不在多少典麗的辭句，而在能把心中的情思乾乾淨淨直截了當地表現出來。」

以上這些話皆出現在一九二〇年代，可見白話散文的基礎一開始就相當扎實。梁實秋以降，台灣文壇的散文名家，從琦君到張曉風，從林文月到周芬伶，從王鼎鈞到簡媜，從董橋到蔣勳，並時聚焦的大家如吳魯芹、余光中、楊牧、許達然，幾乎沒有一個不是集合了才氣、人生閱歷、豐富學養與深刻智慧於一身。他們的散文大筆馳騁自如，頗能融會小說情節、戲劇張力、報導文學的現實感、詩語言的象徵性。散文的屬性被發揮得淋漓盡致，散文的世界乃益加遼闊；散文的樣式不再只循舊式美文、雜文、小品文或隨筆的路徑，科學散文、運動散文、自然散文、文化散文或旅行文學、飲食文學，為人間開發了無數新情境，闡明了無數新事理。

隨著資訊世紀的來臨，文類勢力迭有消長，我預見散文的影響力將有增無減，而每位作家收入一兩篇的散文選，光點渙散，已不足以凸顯這一文類的主流成就。「新世紀散文家」書系（九歌版）因而邀當代名家自選名作彙輯成冊。柳宗元談讀諸子史傳的收穫，曾說：「參之《穀梁氏》以厲其氣，參之《孟》、《荀》以暢其支，參之《莊》、《老》以肆其端，參之《國語》以博其趣，參之《離騷》以致其幽，參之太史公以著其潔，此吾所以旁推交通而以為之文也。」必先了解各家的藝術風格、表達技法，方能於自我創作時創新超越。這套書以宜於教學研究的體例呈現，歡迎走文學大道的朋友從散文下手！這批優秀作家的作品見證了一個輝煌的散文時代，他們的創作觀更合力建構出當代中文散文最精粹的理論！

——二〇〇二年五月於台北

推薦劉克襄

自然寫作在台灣，起始於一九八〇年代初，劉克襄領先投入，持續至今，寫作策略鮮明、能量充沛，是最具代表性的旗手。

現代「自然寫作」，以人文地理探查爲經，以動植物生態觀察爲緯，是趨近眞與善的強力探求，不同於古代文士優游林泉物我兩忘式的陶醉。現代自然寫作者的書房流動在無名的溪流與山野，除環境史、生物學、生態理論等知識必須具備，還要有赤子的敏銳、詩人的情懷、苦行僧的毅力，能耐困頓孤寂。劉克襄正是這一類型散文家的典範。

本書可以看出劉克襄不同時期的自然關切與實踐：觀

察者的內心與被觀察者的行爲，交織而成的既細膩又壯麗的人與自然的樂章！

——陳義芝

愛與冒險

——論一九九〇年代之後劉克襄的「都市轉向」

簡義明

思考，山一樣，冷視著，自己，小小的站在曠野上，將試圖擁抱世界的雙手縮回。

這是岸鳥的姿勢，單腳佇立，背向大地，鳥頭悄悄埋入胸羽。[1]

當地的土著嚮導說，沒有聲音，森林就會消失。於是我又憂心的失眠了，整個晚上，竟是把臉頰貼著地球，並且伸出手臂，彎過去，緊緊抱著。[2]

這兩段造語精練，但情感狀態冷熱互見的文字，是認識劉克襄的朋友與讀者們所熟悉的作家個性與印象。經常就是這麼衝突著，前一分鐘我們還感受到他的拘謹、退縮與懷疑，下一秒鐘他又開始憂心忡忡，想要替這世界的美好與良善盡點心力。好比棒球場上的右外野手，[3]既是賽局中人，但總是帶著適當的距離冷眼旁觀。這樣替自己設定的參賽位置，不但可以避免像過度使用臂膀的王牌投手那樣的早夭，又不會像躲在電視機前的觀眾總是把球賽可有可無的轉來轉去那般的疏離。所以，劉克襄可以像場上保持全勤、連續出賽的鐵人一樣，用二十幾年的時間，專心守備與打擊。[4]

從一九七八年自費出版第一本詩集《河下游》之後，劉克襄便以非常平均且持續的速度，在實踐他的生活與創作，從早期抗議詩人的形象，到後來完全投注於自然的觀察與寫作，並贏得「鳥人」的封號。如果我們將劉克襄和當今還在線上的其他中生代作家來加以比較，他其實有著非常清楚的文學定位可供辨識。[5]

以大家看重他的「自然寫作」這個文類來看，自一九八〇年代初期的《旅次札記》（一九八二年）以來，每隔一段時間，劉克襄總會交出形式與內容各異其趣的新作品，在我看來，量多並非他在此文類能持續開拓並影響他人的主要原因，擁有不斷反省與蛻變的質地恐怕才是我們去評價、確認劉克襄意義的首要考慮。

對於一位還在努力耕耘的作家來說，選集的出版有兩種意義：回顧與前瞻。從書中所挑選的文章光譜來看，劉克襄必定是希望後者的意義大於前者，這十分吻合他的創作理念，因爲最重要的詩一定還在寂靜森林裡蠕動著，等待他永恆的追尋。

我們可以從這本散文集裡對舊作的選擇與安排，去證明這件事。選集裡一共分成五個主題。除了第五輯「人物肖像」中，是幾篇側寫「同行」（當然從這些文章中，也可看出劉克襄借題發揮的心志）的文字以外，其餘四輯的標目「旅次札記」、「動物觀察」、「人文地理」、「自然教育」大抵揭示了劉克襄二十餘年來在寫作與實踐上的核心關懷。

如果將這些分類打散，以文章寫成的時間來加以觀察的話，會發現更多劉克襄寫作轉折的軌跡。一九八〇年代期間奠定他文學風格的「賞鳥」系列作品，以相當的比例被收入本書，在前十年（從《旅次札記》（一九八二）到《自然旅情》（一九九二）的文章中，劉克襄代表性地從四本書裡挑選幾篇留下蛻變的見證：《旅次札記》的七篇選文中，烙印著他最早闖進台灣各地荒野與鳥類世界的歷史足跡，我們可以從中讀到台灣自然寫作萌芽階段的晦澀與一位青年的孤單；《隨鳥走天涯》中的兩篇文章，則展現了他紮實的賞鳥功力，這其中又以〈沙岸〉為力作，淡水河口這時空應該是劉克襄最為重要、日後不斷獲得力量的創作原鄉。而這階段的成果與示範，也替往後的台灣自然寫作建立下述的幾個標竿：長期的與定點的田野經驗、以單一物種為基礎的生態學探索、融和文學語言和科學語言為一體的嘗試；《消失中的亞熱帶》所挑選的兩篇甚為匠心，一篇談風鳥、一篇談鯨魚，兩者都是日後劉克襄動物長篇小說的主角，[6]這是不同的生命之間想要互相了解的開始，也是撐起想像的預備功夫；《自然旅情》的四篇，面貌迥異，但文字基因已灌注愈來愈多的歷史與人文，這剛好跟一九八〇年代末期劉克襄著力甚深的歷史考據不謀而合，每一篇都在跟某個古老年代的探險家與文獻資料對話。7

我用上述非常簡短的圖像，畫出劉克襄前十年的寫作輪廓，並試著牽動有好幾本他因散文選集體例而無法放入的作品，雖然它們都是有機的整體。

至於後十年（一九九二至二〇〇二）劉克襄所揀選的文章，主要是鎖定兩大範疇：一是「自然教育」、一是「自然旅行」。事實上，這兩種主題的實踐過程與創作途徑，是經常交錯在一起的。其中「自然旅行」這一主題，涵蓋了選集中「旅次札記」與「人文地理」兩個類目。進一步觀察可以得知，劉克襄在一九九〇年代以後的旅行方式已經迥異於前期，加入了成分相當濃厚的人文、教育與社會思索，細心的讀者當可以從「旅次札記」輯中前後文章之對比，與「人文地理」輯中，多數文章幾乎都誕生於一九九〇年代之後的這兩個線索，察覺到作家的問題意識與創作觀念之改變，而改變的實質內涵可歸納爲下面三個重點：

（一）在台北盆地所進行的自然、博物紀錄與調查，並衍生出都會人如何具備生態關懷與認識的途徑。8

（二）他帶領一群都市小孩子進行長期地鄉土與自然教育，並試著用孩童的語言與思維去傳遞自然的知性與感性。9

（三）他以一位都會生活者的身分，踏查許多台灣鄉鎮，深化旅行中的自然與人文交會的意義，並試著編寫劉氏風格的旅遊指南。[10]

簡而言之，我稱呼這樣的文學實踐爲「都市轉向」。

劉克襄與「都市」？多麼匪夷所思的命題與邏輯！這位作家不是應該歸屬於山林田野、鳥獸蟲魚嗎？這樣的驚嘆號與問號勢必會在多數曾閱讀過劉克襄作品的眼神中閃現。但我以爲，問題的關鍵可能出在：台灣的文學與文化界（不管是創作者還是研究者）對「都市」的概念與想像太過褊狹與窄化；還有，習慣性地將「都市」這個時空與「自然」莫名所以的二元對立起來。我們多數人所生活的「都市」難道只存在著林燿德、成英姝、駱以軍等作家筆中的人物、符號與事件嗎？我們的「都市」文學只能是台北的、中產階級的、後現代的、商業的、消費的、虛擬的、性別的、異國情調的風味嗎？一點也不，劉克襄以他的寫作與承諾爲我們展現了另一種「都市」的面向與可能。在《小綠山之歌》的序言[11]中，他很清楚地交代將所有的觀察與寫作心力投注在住家附近的小山丘之原因。劉克襄透過「小綠山」三書要說服我們，就在都市裡，就在水泥叢林的夾縫中，只要找到一塊綠地，不需要名山勝水，也不需要觀察到奇珍異獸，只要具備向大自然虛心求教的心情，我們就可以成爲一個自然觀察者和寫作者，並因而能慢慢產生一種反思生命品質的自然情操。在另一篇未被選錄的文章

〈窗口與陽台〉[12]中，他便以「窗口」作爲人跟自然連接的一種象徵，不管在公寓的頂樓，還是在社區的庭院，自然與我們的距離就在一念之間而已。這樣的觀念使得「自然寫作」擺脫了傳統那種必須棄絕、逃離文明的標籤和束縛，不再跟都市文明形成對立的兩極。換言之，我們在車水馬龍的都市中，依舊可以接近自然，接受萬物聲息的薰陶與教育。

雖然在《小綠山之歌》的序言裡，劉克襄坦承「爲了照顧兩個小孩的成長，無法離家太遠，遂被迫選擇住家最近山頭。」但那一點都不成爲阻礙進步的負面因素，這反而促成他逆向思索：生活在都市中的人如何跨出鐵窗與冷漠的疆界，與自然發生千絲萬縷的聯繫。

可以說，這「都市轉向」的源頭，是從一個平凡的身分開始。

劉克襄認知到自己身爲「都市人」身分（報社編輯與兩個小孩的父親）的種種限制，這樣的物質基礎一旦被圈定之後，反而使他不再依賴遠行，來閃躲自己與這個社會的問題。

他必須回過頭重新探索「都市」這樣的人造空間還有多少「自然」的條件與質素可供挖掘。當他逐漸把「限制」引導向「可能」的途徑之後，便以三年的時間，用百科全書的翻閱方式，去解讀、觀察、臨摹小綠山生態系的所有意義，這項高難度動作的練習，對劉克襄造成的影響異常深遠，在書寫的層面，我們可以看到在「小綠山」三書中，他的文字被龐雜的動、植物學知識、生態學理論與種種書籍未曾載明的動物行爲現象給拉扯著，有太多的疑惑不是過去單純觀察鳥類時那麼容易解決，於是，猜測、不安、不確定的種種情緒便構成此時的主要敘述基調。但這些鍾鍊是爲了學習一種更接近「自然」頻率的語言，也是爲了成就一種更具創造力的文學形式。雖然事後來看，劉克襄和他的讀者不見得會認爲這三本書是成熟之作，但大體而言，這樣的理念與方向是值得繼續追尋的。

《山黃麻家書》是「小綠山」這龐大企圖的實踐過程中，意外形成的一項驚奇。劉克襄對小孩成長的呵護與期待，和在這漫長觀察創作中所逐漸累積的心得，交融成一篇篇短小、但異常溫柔的文章。選集中被他挑中的〈湖邊的旅行〉、〈大樹之歌〉、〈死亡之書〉，篇篇都是言淺意深情濃之作。這些文章多半是以家書的形式，較爲感性的記錄下他每次觀察和旅行的心得。希望他的小孩在長大後，能分享、感知爸爸在自然觀察這一路上的尋覓、挫折與喜悅。在這樣眞摯的感情與心願的驅策下，劉克襄把對自然的「愛」和對孩子的「愛」攪拌在一起，此等化學效應形成源源不絕的創作與實踐動力，使得作家擁有更堅決的意志，跨出更遠的幅度，在文字與思想的邊境冒險。

劉克襄同時期的另一創作重心，是藉由綠色旅行的途徑去塡補都市生活和視野的局限，並有意以此方式和時下流行的「旅行文學」對話。不需飄洋過海、也不用古老的歷史來炫耀或憑弔，只要在這個蕞爾小島上，做些短距離的移動，就可能會發現台灣的細緻與遼闊。每一個小鎭、小車站的造訪，都讓劉克襄飽飽的離開，他用個人的體驗來告訴我們，島嶼上的人都可以藉這樣的移動來認識彼此、溝通差異。但顯然多數人是不會如此思索旅行的意義，總是帶著成見與習癖去消費各地的自然與人文的風景。我認爲劉克襄近期的這些旅行作品，雖然閱歷的時空是在台北都會以外的鄉間角落，但他是很有意地設定閱讀群眾是生活在都市中的居民。這些旅行經驗的文字是以「都市」的角度來質疑「都市」的成見的。藉由體貼、觀察、思索異己的存在樣態來破除自身的膨脹、無知與虛妄，當是這系列作品的最重要啓示。

《牧羊少年奇幻之旅》裡小男孩旅行多年，去尋找寶藏，最後才發現，原來寶藏就在自家的腳下。這幾年的自然教學亦讓我有如是感受。……當我覺得自己和一位普通父親一樣，帶著孩子出來徜徉山水，而非博學的自然老師，成爲孩子和大自然的橋樑時，我才能更爲坦然，並且更爲徹底地感受到自己的卑微和無知。並藉由這樣的理解，準備好下一個階段與孩子們的對話。

前面這段話，是從〈金面山來去〉這篇近作的末段中摘錄下來，在字裡行間，我們看到了「自然旅行」和「自然教育」這兩件當前劉克襄用力最深之事的融合，也讀到了一位父親、一位自然教育者和一位自然寫作者謙卑但持續追尋和探索的心願。這心願說大不大，但足以讓劉克襄繼續鎮守在右外野大關，專注地完成一次又一次精彩的接殺與揮擊。

這就是我的目光所及，縱使是低頭，看著腳前，一隻野兔跳過雪地的足跡，都是我一生的不安與寧靜。[13]

這是令劉克襄怦然心動的時刻，我們多數的文學創作者與研究者是否擁有過、經歷過這樣的時刻呢？

註：

1 引自劉克襄〈姿勢〉（收於《小鼯鼠的看法》，台北：合志文化，一九八八）。

2 引自劉克襄〈熱帶雨林〉（收於《小鼯鼠的看法》，台北：合志文化，一九八八）。

3 當楊牧還是葉珊的時候，他也曾以這個身分比喻過自己，我這裡是前有所本的奪胎換骨，不敢掠美。當然，這兩位右外野手的戰術與戰績還是各有千秋，不盡相同的。用棒球選手的意象或許也呼應了劉克襄對此種運動的熱愛，他還曾經寫過一篇棒球小說〈幸球場的決鬥〉呢！

4 另外一個有利的角色，是副刊編輯的工作，讓劉克襄始終跟文學社群和文化場域之間保持聯繫的管道，但又非失控的距離，非那種入乎其中，亦非完全出乎其外，這使得他可以站在一個適當的角度去形成一種有意識的創作觀察，熟悉文壇脈動，也能清楚一波又一波風潮背後的盲點。

5 這些文類形式至少包含：詩、散文、報導文學、小說、自然誌、繪本、工具書等等。關於劉克襄在「自然寫作」這個文類的創作軌跡及其文學史意義，請參見我的〈在山林與都市之間：論劉克襄的自然寫作〉（「台灣現代散文研討會」會議論文，台北：九歌文教基金會，一九九七）及碩士論文《台灣「自然寫作」研究——以一九八一至一九九七為範圍》（台北：政治大學中文系碩士論文，一九九八）。此外，我另外一篇論文〈跨越詩與自然的疆界：劉克襄論〉（收於路寒袖主編《台中縣作家與作品論文集》，台中：台中縣立文化中心，二〇〇〇）則試圖從自然寫作的角度，來重新賦予劉克襄新詩在詩史上的意義。簡而言之，我認為「詩」與「自然」這兩個創作思維與元素是我們去閱讀、評價劉克襄時最根本的座標與向度。

6 這兩部小說分別是《風鳥皮諾查》（台北：遠流出版公司，一九九一）和《座頭鯨赫連麼麼》（台北：遠流出版公司，一九九三）。

7 這裡是指，一九八〇年代末期，劉克襄在賞鳥、寫作「觀察記錄」類型的作品之餘，用更多的精神投注在對老台灣自然舊貌的了解與調查上，他大量蒐集、翻譯外國傳教士、探險家過去來台灣時所留下的種種山林紀錄，日後寫成《橫越福爾摩沙》（台北：自立報系出版部，一九八九）、《後山探險》（台北：自立報系出版部，一九九二）、《深入陌生地》（台北：自立報系出版部，一九九三）三書，並編有《探險家在台灣》（台北：自立報系出版部，一九八八）一書。這時的他沉潛入歷史的材料中，試圖為現今的台灣和歷史上的台灣搭建出一座橋樑。因為這樣的歷練，讓他發現了自然元素與人文景觀牽動的更多可能性。《自然旅情》所挑選出的四篇，就是他在這段時期將自然與歷史照面的最佳佐證。

8 具體成果為《小綠山之歌》（台北：時報出版公司，一九九五）、《小綠山之舞》（台北：時報出版公司，一九九五）、《小綠山之精靈》（台北：時報出版公司，一九九五）三書。另外，《偷窺自然》（台北：迪茂國際出版公司，一九九六）則是一本帶領都市人如何進行自然觀察的理念與實踐之作。

9 相關作品為《望遠鏡裡的精靈》（台北：玉山社出版公司，一九九七）和《綠色童年》（台北：玉山社出版公司，二〇〇〇）等。

10 綠色旅行的成果為《快樂綠背包》（台北：晨星出版社，一九九八）、《安靜的遊蕩》（台北：皇冠出版公司，二〇〇一）和《迷路一天，在小鎮》（台北：皇冠出版公司，二〇〇二）；工具書是指《北台灣自然旅遊指南》（台中：晨星出版社，二〇〇〇）。

11 請參閱《小綠山之歌》（台北：時報出版公司，一九九五，頁十至十一）。

12 收於《偷窺自然》（台北：迪茂國際出版公司，一九九六）。

13 引自劉克襄〈地頂之旅〉（收於《小鼯鼠的看法》，台北：合志文化，一九八八）。

年輕時，以鳥類為書寫對象後，迄今二十多年，創作的類別和範圍幾乎不曾離開山川地理和自然風物的題材。由於接觸對象多半是野外的蟲魚草木，以及生態踏查人物，自己也養成了到處旅行，不斷地觀察記錄的寫作習慣。而經由自然生態運動的洗禮，自己在台灣這塊土地的見聞，彷彿也多涉獵了一些過去文學所無法提供的養分。年紀愈長，生活的價值和思想的準則，也依著土地倫理和人群之間關係的變遷，有過多次感悟。連帶地，創作更進行了幾番劇烈地調整。雖然自己的創作常被視為知性散文，我仍篤定感性的層面其實更濃烈而堅實。那詩之情懷，從不曾在我的自然觀察裡脫隊。它隨時回來，在散文敘述裡，扮演著調和的溶劑。

輯一

旅次札記

我取出賞鳥記事本，花半小時，
記錄今天發現的鳥種與動物。
這本手掌大的記事本，
沾滿汗泥與草跡，
封面也磨損多處，破舊不堪。
十年來，我用了三本，寫的盡是鳥事……

旅次札記

老鷹剩下兩百隻

去年隨船到處流浪，經常駐泊於基隆與左營。兩年前，鳥類學者顏重威曾在全省各地調查老鷹的數量，他曾提到這兩個港的海岸地帶有老鷹棲息。而我在一年的駐泊裡，覺得兩地該是全省分佈最多的區域。

我在日誌裡提到港口的老鷹時，常常描述牠們喜歡低空盤旋、俯衝、掠過海面，卻未曾親眼看到牠們捕食小魚的記錄，除了撿食。有關鳥類的書籍，也從未提及牠們這種盤旋於港口上空的習性。

在左營軍港時，老鷹們可能已習慣近人。經常在我四周飛繞，近到牠特有的褐色、暗斑，甚至腳爪，皆可一目了然。這裡的老鷹多半來自壽山。幾年前，壽山發生林火時，燒死了大半的野生動物。老鷹的巢也隨著遭殃，目前還剩三十餘隻。至於相對著壽山的半屏山，因爲遭到土壤過度開採，山頂荒禿，半山腰以上的樹林覆滿泥沙，已無老鷹棲息。

基隆地區的老鷹分佈比較廣泛，從海岸地帶延伸，遠至北部山巒地區的七星山、大屯山都有零星發現。這地區情形比較特殊，老鷹經常有驟增驟減的現象。後來有二種說法，前者猜測牠們可能是從大陸來台渡冬。後一說是繁殖期幼鳥的增加。想到大台北郊區裡外的污染。我寧可相信前者。然而截至目前，關於老鷹的記載，也沒有證據可提出牠們是候鳥。

在我們的島上，我想沒有看過老鷹的人大概很少。照理說，我們對老鷹也應該有很深刻的認識。結果讓我吃驚的，我們只有簡單的調查，只告訴你，老鷹平均下兩個蛋。幸好有人查知老鷹有群聚繁殖的傾向。這種群聚繁殖的傾向，在估計老鷹的數量時有很大幫助。

由於老鷹並不漂亮，加上不如其他鷹鷲科鳥類的威武雄猛，獵人們也不喜歡獵捕。在我們感覺裡，老鷹自然非常普遍。事實上「普遍」這詞是不正確的。我能猜測牠日漸減少的主因，應該是自然環境受污染的影響。

一八五六年，英人郇和（Swiboe）抵達我們島上調查鳥類時，他的報告上說老鷹到處可見。去年顏重威走訪全島十七處調查，如果以每處有二十隻平均推算，三百餘隻而已。不過老鷹棲息的半徑大於一般鳥類，扣除重複的發現，我十分贊同他調查裡的悲觀結語，老鷹剩下兩百隻了。

大肚溪的冬之旅

春節到了第五天上午，寒流從大肚溪口湧進，風力八級而且冷厲。一隻平常愛四顧觀望的水雉，會迅速找好食物，整日絲毫不動，隱藏在灌木叢裡。

早晨九點，在大肚溪下游，幾乎看不見對岸的沙洲上。跋涉半個時辰後，終於踏離泥濘的沼澤。眼前，一片至少有半公里，覆滿化合劑廢水、黃茫茫的沼澤。遠方的工廠仍在冒煙。

我走進紛亂的五節芒中，疲憊地趴在凸起的沙堆後。前面沙灘有隻小環頸鴴徘徊，在尋找早餐。這是隻幼鳥，無過眼帶，每三秒間隔，往地上啄食，迅即抬頭，眼觀八方。我也啃著隨身攜帶的五爪蘋果，開始記載。

小環頸鴴行走到一處空曠的水灘後，繞著水灘徘徊，水灘不過半尺圓，牠卻逆時針繞了五圈，彷彿沉思著，一會兒又豎頸，隨即離去。

水鳥小環頸鴴走了，換溪鳥飛臨。一隻雌的藍磯鶇，突然朝沙堆躍上，站在三公尺外的石堆上。從來沒有溪鳥如此接近，與我對峙了十幾秒後，又撲下沙堆去。這隻藍磯鶇不知從大陸東北來，或是朝鮮半島？去年底，與詩人苦苓在大甲溪旅行時，遇見的雄藍磯鶇，也是孤寂地坐在亭柱上。在避冬區我們島上時，藍磯鶇注定要各自分飛，直到北返後才聚合。

我從沙堆起身時，岩壁的灌木叢有了動靜。不久有對灰頭鷦鶯探頭出來，除了眼珠子，羽色完全與岩壁相仿。牠們正在偷食薊科植物的果實，且將屎拉在葉上。灌木叢旁有一淺淺沙洞，宛如石塊崩落的遺跡，這是東方環頸鴴的巢。最先在台灣發現東方環頸鴴築巢的鳥人告訴我，此鳥的巢十分簡陋，隨便挖個沙坑，前面擺幾粒石子就是家了。也許因此，事隔一百多年後，我們才發現此鳥在台灣也有繁殖。我想我發現的是棄巢。

中午，我站在溪邊，面對著數千隻棕沙燕，貼著水面，不停地盤繞，有時掠過眼前，有時欺身撲近，又忽而自背後竄出。也不知棕沙燕在忙什麼，就是未曾停下憩息。不久眼前的棕沙燕減少了，往前望，又是一群結集在溪面上。就這樣一群群的聯結在大肚溪下游的上空，棕沙燕成為這裡數目最多的鳥。

這時小白鷺正一隻接著一隻，從沙洲起飛，自對岸飛向遠山，無聲息的沒入雲翳。但可以預測的，日落以前，牠們會再飛來覓食晚餐，不然就要到附近的水田，因為水田兩邊就是台中與彰化兩座城市。

遠眺著兩座城間的大度橋，我蹲下來吸菸。一隻灰鶺鴒卻擋在前面，在一公尺前的沙灘，展露鮮黃的羽毛，擺動身子，遺留一排交互的爪跡，隨即波浪式的邊飛邊叫遠離。

本來以為春節單獨到大肚溪來，或許能領悟什麼，卻只感動於一隻灰鶺鴒，離我如此的近。我所關心也是如此，其餘的皆為額外，像越吹越大的風。

春天以前，不會再到大肚溪來了。收拾背包，將衣服裹住全身，只露出雙眼，朝大度橋走進來往的車潮中。我不斷揮手，看有無前往台中的車子要停下來。

標本製作

一具白頭翁的屍體躺在雨後的稻田，我將牠攜回。

用尺量，黑色的嘴一點六公釐，可輕易戮破白報紙。橄欖色的羽翼正好八公分，比普通的小。尾卻長了一公釐。

用秤稱，一百零五公克，重麻雀半倍，可能羽毛沾溼的關係，不然牠是胖子。

擺進放大鏡裡，額、眼、頰並非全黑，白色的頭髮也尚未長成，或許是幼鳥。但肥與喉都已純白，胸前淡褐色的毛也乾硬粗獷。低垂成優美的弧形，越近小腹越淡。小腹周圍是純白柔軟的細毛，小腹以下，又有數不清的褐毛摻雜。現在可以確定是年輕力壯的白頭翁了。

刀子是五塊錢一隻的超級小刀，扳住牠的下唇，從喉頭抵入，輕輕往下剖，嗉囊、肝臟、砂囊、腸一一蹦出。最後是睪丸、排泄腔。

再將牠兩片心形的嗉囊割下，解剖，擺進放大鏡裡。牠最後的食物是一隻小尺蠖。從尺蠖再研判，牠可能是從甘蔗田飛來的，那兒的確有一片桑林。

消化器官都取出，便用吹風機烘乾羽毛。過半個鐘點，塞入一些稻草稈、木屑。然後，針線縫合身體，找木板、強力膠，黏穩牠，使牠站起。

以上的事，最後記錄在小卡片上。寫完了，放回原來的四百張旁。這是第一張完成的，另外有四百張，要記載四百種鳥。鳥，我們島上有四百多種。

黃頭鷺從霧中歸來

二月十八日。清晨有薄霧的大甲溪，一隻黃頭鷺從霧中歸來，抵達南岸的卵石灘上。春節以前，鳥友告訴我，黃頭鷺已很少出現北岸，自己旅行時也沒有記錄，牠是接近北岸的第一隻。

依據我們島上農人的經驗，黃頭鷺有南北遷移的現象。秋末時北部的黃頭鷺就啟程，飛往南部過冬，春天才紛紛北返。這隻黃頭鷺正在回家的旅途，可能馬上抵達終點了。

他先沿著岸邊滑翔，越過第一道分流後，站在濱水的沙岸，金黃的羽冠在日光裡閃耀，顯然已經換羽。接著又有五隻出現，貼著水面，沿適才第一隻飛行的方向過來，同時落腳牠身旁，也有著金黃的羽冠，個個偏首向南觀望。他們可能剛從嘉南平原北返，跋涉了一百公里。前面是鷺鷥保護區，去年九月，有一百多隻黃頭鷺從這裡南下避冬。

到了中午，霧從溪底散開，六隻黃頭鷺同時起飛，這是春天的徵兆。春天在天空也是這樣形成，越過大甲溪是牠們的最後一關。此時溪又分三道。第一道都越過了，第二道接近時，有一隻偏離方向。第三道過後，剩餘的五隻已接近保護區，春天正尾隨牠們的羽翼蔓延過來。

黃頭鷺開始在崖邊的上空盤旋。盤旋時又有兩隻飛離。不久，最後的三隻飛入了相思林，與夜鷺、小白鷺重聚。

這是今年最先飛回的黃頭鷺，當第一隻落腳相思樹的枝頭時，春天也已越過了大甲溪。

進港前後

要返港測天島有兩條航線。北下時由漁翁島轉西折入海灣，而南上是在東吉嶼朝虎井嶼駛去。

沿漁翁島進入澎湖海灣，南陲的石岸是外垵村。這是黑腹燕鷗大群出現的地方，黑身白翅構成海邊的特色。北下數次，所能發現如此。南上近百次入港情形卻不同了。從東吉嶼轉向，以十二節推算，一個時辰後，可發現左舷的虎井嶼，以後查知是黑鷺群，經常聚集岩岸，或飛翔、或駐足，從不離開北方的岬角。小燕鷗也經常飛臨，有時從艦首掠過，彷佛引船入港。發現虎井嶼時，也可隱約瞥見澎湖島的小村井垵里，有崎嶇不平，彎曲折繞的海岸線，是白眉燕鷗及鷸科鳥的集中地。按理說，虎井嶼人煙稀少，岸鳥怕事，應該選擇此地。可能井垵里是良好的背風區，食物環境又豐富，造成此地特殊的現象。過了虎井嶼，桶盤嶼就露出來，這裡海鳥不計其數，多半也是鷗科類。其中還有一次發現紅隼，可能是過境的冬候鳥，但遇見時已是冬末，說北返，又嫌太早。這種自然界的奇異現象，實在無法解說。軍艦要轉入測天島的內海時，最後可發現鳥的岬角是風櫃里，然而離得太遠了，無法認清。後來翻閱六年前的鳥訊比對，有人在風櫃里的報告與我發現類似的鳥種，猜測是燕鴴。

等軍艦泊靠測天島時，港邊的海岸卻無任何鳥跡。可以肯定的，因了油污漂染的關係，且不時有小艇轟隆的引擎聲，騷動整個海灣。雖然海灣水質清澈，除非扣除小艇聲、岸邊海污，已無任何挽救的地步。也難怪每次散步海岸，總是備覺荒涼。

站崗的時候

小女孩大概只有十歲吧，穿著透明綠色圓點的雨衣，配襯紅雨鞋。走出甘蔗田時，摩擦著笨重的鞋聲，感覺上十分闌珊。

男童更小了，不到她肩膀高，橘黃的雨衣在泥地拖拉，邊哭邊兒擦淚，抽蓄鼻涕，手裡持著細長的竹枝。

小女孩不時轉頭咒罵，兩人漸漸走近溪邊。我已經站了三個小時的崗哨，頭一次看見有人從對岸出現。

後來又瞧清楚，小女孩手上也持四五隻竿子，她走上土丘，男童仍然在哭。她也不理，每隔三四尺，竟自將竹枝插直。竹枝分岔，上面好像綁些木片。太遠了，我看不清楚。小女孩下了土丘，生氣的從男童手上搶過竹枝，一個巴掌也過去。男童的哭聲更大了，踉亂退後三四步。一只布袋落到地上，袋裡面是鳥。小女孩又走上土丘，插完最後一隻，下來撿拾布袋，只顧前行。男童繼續跟在後頭哭，消失甘蔗田。

第二天清晨，再換我站崗，又碰到小女孩，牽著男童的手，嘻哈哈的出現。我從對岸喊話，知道是紅尾伯勞，問她一隻賣多少。十元。誰叫她捉的。爸爸。一天捉多少。二十隻。

她走上土丘，這次似乎收穫不好，竹竿上只吊了一隻。正要取下，伯勞突然反啄，但沒有用，她輕易的扳住頭，一扭，丟入布袋綁住袋口，塞入雨衣。

——一九八一年．選自時報文化版《旅次札記》

從海峽出發

一九八〇年九月初，一天清晨，軍艦離開基隆，沿台灣西海岸南下。黃昏時已過台中港。數萬隻小水鴨，剛好從大肚溪口起飛，可能在繼續未竟的候鳥遷徙。當牠們越過艦首，雖然尚未遮天，日落卻為其掩蔽了。

這是首次遇見龐大的候鳥群，以後每每閉目，懷念海上的賞鳥，便想起當日景象。那時我是海軍少尉，入伍服役正值一年，除了來回海陸間飄泊，鎮日無所事事。只偶爾寫些詩，記載航泊日誌自娛，日子如浪潮漲退以逝。

等軍艦回到測天島後，有天清晨散步海邊，發現一具鳥屍飄浮，全身黝黑，不知其名，翻查從台灣攜來的鳥書，知道是黑鷺。寫信回台灣詢問朋友，朋友答覆十分詳細，還告訴我附近的鳥種。朋友的幫忙引發了我的興致，結果為了這興致，以後更埋首其間，跋涉山水，竟耗費兩年時間。

其實測天島本身並無多少海鳥，除了搭小艇遇見黑尾鷗，海邊有少數鷸科岸鳥外，不見任何禽獸。但鷸科至少有十來種的，唯當時無單筒望遠鏡，加之正逢候鳥冬羽時期，自己又欠缺知識，辨認工作困難重重。而時間也極爲匆促，因軍艦經常出巡任務，屢屢深更半夜啓航，一去三天兩夜。回來已筋疲力竭，我的觀察工作自然受阻。直到隔年元月底，軍艦駛返台灣定保，仍無法走畢這小島，當然自己慵懶也是原因之一。

不過，各個島嶼間海鳥的棲息，還稍爲了解。因爲軍艦出入測天島的次數不下百次，從漁翁島進來，或者虎井嶼駛入，多半是清晨漲潮時候，海鳥正繁忙於覓食，記載也較翔實。虎井嶼的黑鷺，桶盤嶼的紅隼，漁翁島的燕鷗，多半親眼目睹。印象最深，莫過於貓嶼的燕鷗。因爲軍艦經常圍繞該島岸轟，燕鷗經常被騷擾，至而死傷纍纍，遲早會遠離。

二月初，軍艦返抵高雄，入旗津定保。趁長期靠岸時間，我曾南下墾丁數趟，大武山以下的郊野村落，至今仍熟稔異常。首次接觸山鳥是這時，五彩繽紛的山鳥，自然比岸鳥易於辨識，而且棲息生活迴異，已超出我想像，或得自書本的知識。

四月中旬，送走軍艦遠航後，我留在壽山附近，小住一月，等待退役。日日仰視老鷹群起落，也時常躺臥一處空曠草原，照曬初春的陽光，注意八哥族群的活動。唯一的旅行，到北方的援中港，從附近的魚塭尋找魚鷹。這時也屢次發現雁群北返，過境海岸，我也在雁群北返時，結束這一段服役的旅行。

東海大學野鳥社的學生，應該認識我。五月退役回台中後，我便加入賞鳥會，由於工作關係，生活日夜顛倒，無法尾隨賞鳥隊，只好跟學生入山賞鳥。一些生物系學生知鳥甚詳，在山上教我良多。從中部出發的第一站是谷關，我去佳保台，美溪下游旅行。遇見罕見的星鴉、赤腹山雀。星鴉從高海拔下降，赤腹山雀多年不見，都是稀有的鳥種。回台中後，覺得觀察而無記載殊爲可惜，後來聽從詩人羅智成的建議，嚐試寫下一系列的旅次。

第二站是溪頭，在多霧的鳳凰山，認識鳥類專家張萬福，教我從霧裡判別鳥聲，有九十餘種鳥類的鳳凰山巒，是我以後旅行最爲頻繁的山林。而這裡繁複的飛花草木，不久都熟悉了。什麼角落有咬人貓，地衣何處茂盛，螞蝗出沒哪裡，我都知曉。後來拜讀張萬福研究赤腹松鼠的報告，對赤腹松鼠也有莫大興趣，唯當時赤腹松鼠遷移到對面的嶺頭山，而溪澗也不知爲何，近來常乾枯乏水，溪鳥不見，觀察的重心又落回山鳥。

九月後，我開始單獨旅行大肚溪，走三里寬的溪口，橫越化合污水的溪灘，欣賞岸鳥們過境。這一年最早回來的是磯鷸，這是我個人的記錄。有次也隨賞鳥隊抵此，學習鳥蛋專家吳森雄的經驗，尋找東方環頸鴴的蛋巢。以後走入溪洲時，觀察的已不只是飛翔與種類的鑑定，或者是遷徙與覓食的行爲。鳥獸裡，一種繼續種族繁衍的使命，變成更需要關心的事。

一顆蛋的哲學，從渾圓而至蛋殼碎裂，雛鳥問世，或者如何架構一間擋風遮雨，甚而避蛇驅鼠的小巢，在在雖是大世界裡的小事物，卻各有結晶於裡的涵意。

抵達大甲溪旅行是十二月初，再去日月潭已過年底，記錄又增添了二十餘種。接著一連串兩天一宿的旅次，春節以前趕完，走畢中部的主要溪流。那時單獨旅行的缺點，也頻頻發生。在觀察時，遇見素不相識的鳥種，還須一邊翻查鳥書，隨時趕路，備覺吃力。來不及了，只好素描圖案，抄記鳥聲、羽色、習性及人事時地等要項。回家後再多方打聽，以證其名。在縱走山林時，落寞感與爲何而來的目的，也經常浮現，困襲腦海。到這時，平常涉足水田郊野不算，已走過十一條大小溪流，八座山頭。但認識只有百餘種，台灣有四百多種，尚差一段距離。

春節前，從向陽書房中，獲開明書店出版《鳥與文學》一書。讀其內容，摒除文學詩詞，有關鳥知識一面，距今二三十年，已有出入，只能藉爲參考佐證，無法當工具書。但因此書媒介才會涉獵《本草綱目》。《本草綱目》裡鳥禽一目、水、原、山、林七十七種，與今差距頗大。然古人觀鳥，有其獨特心得，趣味與今迥異，有些應可爲現世之參考。而當時觀鳥無望遠鏡，能夠大略窺知其羽翼色別，熟悉習性生態，實屬難得了。

春節後，我的旅行次數銳減，轉而蒐集近六年各地的鳥類通訊。最多旅行大肚溪南岸至鹿港一帶。我開始登記每一種發現的鳥，書桌上，鳥類資料漸漸取代文學史籍。到最後，屋子裡只剩鳥書。有一陣子入眠後，更是屢次夢裡遇鳥，如果照佛洛伊德夢的解析法，當然頗堪玩味。我也將單筒望遠鏡擺置床頭右木柱，雙筒懸掛左方，以便記取所處的生活。這時騎單車外出或上班，眼睛經常朝上，撞車事件自是頻頻發生，幸無大礙，也就不改習性。較擔心的，還是報社工作的責任加重，旅行次數由此銳減，進至一出發賞鳥，便感覺疲倦。

•

同樣從海上出發的孤獨旅行，我也發現一位，民國三十九年，台灣省博物館英文季刊曾介紹此人。有許多鳥名冠上其姓，因爲這些鳥是他發現的，他叫郇和。

有兩位日本鳥類學家稱，在東北亞的鳥史上，郇和將是最偉大的鳥類學家之一。郇和是英國人，一八五四年，十八歲時抵達中國，在廣州當翻譯官，正逢太平天國之亂，鴉片戰爭後十四年。郇氏居留中國二十載，這期間曾來台四次。從我的角度衡量，四次都是孤獨之旅。

一八五六年，台灣未開港以前，二十歲的郇和只懂得一些廣東方言，便搭乘中國帆船橫渡海峽，抵達講閩南話的鳳山，沿海旅行一週後回到廈門。這是首次記錄，有人到島上來調查鳥類。

一八五八年（清咸豐八年）天津條約簽定，打狗（高雄）、基隆相繼闢爲商港。台灣史記載，是年英國第一位領事搭軍艦抵打狗，此時郇氏身爲領事館官員，我研判可能也隨之過來，因爲鳥史說，這年九月六日，郇氏離開廈門，並從高雄出發，可能搭乘軍艦，環島一周，然後又回到廈門。搭乘軍艦的猜測，來自郇氏曾在蘇澳東北角峭壁發現玄燕鷗，以當時發現的旅行方式，不外乘船。同一時期，台灣史便記載，英人郇和搭船沿海岸旅行，著有「台灣島視察錄」，因而確定自己的猜測是正確的。

一八六〇年，英法聯軍破天津，進逼北京，簽北京條約，淡水、安平兩港開岸通商，郇氏被指派爲台南副領事，十二月二十二日抵台南，這是他第三次來台，因身體不適，留府城一年，便回廈門調養。

一八六六年十二月，郇氏第四次抵台灣，這是最後的旅行，接著郇氏得了一種屬於中風的病，逐日加深，不得不在一八七三年離開中國，返倫敦。郇氏臨走時，也將三萬七千餘件東北亞的鳥類標本攜回。目前東海大學的鳥類標本不過百餘種。

郇氏最有名的旅行經驗，我零星統計如下：在台灣海峽發現黑腳信天翁，入淡水河捕獲白腹鰹鳥，下高雄遇見反嘴鴴，抵中部捉取白眉黃鶲，回台南府城看到喜鵲，可知郇和的旅行路徑，已遊遍島上。而其鳥類報告裡，也提及當時無任何鳥書，只憑一副望遠鏡旅行，資料親手處理，可見辛苦，寂寞亦能想像。

我旅行的最後一站，是從合歡山南下，途經翠峰，走過針葉林海，這時已經疲憊異常。下山後，再也不曾遠行。時為三月，望遠鏡為塵灰積封，鳥書散亂滿桌。猜想疲憊的主因來自孤獨的壓力。人間世事也不斷干擾旅行的過程，自己又是容易灰心的人，疲憊終於成疾。以至每每取出望遠鏡擦拭時，總感覺是要抹掉往昔的旅行經驗。每擦拭一次，就磨滅一處山陵溪谷。這種壓力與日俱增，尤其持鏡審視時，當其正視，世態明明顯顯擴大。持反，過去已遠至渺茫地方。

我的望遠鏡十分笨重，購自台中港，飄洋過海的水手攜上岸的，並不適合賞鳥。喜歡它，因為自己是海軍，習慣粗重的鏡身掛垂在頸背，更愛其具有傳統的身架。但離開海岸入山後，才發覺掛於頸背，登山實在吃力。時間一久，總有血痕遺留。小小一條背條，浸染了年餘的血汗。再仔細瞧鏡身，每一處轉折，仍遺存著海灘細砂，山莽穗籽。整具望遠鏡的灰斑就是旅行經驗的濃縮，景觀由此進來，也由此再輾轉折射進我的腦子。

旅行除了望遠鏡攜身外，我還有一本小簿子，記錄每次上山下海發現的鳥類，與時溫地理。如今也不知小簿子遺失哪裡。從翠峰回來後，就失蹤了。記得當時在柴車上，正塡寫灰鶺鴒的事，缺睡又累，不覺間打盹，可能那時丟掉。兩年來的旅行，也隨著小簿子消失，宣告結束。

後來又去海邊時，雖然仍攜帶望遠鏡，但已非觀察岸鳥。岸鳥正換羽中，紛紛北返。這一次我走漫長的路，從大肚溪北岸散步到台中港，我想寫些軍艦上的故事。從一九八〇年開始的軼聞，那時有許多奇異的故事發生，從海上飄來。

——一九八二年・選自時報文化版《旅次札記》後記

茏濃溪畔的六龜

冬初時，前往六龜旅行，是要去圓夢的，因爲在台灣自然誌的光譜中，六龜是最亮的一顆。

我隨身攜帶了兩個背包。小背包掛在肩上，裡面擺置著地圖、衣物、望遠鏡和鳥類圖鑑，輕盈而無負擔。大背包卻扛在心上，存藏著百年來各類有關六龜地區的自然人文，沉重得難以負荷。

凌晨，我和同事小曾從台北南下，抵達六龜時，正逢清晨的霧雨，這是欣賞六龜的好時機。陰雨的六龜曾被譽爲台灣的桂林。一百年前，英國攝影家湯姆生（J. Thomson）扛著笨重的攝影器材，抵達茏濃溪西岸，仰望十八羅漢山時，就如此讚歎：「二百公尺高的連續險崖聳然壁立，俯瞰著乾河床，成爲筆墨難以形容的迷人風景。」「世界上已難有一地，能指望比台灣的自然環境更好了。」但湯姆生並沒有跨過茏濃溪，進入更美麗的中央山脈，因爲一個月前，有二個漢人試圖到對岸，結果被出草的布農族襲殺。

苳濃溪源自北邊的玉山，穿越我們島上最晚探勘的南玉山區，流經這裡時，將大地劃分成二個世界。百年前，東岸仍是布農族的國土，西岸到月世界的惡地形才散居著平埔族，與客家人混居。但百年後，走在六龜的街上，誰是平埔族的後裔已難辨識。溫馴、誠實的平埔族早被漢人同化，對岸的布農族也遷移了，部落舊址杳然無存。

不同的時代，不同的旅行方式。我們搭乘這世紀對自然最具威脅性的交通工具——汽車，帶著透過車窗所擁有的、了無意義的地理印象，輕易渡橋。然後，換搭林試所的吉普車，前往十五萬分之一地圖仍然沒有登記的南鳳山。地圖上雖然沒有姓名，南鳳山可是小巨人，海拔高達一千七百公尺。頂峰旁的小屋，像隻赤腹山雀般，小巧地偎在它的肩上。今晚，我們準備在那裡與森林過夜，明晨再翻山去扇平。

鳥畫家何華仁，戴著野鳥學會的迷彩帽，站在一座小橋，等候我們。瘦小的他，才在六龜蟄居一年，如今卻是最熟悉這裡動物地理相的人。過了橋，吉普車吃力地爬上陡坡，顛簸地穿過濃霧的林間小道。

車上，除了司機，我們三位旅行人，還載著兩天的口糧：粗麵、麵筋、瓜子肉罐頭。台灣的山上已有太多垃圾，隨身只帶這些吃的東西，夠了。

吉普車穿過山黃麻的山麓，進入台灣杉的世界；我們正經過典型的台灣中海拔。日子入秋，檸檬桉正要嘩然落葉，仍有其他草木勇健地迎向寒冬的天空。每處山坡都有裡白蔥木傲然盛開的金圓椎花叢、山芙蓉熱烈綻放的粉紅花蕊。它們使入冬的山充滿朝氣蓬勃的感覺。南部的森林大抵是這樣，總覺得少了一個冬天。

車前一對雨刷，不停地揮拭著結成水滴的雨霧。這種天氣要做自然旅行，很難豐收的。獼猴不肯露面，猛禽科也不會盤飛，只能奢盼藍腹鷴。但我們經過的林間小道，不過走出幾隻小竹雞，沿著小山溝找甲蟲。較空曠的旱地，也只孤立著鶇科候鳥。

第一位發現藍腹鷴的人，是英國首位駐台領事郇和。一八六六年，郇和在台的最後一次旅行，就是上溯荖濃溪，在這附近遇見獵人圍捕水鹿。他原本計畫由此攀登玉山，前往東海岸一個叫烏石鼻的小台地。可惜，半路被召回中國大陸。郇和這趟旅行有許多自然誌的意義。放諸早期交通史亦然。在那個殖民主義當道的年代，六龜一直被漢人認定是上玉山的主道，外國探險者不斷。同年冬初，《老台灣》的作者必麒麟（W. Pickering）也由此出發，在一名高砂族老婦與二名羅漢腳的引導下攀上玉山。這項傳奇，他都寫在書中。只是後來的人均抱持懷疑。冬天上玉山，皓皓白雪隻字未提，誰相信呢？

上述是六龜探險的黃金年代。又過十年。日軍侵台，牡丹社事件爆發，沈葆禎下令開鑿八通關中路後，六龜的地位才陡然下降，一路滑跌至今。現在，想上玉山的人，泰半選擇東埔、水里一線，或從阿里山越嶺而去。歷史上的荖濃溪早被遺忘了。

中午，抵達南鳳山的小屋，巡山員和司機離去後，整座南鳳山剩下我們三人，還有傳說中的日本兵鬼魂。午後，霧雨更加溼重。套上雨靴，進入長滿紫花霍香薊的伐木小道，花海二旁盡是砍伐後的二次雜木林，大概三四十年左右，充滿蒼翠盎然的生嫩，殊少蓊鬱老成的林氣。它們還要一百年，也就是二○八八年吧？才會長成原始闊葉林的相貌，那時，它才會恢復成一八八八年清末的林相。

一隻藍磯鶇站在伐後草生地的枯枝上，銹色滿身，膽小而驚懼，大概才從北方飛來不久吧！這是今天看得最清楚的鳥類。林內傳來的鳴啼都是常聽見的山音。近幾年，疏於入山，我的聽力銳減，常把松鼠和昆蟲的叫聲混淆，誤爲鳥鳴。六年前，旅行關渡，我教何華仁沿淡水河認鳥，現在反要靠他點醒。每年十一月，他都要在此做繫放工作。晚間掛網，清晨取鳥；測量牠們的尺寸，磅秤重量後放回。

我問他：「爲什麼不畫鳥了？」

他說：「不急於這一時，觀察久一點，畫得較準確。」

他比較樂於跟我討論羽毛和鳥巢的問題。

在這裡住久了，他的腦海似乎存有一張無形的地圖。哪裡會有什麼生物，大致都能判斷出來。我靦腆地尾隨於後，最後回到屋前的蓄水池，尋找如雷鳴的蛙聲。池中有隻墨綠的樹蛙，眉線金黃，後趾蹼帶紅。莫氏樹蛙？台灣的樹蛙不及十種，我們竟辨識不出，只好照相記錄，或者是新種也說不定。

我們試走明天要翻越的御油山小道。面向東方的山坡有一處伐後的草原，台灣杉不過是二三公尺的幼童期。這兒是大群斑紋鷦鶯與蜘蛛的家園。每隻鷦鶯都藏在草叢，藉聲音傳遞訊息。等了約莫半小時，只聞滿山鶯啼，竟不見一隻。蜘蛛則在杉樹到處張網，結成立體狀的大迷宮，有的狀若燈籠，牢固地足以捕捉大牠們百倍的鷦鶯。

回途，遇上一隻鼬獾，踽踽獨行，暴躁地向我們發出咕嚕聲。我們似乎擋住牠的去路。對峙十幾秒後，牠才不情願地放棄，鑽入草叢裡。通常，在潮溼的原始林或次生林下，鼬獾的足跡最容易辨認，親眼看到卻不容易。每回上山，遇見哺乳類，我總會心驚，悲憫地心驚。我害怕自己看到的，都有可能是最後的幾隻。

五點，山上的夜來得快；費了一陣時間轉動柴油發電機，這才帶動小屋的日光燈發亮。屋內略有山上慣常的陰溼霉味，但比我經驗中的其他高山小屋乾燥。房間內除了木床和桌椅外，還有一具時鐘與電視。電視是這兒唯一能和山下單向溝通的工具。看守小屋的，通常是一位巡山員，他得獨對森林與電視。按何華仁的經驗，假如一個月不下山，只看電視新聞，足夠知道山下發生何事了。但一個人整天和電視做伴，是什麼樣的日子呢？有些自然科學家還希望電視也不要，讓自己更專注於野外工作。他們多半不喜歡與人、與都市接觸，更遑論溝通。

三年前，耶誕夜後一天，靈長類學者戴安佛西（Dian Fossey）之死就是一例，與其說她是被非洲土著謀害，還不若說是早被整個文明世界隔離。佛西生前最後幾個月，未跟人說過一句話，雖然她的同僚只住在百公尺外的另一營地。

一隻白耳畫眉飛到屋前的台灣杉，啄食寄生於上的愛玉子，這是牠今天的晚餐。我們也開始進食，瓜子肉、麵筋拌入粗麵。飯後，何華仁提手電筒，出門找貓頭鷹。我取出賞鳥記事本，花半小時，記錄今天發現的鳥種與動物。這本手掌大的記事本，沾滿汗泥與草跡，封面也磨損多處，破舊不堪。十年來，我用了三本，寫的盡是鳥事，除了何月何時何地，加上各類鳥名和植物學名，還有一大堆數目字。最近許是年紀大了，漸漸對數目字感到寒心，害怕某種疏離感的侵噬——雖然數目字透露許多生態的訊息。我比往常花費更多時間，添加有生活想法的文字敘述。文字敘述讓我感到厚實的溫暖，好像對童年以後繼續活著的生命有了交代。

八點，天空露出幾顆小星，還未及辨識，又隱沒雲層。有隻領角鴞卻被吸引，發出「霧聲」；也只短吁一聲，森林又靜寂下來，只剩蓄水池的那隻樹蛙，繼續大鳴。五公分不到的身子，牠已從中午叫到現在。不知道吸引到同伴去否，或者，那是牠的領域，正警告同類不准進來？白天的林間小道，佈滿了雨後的小水灘，成千的蝌蚪蜻集在那小小的空間裡，爭取生存的權利，等待著變成成蛙。牠們是森林中最善於利用雨水的脊椎動物。

星子隱逝後，又有連續的嗞聲，穿透闇昧闃然的夜幕。一隻白面鼯鼠像流星般劃空而來，亮著一對發光的金眼珠，倏忽掠過屋頂。牠開始上班了。對大部分動物而言，整個森林這時才開始熱鬧起來。森林是屬於夜生活的。白晝不過是鳥類、蝴蝶，還有我們這些山中過客在活動。當森林的夜市開鑼，我們卻懵然窩入發霉的被褥，蜷縮著自己，酣然入夢。

隔日清晨，西南的窗口陳列著淡黃的曙光和清遠的淡雲。從窗口的景色研判，何華仁起身的第一句話就說：「太陽出來，猛禽科也該現身了。」太陽一出，山谷會有蒸騰而上的熱氣流，猛禽科知道如何利用熱氣流的對流原理。藉它的運送，不斷地盤飛、滑行，升至頂空，鳥瞰下面的森林。

我們走出門，滿山盡是迎接陽光的鳥語。果然，一隻碩大的林雕，從御油山的稜線赫然浮升，發出嬰孩起床似的哭啼。牠是台灣最大的猛禽，傳說中會爪掠小孩的老鷹。遠遠望去，一身烏亮，只尾羽露出淡灰的細橫斑與黃爪。探鳥十年，第一次見到林雕。不知台灣還剩下幾隻？看到這食物鏈最高階的龐然巨物浮出，對這座森林、對台灣的高山，我有著強烈而衝動的感謝。林雕跟我們一樣餓了，一連幾天的陰雨，牠大概也蟄伏一段時候，趁這時出來覓食。我們回到屋內吃昨晚的剩物。牠仍在屋頂上空徘徊，直到我們再出發，依舊滯留在附近的山頭。

上抵御油山的稜線後，要到扇平，必須穿入濃密的檜木林。這裡有日據時期的舊碉堡與古道。古道大致沿稜線的起伏築成；清末與日據時期，橫越中央山脈，都靠這種築路方法，艱難地翻山涉水。布農族可不興這一套，在他們眼裡，只要是大地，到處皆有路。他們也常常惡作劇，四處破壞當時的山道。日本人在開拓橫貫道時，遂遇著清末開山撫番的同樣困境，更不時傳出探勘隊遇難的消息。

一九〇九年，台灣總督府派出的探勘隊，首度進入此地山區，企圖找出屏東與台東間交通的橫貫道。其中一支由最北一條——六龜至台東，採直線式橫越。結果，兩名探查的警察遭到襲殺，無功而返。時隔一年，又爲布農族阻撓；一直拖到一九二〇年代才測定，完工。這條橫貫道的打通，爲何困難重重，除了布農族不願受到入侵，探定的路線不當也是主因。日本人一直想從六龜直接橫越出雲山，然後下鹿野溪抵台東。出雲山就站在南鳳山右側，海拔二千七，是中央山脈主軸。南鳳山和它比，只及腰肩。

這條路開通後壽命也不長，和清末的中路一樣，鳥道一線，旋開旋塞。三〇年代，連台灣山岳會的登山人都對此路缺乏興趣，寧可繞遠道，從六龜繼續上溯茗濃溪，到北邊的關山去翻嶺，再南下台東。日後，這條關山路遂大致成爲政府開拓的南橫公路。御油山稜線是否爲二〇年代的遺址？我對此問題充滿興趣。近年來，有些史學家也熱中古道研究，因爲中央山脈仍有許多未爲人探出的古道，掩埋在莽莽荒草中。

一路下坡，穿過參天的紅檜、墨綠的孟宗竹後，進入肖楠的原始闊葉林。這條林間小道有二三個月沒有人跡，路面覆滿姑婆芋和其他草本植物。我們持木條不斷撥探、劈砍，仍然迷失在林心。幸好未起山霧，螞蝗與蛇類也未活動，否則勢必要延誤下山的計畫。十一月了，大部分蛇已冬眠，這時若遇到，八成是有毒的青竹絲。

走了四小時，中午才接近扇平林區。一隻藍腹鷴從頂空的林枝上竄入草叢，疾走遁失。我只看到一團大黑影，懊惱不已。去冬，一個起濃霧的清晨，何華仁曾帶著兩名探鳥人，尾隨五隻藍腹鷴，走在南鳳山的林間小道。他們保持廿公尺的間距，陪藍腹鷴家族走了兩百公尺的路，時間約十分鐘。這是我聽過，觀察藍腹鷴最不可思議的記錄！

午後，我們到水塘拜訪有名的拉圖許氏蛙。拉圖許（La Touche）是英國人，和發現貓熊的大衛神父一樣，都是早期探查中國內地動物的重要人物。一八九三年時，他從台南府穿過惡地形，試圖來六龜探查，結果走到楠梓仙溪的杉林就放棄了。因爲瑞典的探險家霍斯特（A. P. Holst）已捷足先登，他不想重複調查，於是去了大武山山腳。昨天，在南鳳山時，我曾看到一隻孤獨的黃山雀，落腳在大霧中的枯樹上。霍斯特是最早採集黃山雀的人，第二年離台即病死。我們因黃山雀，知道他來過六龜，也去了阿里山；但來台一年中，他還去過哪裡呢？早年的文獻並未透露更多的消息，留下一團迷霧給我們。

早期自然誌，前來六龜的博物學者中，拉圖許、霍斯特都是滿清末年的人物。日據時期，六龜成了京都帝國大學附設台灣演習林事務所。聚集此地工作的學者，人才輩出，毋庸贅述。但其中有位值得一提，他是著名的蝶類專家江崎悌三。一九三二年，江崎氏第二次來台採集，從台東縱走關山一線，南下六龜，有一夜搭宿事務所，在發電所的電燈下，採集迄今仍未被重視的甲蟲與蛾類。六龜山水是否可比桂林，見仁見智，甲蟲與蛇類確是冠於全台。

令人驚嘆的，這幾年，日本昆蟲學界仍有人悄悄來台，直抵六龜，默默從事類似的基礎工作；台灣目前最好的蝶類圖鑑，還是由八〇年代的日本學者編纂而成。

先不管日本學者了，一和他們比較，就會令人汗顏羞愧。六龜也是現時國內自然學者從事中海拔動植物調查的聖地。例如李玲玲在做獼猴生態研究、徐仁修在拍攝哺乳類動物、劉燕明在製作十六厘米自然誌的記錄片……。苳濃溪以東，象徵著我們最後的希望。沒有六龜，台灣自然誌勢必失色不少，佔台灣最廣的中海拔森林也無多少重要事蹟了。

黃昏時，走過金雞納處理場，一隻亞成鳥的朱鸝站在白匏子上，旁邊有傲骨瘦立的檸檬桉。這裡是台灣最容易見到朱鸝的所在。牠也是東亞第一位賞鳥人郇和筆下，台灣最美麗的鳥種。

何華仁跟我說：「你很幸運，才來兩天，林雕、藍腹鷴、朱鸝都看到了。」

是嗎？我透過望遠鏡遠眺，無奈地苦笑。朱鸝正在陽光下整理羽毛；右肩、左翼、尾羽。攤開、收攏，再逐一攤開，亮著透明的翡翠紅。啊！我寧可全台灣的人都看到牠們，認識這些一起生活在島上的稀世鳥種。

——一九八八年十二月三十日・選自晨星版《自然旅情》

松蘿湖之旅

一本過時的旅遊指南，簡單地描述著松蘿湖的位置，位於南勢溪源頭，又因爲湖面終年雲霧迷濛，被稱爲十七歲之湖。最近的旅遊指南繼續抄襲著這份過時的資料，裡面還有兩個錯別字。

「松蘿到底意味著什麼呢？」

搭著車沿中橫支線上山，經過松蘿村，繼續前往玉蘭途中，我們興致勃勃地討論著。自然觀察作家陳健一根據採訪的資料研判，「松蘿」即當地人口中的紅檜之意。

「難道不是苔蘚、地衣之類的近親？因爲松蘿地方潮溼，故而取名？」我試著提出不同的見解，結果隨車的隊員多附和我的意見。

陳健一被我問倒了。但是宜蘭的地方文史工作者吳永華出來解圍。他補充道，宜蘭文獻早年即有松蘿的名字，而且清楚註明是泰雅族早年居住的「番社」。日後有空，我再查資料，發現松蘿之地名來源的確是起自多紅檜之林；而松蘿即檜木之意。

但是，我們搭車由玉蘭村前的本覺路上山，一路上都是開墾的茶園梯田，幾無林子的樣貌存在。玉蘭過去即以產茶著名，難以想像檜木成群的樣子，或是早年森林的形容。

根據文獻報導，松蘿湖位於南勢溪下游，最早發現與取名者，是台大登山社的成員。那是一九七七年左右的事。其中一名成員，我識得，綽號阿廣，現在在玉山國家公園任職。他的登山經驗與豐富度，在台大登山社是有名的──當然包括生吃昆蟲之類，野外的求生能力。

他們最初想發現松蘿湖的方向，是從烏來的南勢溪進去，而非現今玉蘭上稜線的山路，也非過去沿松蘿溪的舊路。跟我一道前往松蘿湖的吳永華，十年前卻是溯溪而上。這是當時最盛行的走法。當時行程頗爲辛苦，出發前一天，睡在松蘿國小。早上五點，著輕裝，趁檢查哨還未起床，溜了過去。再沿松蘿溪趕六小時的山路，遇湖折返。一天來回，十個小時。

現在已經有公路，從玉蘭旁邊的本覺路一路順暢上山，抵達一座寫著「停車場」的圓形水塔。最近的登山報告說，由這兒走三個半小時即可抵達，但我們疏忽了，這份報告提到的可能是輕裝縱走，不像我們重裝上山的。結果，我們走了六個小時，接近要上拳頭母山的位置，才透過林隙的光線，勉強看到山谷下的那一片綠草如茵的松蘿湖。

就在圓形水塔後面的草地，我遇見一隻大型、褐色翅膀的勾蜓科蜻蜓。牠像一架重型

B29轟炸機，在草原上輕快地來回梭巡，追捕著草尖上活動的飛蟲。牠到底是哪一種呢？在我要離去之前，又有一隻翅膀全部透明的低飛而過，牠的腹尾略呈隆起。我已經被牠們搞混了。這種勾蜓的翅膀變化多端，雄翅膀透明，雌的變化多。我研判是山區常見的褐翼勾蜓了。

進入林子裡，都是暮蟬悲涼的聲音，偶爾也夾著熊蟬和騷蟬的聒噪鳴叫，叫得登山者的心情愈加沉重。

山路兩旁盡是冷清草，與開紫色的倒地蜈蚣、水鴨腳秋海棠。林務局栽種的柳杉也四處可見。鳥叫聲十分稀落，潮溼的林心，只有繡眼畫眉，或者大彎嘴。

隔天早晨，在湖畔，我也只記錄了藪鳥、橿鳥、白耳畫眉、棕面鶯、褐色叢樹鶯、大冠鷲、烏鴉等少數鳥種。

但我還記錄了如下一些事物，或許一些自然觀察者會有興趣：螞蝗不多，湖邊有台灣獼猴的聲音，偶爾也有條紋松鼠的鳴叫。

松蘿湖是一個歷史還未累積出豐碩人文意義的高山湖泊。除了近代登山人的形容與描述，難以找到更多歷史現場的有趣敘述。

我們抵達時，松蘿湖正處於低水位，整個縮小成帶狀，猶若靜寂的小河，兩岸生滿豐盈的水草。

據說十月以後到翌年四月滿水位時，像是在童話裡看到的湖泊。以前還有平地的人，費心搬小艇前來，趁著霧起，讓模特兒坐上小艇，划到湖心拍照。

岸邊的森林，紅檜林立，亮著鮮明的白灰枯木幹，異常醒目。這兒海拔不過一千四百公尺左右，爲何就有紅檜生長呢？後來，一位宜蘭的植物學者告知，原來北部多溼氣，加上較冷之故，紅檜生存的條件不如南方嚴苛。

我站在湖水乾枯的山路邊估量，研判水滿時，約有兩個足球場大。水枯了，湖岸盡是蓼科的水蓼；還有一種開紅花的野草，可能是睫穗蓼的近親。遠一點的草地上才有水韭。然後是花期已過，結了紅果的山茶。暗自慶幸自己穿著雨鞋上山，非常適合在這些浸在水澤的水草上觀察和拍攝昆蟲。

黃昏時，我和吳永華沿著湖邊尋視，突然驚起一隻暗褐色的鳥類。牠飛了一段隨即又沒入另一端的湖裡。牠的脖子拉長，飛行快速，形狀明顯地是一隻雁鴨科。我們再試著走到那兒去，結果又驚起牠。

這回看清楚了。雖然未帶望遠鏡，但我們的經驗同時告知，牠的體型大小類似小水鴨，卻有一些差異。何況，現在也不是雁鴨科南下的季節，這隻又沒有跛腳或受傷的情形。

那麼會是什麼種呢？只有一個可能了：留鳥鴛鴦。這是早年來松蘿湖的人也常記錄的鳥種。我們沿著蓼科密佈的湖邊巡視，發現不少長橢圓的糞便和零亂的羽毛，猜想都是鴛鴦遺留的。從糞便的分量研判，牠們的隻數顯然不少。這時，一隻鴛鴦的羽色竟是暗褐，而且單隻，若不是雌鳥，八成是亞成鳥了。

湖邊多蝌蚪和喜歡仰泳的松藻蟲，想來都是鴛鴦的食物。

一到晚上，湖邊盡是腹斑蛙的鳴叫。這種喜歡集聚大池的蛙類，顯然是目前活動最熱烈的一種。除了腹斑蛙，還有一些澤蛙的鳴叫。但是，我始終未看到牠們的身影，不免感到奇怪。其他的蛙類也未記錄，更未聽到聲音。

晚飯時，腹斑蛙不斷出沒營地旁，參與我們的晚宴，形成有趣的干擾。牠們的豐富數量亦可想像。

蛙類豐富，沼澤的飛蟲自然也多。相對的，牠們的天敵蛇類的數量，也會不少吧？不過一個晚上和早上的時間，我在湖邊就記錄了五條水蛇。有些兩棲類的圖鑑提到，水蛇目前數量並不容易發現。松蘿湖顯然是個例外，而且不止現在。過去一些來過的登山人便提到過了，這兒蛇類很多，猜想說的就是水蛇吧！

晚上看到一條水蛇露出頭來，瞭望四周。隔天早晨，一條水蛇繼續像一條眼鏡蛇般，豎立著脖子，像一條垂直的繩子，靜止於水裡。這個季節，牠們的主食便是蛙鳴滿湖的腹斑蛙。

清晨，陽光還未照射到湖邊時，一隻灰白帶淡藍的蜻蜓開始活動於湖邊。牠的體型略大於在平地時經常遇見的鼎脈蜻蜓。但色澤較亮麗一些，而且腹部更加寬大。猜想就是過去在北部尚未見過的白刃蜻蜓吧！

等陽光出現，我再到湖邊取水，一對雌雄皆有的白刃蜻蜓，正在執行護衛與產卵的工作。雄蜓的頭明顯呈綠色，腹部灰白，但尾部七、八、九節部份都是黑色的。雌蜓和一般灰蜻屬的雌蜓一樣，展現棕黃色澤；由於腹部相當寬闊，黑斑也變得明顯。

雄蜓一如其他灰蜻屬蜻蜓，飛在雌蜓上方咫尺處，監護著雌蜓產卵。不遠處，有一隻雄蜓偶爾飛來干擾、纏鬥。但大部份時候，牠們獨自共享這個時間。我離牠們約一公尺之遙，雌蜓由於體型碩大，拍翅時發出了嗡翳之聲。這聲音相當強力，讓我興奮地感受，一種自然生命的律動，清楚而有節奏地傳來。

等天色更亮時，白刃蜻蜓愈來愈多。到處都有交配、產卵和纏鬥的情景在發生。也有一些個別停在旁邊的水蓼植物休息，鎖定爲領域範圍。一隻剛剛羽化的豆娘，還閃著粼粼的亮光，準備慢慢地飛上天空時，就被一隻突地掠出的白刃蜻蜓，攫走了小生命。

豆娘裡，黃腹細蟌的數量最多。但在平地的池沼，這種漂亮的豆娘，數量零星而有限。光是小綠山三年，我也只記錄了兩次而已。牠們閃現著鮮黃帶黑的色澤，像溯溪水而上的細長錦鯉，不止在池邊，旁邊的水蓼也四處可見。我懷疑許多褐色的豆娘可能都是未成熟的雄蟌。天氣愈熱，雄雌相互交配的情形更多。

除了白刃蜻蜓、黃腹細蟌，至少還有四種蜻蜓目，一種是大型的藍色豆娘，可能是絲蟌科。另外一種全身鮮紅的蜻蜓，是這兒僅次於白刃的優勢蜻蜓。牠們的產卵方式一如薄翅蜻蜓，而且在山區，我研判是赤蜻類，這一屬台灣約有五種。

清晨時，湖邊的草叢掛了許多平行或略爲傾斜的圓網。一些接近水邊的網，都未看到主人。但靠山區的，我立即發現了平行背位的主人。原來是以銀腹出名的中形銀腹蜘蛛，步腳呈綠色。這種蜘蛛最大的不會超過兩公分，在平地也經常可見，就不知是否爲同種。

湖邊最多的蝶類無疑是黑端豹斑蝶。開白花的水蓼，便吸引了這種蝶大量前往吸食，甚至有幼蟲在地面爬行。機警而美麗的雌蝶，以及行徑較大膽的雄蝶，比例相當平均。雄蝶們還飛到營帳邊，和台灣單帶蛺蝶、小單帶蛺蝶、琉璃蛺蝶一起活動，忘情地吸食帶汗味的水份。牠們成群停在背包、垃圾、營帳以及登山鞋襪上，徘徊不去。

美麗的斑粉蝶，最吸引我，因爲在台北平地時，這種蝶類並不易遇見。

這時節湖邊的森林邊緣只有一種植物開花：狹瓣華八仙。它們也吸引了一些蝴蝶到來。狹瓣華八仙這時才開花，頗讓我不解。六月在陽明山時，那兒的狹瓣華八仙花期都已結束。

離去前，在湖邊的草叢撿拾了許多廢棄的塑膠袋、玻璃瓶、烤肉架和空罐頭。堆積起來竟有三個小山丘。回家時，每個人的背包都裝了一袋垃圾。這是每位登山者應該付出的義務。再觀察那些垃圾的成份，都是近十幾年來才留下的，可見我們這一代的破壞能力遠超過許多登山前輩。

下山時，背包的重量比上山時還重。

難得在大雷雨時，疾走於森林裡的山路。

豪雨急速落下，從樹幹、樹尖、樹葉……流到地表。路旁的土壤積著落葉層，雨水隨即被落葉和腐土盡情吸納，沒有走失的機會。

但是落到山路的雨水，夾著裸露的黃色污泥，在陡急而狹窄的山路形成急速的小溪流，還來不及停留，便滾滾而下。

我若非行走於山路上，實在難以想像這種沖刷的可怕情景。我可以揣想這些挾帶山上黃泥的雨水，浩浩蕩蕩地下流，將快速地匯入松蘿溪，緊接著再流入蘭陽平原的鄉鎮城市與水田沼澤，最後衝入大海。

雨水雖爲森林帶來豐富的生機，但在人類過度開發下，相對的，也造成難以想像的破壞。這樣的老話！唉，很抱歉，我必須在此贅述。

——一九九三年十月・選自晨星版《快樂綠背包》

路過植物園

冬末時，從和平西路的大門進入植物園，總會先仰望右邊園區的欖仁樹，瞧瞧那看似肥胖而寬闊的葉片。在它的身上，晚冬似乎只剩下一些暗紅的色澤，殘存在它的枯葉上。

正盤算著要往哪個方向觀察時，五色鳥嘴裡像含了一枚橄欖般，發出咕嚕的叫聲，從遠方的林冠上層傳來。這麼早就在宣示領域，不免讓人感到訝異。上星期，在台北近郊的森林，我尚未聽到牠們的聲音呢！

早上前往社區的游泳池，發現紫紅蜻蜓羽化了。這種小型蜻蜓總是最早羽化的，相信植物園也有這種蜻蜓吧？竹林區右側的大水塘前去，搜尋岸邊和水生植物的桿莖。可惜，半點水蠆（蜻蜓幼蟲）的蹤影都未尋獲。

倒是遇見了三隻小白鷺，正在爲地盤而爭吵。當第一隻不小心飛抵一處高枝時，第二隻似乎被冒犯了，發出粗啞的叫聲，將第一隻驅趕得無處可逃。但第三隻似乎也不滿第二隻的行爲，強行飛出，發出威嚇之聲，將第二隻趕走。第二隻無可奈何，又將怨氣發之於第一隻。

一個不過百來公尺的水塘，竟出現了一幅螳螂捕蟬，黃雀在後，適者生存的生態畫面。這一連串動作告訴我，三隻小白鷺共生於這個小地方，有著鮮明而緊張的棲息位階。

我喜歡把城市的綠地當做沙漠裡的綠洲，海洋中的島嶼。植物園正是這樣的城中島，而且是台北城裡生物資源最爲豐富的自然生態島嶼。每次到植物園觀察，我總會因不同的需要，而有不同的收穫，卻不需要花費很多的時間，在車程的浪費上。

今天是來探訪一些中低海拔不易發現的樹種。有很多野外不易發現的，在這兒都能輕易找到蹤影，譬如象牙樹、烏心石、台灣海桐等。當然更多的是具有指標意義的樹種，諸如紅楠、燈稱花、軟毛柿、台灣紅窄槭、森氏紅淡比和穗花棋盤腳。我也想建議，喜歡觀賞樹木的人，不妨注意植物園的烏桕和相思樹，看看這兩種低海拔常見樹種，七、八十歲時，年紀垂老的模樣。在北部近郊山區，我們看到的相思樹和烏桕總是太年輕，察覺不出歷史和人文的風味。

能集中、低海拔之代表性樹種於城市一隅，種類自然繁多，但難免有眼花撩亂之虞。所幸，管理植物園的林試所，依類別樹種，畫分了好幾個園區。同時，在每個園區都設有白色的大小木牌，告知大部份樹種的名字、學名、產地和用途。在這裡，沒有解說員，我們也能認識許多樹種。

一邊按樹索驥時，我看到至少有兩群幼稚園的小朋友，由老師引領到植物園遠足。老師會帶小朋友來這兒旅行，大概這兒是最親近自然，而且較安全的公園吧！我那五歲大的孩子，在木柵的一所幼稚園就讀，便來過兩回了。

看到這種情形，難免讓人有所錯覺，這兒好像變成只適合幼稚園遠足、旅行的地方；小學以上的孩子就可以到更遠的地點。我們似乎都忘了植物園存在的意義，全然忽略了它在教學上的功能。

其實，縱使到我這個中年男子的歲數，它依舊是個值得一去再去，學習、觀賞台灣樹木的最佳所在。

一隻紅尾伯勞在最邊角的台灣紅窄槭上，發出「卡、卡」的響亮叫聲。牠點醒我，應該注意到其他冬候鳥的存在。我隨即想到赤腹鶇，在一些林木蓊鬱的園區內，牠們經常和珠頸鳩在草地上啄食。

十幾年前，在這兒開始賞鳥時，我對植物園的鳥況特別注意。這兒也常有特殊的怪鳥出現，什麼黑冠麻鷺、臘嘴雀、小桑鳲、領角鴞、灰斑鶲等都可能出現。連台灣高山的特有種藪鳥、白耳畫眉都被紀錄過——猜想大概是被人釋放的。

我也聽到，黑枕藍鶲的「輝、輝、輝」之領域聲了。據說，春天時，這兒也有一對，在隱祕的林冠上層繁殖，還遭到紅嘴黑鵯干擾過。

面對最大的荷花池，我坐在一張鐵椅遙望。荷花都已枯萎，只剩零星的桿莖。遠方某處，有魚狗的聲音傳來，卻遲遲未看到這「飛行的寶石」掠過池面。

一塊池裡的大石頭上，爬滿二十來隻的斑龜和外來種紅耳龜。紅耳龜大概是遊客放生的。一如全省各地的湖泊和池塘。有許多專家一直擔心，紅耳龜會搶奪本土種斑龜的棲息環境；對這種有著紅斑的烏龜，也特別關心。用望遠鏡仔細瞧著，斑龜數量比較多。我懷疑，還有一隻大型黃褐的棺材龜在那兒。

中午時，捨不得離去。就在一個靠著有隱祕小島的池子吃便當。爲何會選擇這個位置呢？因爲想等看看，那十年前曾經在島上遇見的白腹秧雞小波，不知牠安然無恙否？或者，牠的後代子孫依舊在島上生活。

可是，遲遲未看到牠出現。不遠處卻看到一隻黃色的母野狗，帶著三隻灰褐色、可能尙未脫奶的小狗，從園區跨過淺水溝走出來。這樣的小狗大概都有兩個多月大。在市區裡，要看到一隻野狗帶著三隻小狗出來蹓躂，並不是很容易的事；尤其是不靠人類的幫助、飼養，而能自力更生的野狗。

一些遊客看到小狗，興奮地圍上去逗弄。母狗單獨走到一角，讓人們和小狗一起。沒多久，小狗本能地溜入園區內。等遊客走了，母狗又回來帶小狗出去。

看在眼裡，我有一種對野狗行爲了然於胸的了解。這種母狗帶小狗的行徑，幾年來看了還不少，可以逐一合理解釋的。我後來到牠們出沒的位置觀察，這些尙需要母狗奶水的小狗們，總會鑽入一處龐大而隱祕的刺棕櫚裡。可以斷定，母狗就是把這群小狗生在那兒。但這裡會安全嗎？想到整個植物園的大環境不免悲哀。

吃完便當，準備離開時，赫然發現，杜鵑花叢裡，竟鑽出了一隻全身像套著連襟白衣的大鳥，從臉頰到腹部都白澄澄的。是一隻白腹秧雞！時間彷若十年前初次來此，遇到的情況一模一樣。

牠會是十年前那隻小波嗎？還是小波的後代？牠悄悄地走下水池，慢慢地遊回小島的草叢。然後，站在一根草稈上，沾水梳理身子，再進去休息。整個動作優閒如在林徑上安靜運動的阿公、阿婆們。我呢？時間彷彿也在這時迅速逆流而回，回到十多年前。我繼續躲在池邊的草叢，被牠悄然撞見。

——一九九四年二月・選自晨星版《快樂綠背包》

劉公島紀遊

這是一位臃腫的泰雅族戰士，和退化的海軍少尉的感傷之旅。

我們的目的是威海外海的劉公島。威海就是以前在歷史課本裡讀到的威海衛。劉公島是甲午戰爭時，北洋艦隊最初誕生，與最後淪亡之地。台灣割讓後一百零一年後，瓦歷斯．諾幹和我，跟隨大陸作家參觀團隊，懷著另一種複雜的感情航向劉公島。

固定由威海來回劉公島的客輪，接近這座孤懸於海灣之口的重要基地時，北洋艦隊著名的鐵碼頭，黑而瘦長的身影，最先映入眼簾。這座停泊過鎮遠、定遠等鐵甲艦的碼頭，依然筆直地伸向外海。它也一如失去船隻連接的斷橋，一八九五年冬末以後，就未再等到任何北洋艦隊的戰船回來。

客輪繞過鐵碼頭。緊接著，朱紅為底的北洋海軍提督署出現了。坐北朝南，瓦青檐飛、杜圓樓敞，再搭配畫棟雕樑的典型中國傳統建築風格，猶保持著戰爭前夕，李鴻章搭船前來閱兵時的模樣。大門並樹旗桿一對，黃龍旗高高，迎風搖曳，還當年歷史之面貌。

提督署旁邊是當地漁民常年進香膜拜的龍王廟。再過去，還有海軍提督丁汝昌典雅、素淨的寓所。其次是毀於戰火的水師學堂。提督署右邊，後來英國租借時的建築也完整存在，教堂、監獄，以及一些軍官俱樂部的寓所，展現著另一段中國鬱悶而悲苦的近代史。

未來之前，這些都是我研究甲午海戰，或者英國人旅行東北亞歷史時，早已知悉的事蹟。等重返歷史現場，更有一股難以排開之族群的感情壓力。

過去的資料裡漏列了兩座建築，它們是新近興建完成的。遠遠的旗頂山山頂，北洋海軍忠魂紀念碑，如寶劍之高舉，坐落在黑松林的山巒裡。沿海邊往東行不遠，還有新近落成的甲午戰爭紀念館。入口處，佇立著丁汝昌提督持著望遠鏡望海之大石像。它已成爲劉公島的新地標。

還沒踏上陸地，我們已經充分感覺整座島依然籠罩在民族主義的情緒中。它被刻意地經營著，繼續活在百年前，那場決定近代中國受到屈辱與苦難命運之氛圍裡。不知瓦歷斯感受如何？

我原本以爲，一百年已經過去了，連日本觀光客也常來此遊覽時，應該能夠出現較爲冷靜而遠距離的觀察，但環顧周遭，還是覺得盡欠允當。一個在台灣長大的人，要去深刻體會中國人對日本的國仇家恨，著實非易事。

遊客們跟隨著解說員，不斷地進出提督署廳堂，聆聽這場戰爭的種種事蹟。我獨自尋找著，幾艘重要軍艦的遺物和歷史圖片。當我在一間廳堂看到致遠軍艦的模型時，整個人就被牢牢地吸住，無法再隨解說隊伍往前行了。

我暗自細想，這大概是一個當過海軍的人較為莫名的特殊情感吧？就像在離開威海到劉公島的海途上，我會特別注意到停泊在港灣的中共海軍一樣。那一對停泊在威海灣內，猶若台灣山字號的軍艦，外型便頗像當年的靖遠和致遠軍艦。這兩艘姊妹艦在戰爭前七年，才從英國接回，由於速度迅快，隨即成為定遠和鎮遠兩艘主力裝甲艦以下，名氣最為響亮的兩艘。

我之所以對致遠、靖遠軍艦的感情特別深，倒不是自己曾在海軍陽字號軍艦服役，反而是因了和瓦歷斯有些淵源。

瓦歷斯孩子的母親阿媯是排灣族，兩艘快速戰艦和排灣族曾經有過不愉快的接觸。那是一八八八年，清朝派員從英國接艦回來後翌年，她們來過台灣的東海岸，為中國打了第一場海對陸的現代戰爭。台灣史稱之為「台東之役」。

軍艦的對手就是卑南平原的排灣族。由於當地滿清官員欺壓住民，激起排灣族的抗暴運動。當地的清朝守軍抵擋不住排灣族的攻擊，上電告急。北洋海軍提督丁汝昌奉命，親自率領這兩對姊妹艦南下支援，甲午戰爭時，兩位著名的艦長鄧世昌、葉祖珪也在場。

致遠、靖遠抵達台東外海後，砲口朝陸地，瞄準卑南平原的排灣部落，發射當時世界射程最準最遠的砲彈。每顆炸彈的長度多少呢？我在提督署遺物上的展示台終於看到，砲身直徑二十四公分，長度達六十八公分，和中華民國海軍陽字號的砲彈一樣重，一名水手勉強只能抱動一顆。

阿嬀的祖先們，第一次看到這種外海飛來的炸彈掉進部落，轟然爆炸時，還以爲是神派來的惡靈，全族嚇得躲入山裡嚎啕大哭。這次清朝全靠著船堅砲利，打贏了排灣族。

打贏這場小規模的戰役後，這對姊妹艦開始隨著北洋艦隊，南北來回。像一群座頭鯨的迴游。夏天時在威海，冬天時南巡到東南沿海駐守。可是，它們並非唯一的一群，不管北上或南下，總有另一支充滿敵意的族群，在東海的另一邊監視著，甚至在靖遠和致遠南下台東時，都虎視眈眈。它們就是七年後與之決戰的日本聯合艦隊。

假如你用現代電動玩具的玩法，在電腦裡將當年北洋艦隊和日本聯合艦隊的兵力部署、武器性能、戰鬥士氣等等條件羅列，北洋艦隊的戰鬥力並不輸給後者，但縱使一個十二歲小孩現在也知道，即使是電腦裡列出的戰爭遊戲，不會只是要求這些第一線的東西。這還牽涉到後勤補給、平時訓練等繁複的問題。電動玩具的結論和多年來許多篇探討甲午戰爭的學術報告一樣，北洋艦隊並不是敗給聯合艦隊，而是敗在政府顢頇、官員無能等國家結構的問題。

那年，甲午海戰開打後，兩艘快速艦果不負聲名。致遠軍艦在鄧世昌帶領下，悲壯地撞向吉野，不幸觸雷沉沒。靖遠則在戰爭末期成爲丁汝昌之旗艦；當靖遠中彈，戰沉於威海內海時，丁汝昌原本有艦亡人亡之企圖，後來雖獲救，未幾，依然服藥自盡於提督署。

當一名遊客參觀時間有限時，當地的嚮導多半不會帶遊客觀賞水師學堂、砲台或者丁汝昌住所。他往往會建議遊客，走進新近成立的甲午戰爭紀念館，了解這場戰爭的模擬實況，以及前因後果。紀念館大廳，一開始便是一排黃銅色的肖像，矗立於昏暗之燈光下。那是海戰之前夕，幾位著名清朝海軍將領集聚於舵房，準備決戰的場面，氣勢懾人而悲壯。從一開始，遊客的心情便隨著館方設計的場景，隨著雄壯而悲涼的音樂、光影和解說內容，將自己的民族情感提升到高點；情緒感傷者，再想到中國的大苦大難，難免當場激動落淚。

我參加的作家參觀團結束觀光後，這種極度感傷的情緒依舊持續，隨著我們的渡輪回到威海。翌日開環境文學討論會時，仍有大陸作家在會議裡提出對這場戰爭的看法。最激情，也最令人動容的，或許是三〇年代作家老舍之子，舒乙的講話。舒乙後來曾以另一位作家冰心先生爲例，形容這場戰爭對中國人的影響。目前長年臥病在北京醫院的冰心先生，生前最大的心願，便是以甲午戰爭做題材，好好寫一篇文章。可是，每每提筆，尚未伏案，心情就湧動不停，終而嚎啕大哭，直罵道，「日本人太可惡了！」會後，我翻開北洋海軍將領後裔，赫然發現，冰心先生竟是甲午戰爭名將謝寶璋的女兒。

還記得，那天和瓦歷斯走出來，一路默然無語，坐在旁邊的餐廳休息。有一位大陸作家過來聊天，他特別問道瓦歷斯，「瓦先生感覺如何？」

瓦歷斯講話一如平常之山地腔的語法，「看完後，我很心痛的。」

「是不是因爲台灣後來割讓給日本？」那位作家頗表同情地追問。

「不是。因爲這場戰爭結束，後來，日本人到台灣來，和我們泰雅族打了大大小小，一百五十幾場戰爭。」

瓦歷斯的談話，讓我想起了最初的太魯閣大戰，還有一個部落幾乎亡族的霧社事件。

那天晚上，我們沿著威海灣散步。我問他，「阿媽要生了吧？」

他回答說，「我還沒做夢？應該還沒。」

泰雅族是子承父姓的，我遂問他，「打算幫兒子取什麼名字？」

他遠眺著劉公島，微笑道，「就叫威海·瓦歷斯吧！」

——原載一九九五年十一月《中國時報》人間副刊

北壽山與南壽山

北壽山

每次到高雄，都會去爬壽山（柴山）。這回也不例外。爲了爬山，還特別選擇靠近山腳的旅社下榻。

很不湊巧，前往攀爬的日子正好是周日。平時壽山的登山客就絡繹不絕，例假日時更像鬧區之街道般擁擠。

大清晨北壽山入口的龍皇寺，集聚了比平時更多的攤販，沿著狹窄的巷道，排列到山腰去。原本打算半途時，靜靜地坐下來休息，但是小徑上人來人往，始終找不到適當的休息空間。

長住南部的自然生態作家王家祥跟我說過，自從山區開放以後，這條山路不只像中正路一樣熱鬧，時日一久，山路被踩寬，更被蹧蹋得禿裸、溜滑，有些山上的珊瑚礁石都已磨損殆盡。不過幾年光陰，遊客在北壽山就留下了許多條像巨大疤痕般的小徑。長此以往，這個山的生態都會受到嚴重影響。

半路上，遇見了好幾隻台灣獼猴。牠們肆無忌憚地在半路上向遊客要東西吃，或者乾脆用抓了就跑的方式。登山的民眾也以餵食獼猴為樂。結果，造成獼猴在行徑上背離常情。我自己在半路上尋找植物繪圖時，就遇到兩次。當我打開背包時，一隻公猴還跳到我休息的桌前搜尋，以為我要取出東西來吃。

野生的台灣獼猴裡，大概就是北壽山的這一群最親近人了。但也因為不懼人，牠們的食物來源已經相當仰賴登山者的提供。甚至於，養成奢華的習慣。如果遊客給的食物不好吃，諸如番茄、麵包之類，往往咬了一口便棄置一旁。唯獨花生、香蕉是最愛，總吃得一乾二淨。我在休息時，也聽到一些登山人在抱怨，他們很不喜歡黃昏時，仍單獨在壽山逗留，免得被索取食物的獼猴干擾。

這種索討食物的行為長期下去，對獼猴在自然環境的生存並不見得好。民眾們其實應該反省，減低這種餵食的樂趣。

前年來時，北壽山的步道只有一些地方鋪了木板棧道，架空於地面，讓動物爬行而過，植物能較自由地生長，減少被登山者傷害的機會；對當地的珊瑚礁環境也更能減低衝擊。這回來時，木板棧道又擴充了。在台北大崙尾山的自然步道，我見過類似的設計。最新的枕木步道，不僅和地面契合，而且還鋪灑了鵝卵石。至於，到底哪一種步道適合，恐怕還得視個別的環境去判斷，如果把台北象山自然步道的石階小徑移到壽山，恐怕就是對珊瑚礁環境的大破壞了。但是它在台北的近郊出現時，對環境的衝擊，似乎就減少許多。

天氣頗為炎熱，梅雨季節好像還在南洋旅行，還未回來。但我已經開始巴望，一如蒟蒻的渴望雨水。優勢的構樹族群已經結出累累的青色果實。我隱隱感覺，特有的台灣鹿角金龜即將從地面羽化出來，快樂地飛上這些甜美的果實。五月時，不僅鹿角金龜，朽木蟋蟀、大青叩頭蟲，還有一種橙紅色，至今我尚未鑑定出眞正屬種的紅叩頭蟲，想必都會出來湊熱鬧。接著是雄蟬大鳴。

但壽山的時序和季節，可不是我這種過客的旅行者所能一眼望穿的。套一句流行的廣告，一九九七年，我在巴黎的左岸咖啡館，但不見得我認識了巴黎。我只是藉由咖啡屋，感覺巴黎的具體存在，自然觀察亦是。當感覺對時，每一種昆蟲鳥獸都可能帶來這種情感。

在步道上旅行時，我選擇了烏柑、咬人狗、龍船花和蟲屎等，此時較為常見的代表植物，做為繪圖的主要素材。這些北部不常見的植物，傳遞著多樣的熱帶氣息，在我現階段的自然觀察旅行裡，有著親切的疏離之感。它們不止是一種植物這樣單純的符號而已，當它青綠盎然地站在那裡時，背後的內容，還潛藏著相當複雜的人文和歷史意義。我如是這般思索著，且自信而愉悅地面對每一種植物，小心地繪入筆記本裡。相信長尾南蜥知道這種心境的。這種有著手臂長，肥胖而巨大的蜥蜴，如巨蛇般吐露舌信，到處鑽探。每當我久坐時，都會自草叢裡，或珊瑚礁上，露出滑溜的頭，曖昧地凝視，彷彿在質疑我對這個熱帶山區的情愫。

南壽山

在壽山旅行了兩天。前一天，在北壽山自然步道觀察，隔天便到更接近海岸的南壽山去。

我沿著中山大學校園後面一條隱祕的步道，隨意信步而行。這條路直通百年前英國的打狗領事館。一邊走路時，不免想起博物學者郇和（R. Swinnoe）在此任職領事一職時，攀爬壽山的旅行，還有西方旅行家沿路走訪的景觀敘述。

我經過的範圍主要在靠領事館面海的山區。原來希望看到此地特有的山毛柿，但一路上，多半是血桐、稜果榕和構樹爲多。猜想山毛柿喜歡棲息的環境可能更靠近隱祕的森林吧？

構樹無疑是這兒最爲眾多的優勢族群。寬葉的成熟樹種多半已長出青綠的漿果。偶爾進入隱祕的林子時，還有盤龍木長出紅鮮的果實。接近領事館時，長著漂亮紫花的蝶豆和紫紅花朵的珊瑚藤也出現了。不知當年郇和走的路線是否就是這一條？甚而，其他外國人也循此路到密林裡去。

我再度於駐英領事館前徘徊，回想當年的自然景觀。這個地方是台灣自然觀察和採集最早的發源地之一，往昔採集者的敘述，經常讓我充滿歷史情感和困惑？

譬如說最早記錄的蝶道吧，郇和當年在此看到的會不會是玉帶鳳蝶呢？這種鳳蝶依賴的食草烏柑，正是林子裡相當優勢的植物。還有，爲什麼郇和常記錄的老鷹，現在幾乎難得一見。一九八〇年代，我在左營軍港服役，老鷹仍常低空盤旋。百年來經常活動於此的鳥種，爲何在這短短十年就難以記錄了？再者，大家都熟悉的台灣獼猴，一直局限在柴山這個地區活動，無法和其他山區的族群交往，會不會發展出不同的個體，或者延伸出某種變化？

海風從海峽徐徐灌進，我遠望著，彷彿看到百年前西方自然探查隊的船隻，繼續在入港、卸貨。同時，領事館這邊，也有一些在內地採集到的珍稀物品，以及重要的自然科學文件，正在打包準備運回歐洲。

但我的煩惱和疑惑從那時起就未被運走，它繼續附生在這塊土地上，一如耐海風和鹽蝕的山豬枷，常綠且蓬勃地爬上了岩礁。

兩種鳥人

「台北和高雄賞鳥人之間最大的差異是什麼?」有一回，在高雄鳥會演講，一位鳥友如此問我。

我略為遲疑一陣，隨即回答這個去年來此旅行時就思考過的問題。

我將這種差異歸因於地形環境的不同。

高雄市只有一個壽山（柴山），台北市周遭卻有很多樣類型的山巒。山少環境自然單調，高雄看鳥的環境便不如台北的多樣而豐富。

可是，壽山的珊瑚礁地理，讓高雄的南方特色相當明顯，因而兩邊鳥友的性向也發展出不同的自然觀察特色。

譬如以整體展現的自然書籍來看，高雄鳥會編出《北壽山自然步道解說手冊》，台北鳥會就不可能編出類似的性質的書籍，因為它本身設定的功能仍在賞鳥為主的主體上，其他方面自然資源的人才較難整合。

也因為賞鳥人才濟濟，台北鳥會擁有足夠的鳥類資訊，編輯出精緻的《冠羽雜誌》月刊，以及各類以鳥類為主的宣傳書冊，這又是人力和經費資源較缺乏的高雄鳥會所難以望其項背。

可是，在《北》書裡，我們看到了鳥友對壽山的熟悉瞭若指掌，裡面的各種動物植物和人文歷史都相當清楚。這種博物學的認識自然方式，就遠非台北鳥友所能體認的。

在台北，因爲資源豐富，鳥友很容易進入一個單獨的個體世界——以鳥爲主，深入地研究，或者全然被鳥的主題所吸引。但是在高雄情況便截然不同，最近而唯一的山頭只有壽山時，他們的感情和認同也只有朝這裡去發展。但壽山本身鳥種不多，鳥友自然而然會往另外的自然生物發展出多元的興趣。

所以，一般說來，高雄的鳥友往往比台北的鳥友對自然環境的全面認知來得清楚。但相對的，台北鳥友在個別鳥種的知識卻較爲深入，常有率台灣賞鳥風氣之先的能力。

——一九九五年・選自晨星版《快樂綠背包》

輯二

動物觀察

最初，怕寫了又像其他地方一樣，
反而讓獵人知道。
不寫，
眼看牠們卻即將滅絕。
在野外觀察自然生物十多年，
從沒有像現在的心情如此恐慌，矛盾。

溪澗的旅次

邇來入山賞鳥時，逐漸地脫離森林的核心地帶，轉而喜愛沿溪跋涉了。可能是年近卅吧！我想自己已變得容易感受孤獨。而溪澗似乎存藏著一股山中最旺盛的生命力，能夠賦予我強烈的安全感。連帶的因了溪澗向下流出，最後勢必滙入平野的河川，便莫名地依賴這種源起的親密關係，進而支持自己到山裡繼續活動的慾望。幾經思慮，爲求觀察的方便，調適這種情緒，最後，我抵臨的所在直指山谷，位於八百公尺上下的溪澗。那裡是溪鳥永遠的家鄉。

我所逗留的溪澗世界，不是坐落於濃蔭密林裡的瀑布地帶，也非切穿兩座高聳山峽下的急流。而是橫陳兩岸較平坦、開闊的森林，同時短距離即微有起伏的溪道。

這種溪道長則一兩公里，短則一兩百公尺時便形成一個獨立的小天地，每一個山迴溪轉以後，就出現另一個類似的溪澗王國。一個王國銜接著另一個，沿著溪道的上逆下溯，在平地與高山之間，從三四百公尺海拔起到一兩千公尺內，一條溪的上游就是無數個溪澗王國的大串連。

在溪澗裡，我所關注的溪鳥們是最高統治者。牠們是寡頭的君父，控制著一個小而近乎封閉的獨立世界。大如魚蝦、青蛙、小至蚊蚋、蜉蝣等昆蟲都是覓食的對象。在自然環境競爭激烈的生活下，一如其他地區的動物，牠們也時有爭執，時有互助的情形出現。比較其他地區如沼澤、森林，溪鳥們顯然生活於一個簡單的食物網裡，也如同長期定居於小型社區的公民，位於食物鏈最高點的樞紐上。牠們必須相互依賴，藉以獲得下層食物的平穩與充裕。

跟水鳥的習性對照，溪鳥的活動趨於靜態，只覓食在固定的領域裡。水鳥的棲息比較不安定，春秋兩季的南北奔波幾乎橫跨南北半球。調查水鳥時，光只一個過境的驛站，我就必須尾隨，四處旅行。而觀察溪鳥時，只要找到適當的地形坐下來枯坐就成了。

依著牠們的習性，我總是選擇較複雜的溪道，躲入視線良好可以隱蔽自己的巨岩後。我認爲複雜的溪道，主要包括了急湍、迴流、飛瀑、水潭與岩石纍纍錯綜交疊的水域。擁有如此特色的溪道卻不容易尋找。有些溪澗受了地形與地質的拘限，經常只剩急湍、迴流。不然等構成複雜的條件時，已經流入平野城郊，只有兩三種溪鳥會幸臨，或者讓水鳥沿溪上溯所佔據。

偶爾隨朋友去露營的南勢溪卻不乏這種複雜性，遂變成我的定點旅行區。每回坐在岸邊守候，待上個兩天一宿的旅次，或者僅止於一個下午的瞭望。徘徊這類溪道時，總能夠在急湍聽見紫嘯鶇尖嘯，在飛瀑找到小剪尾跳躍，在迴流看見河烏潛伏，在水潭發現魚狗飛掠，在岩石灘邂逅孤獨佇立的小白鷺與鉛色水鶇。這六種溪鳥加上秋末冬初滯留的灰、白鶺鴒，組成了溪澗王國最上層的主宰。

爲了觀察溪鳥，連續兩三個鐘頭枯坐在岩石後，我已習以爲常，溪鳥們多半沒有這種鎮靜功夫。在這個王國裡，枯坐等於毀滅。食物不會自己送上門來的。每隔一段時候，溪鳥們都靠著不停地移動位置，巡行於自己認定的領域裡尋找食物。

小白鷺也許是較特殊的例子。當牠靜寂佇立時，憑藉著碩大的軀體幾乎可以睥睨周遭的一切，也沒有多少動物敢於上前侵擾。

鉛色水鶇的行爲最具代表性。牠常守候在溪面浮凸不動的岩石上，然後沿著岩石群逐一跳躍，捉捕溪岸附近肉眼難見的蜉蝣與蚊蚋科小蟲。溪澗的天地小，溪鳥的領域感自然十分強烈，鉛色水鶇更是如此。牠的體型約莫麻雀大，攻擊性卻勇猛兇悍。牠們不僅追趕同類，大牠半倍的白鶺鴒也遭到驅逐，落荒而飛。在溪澗王國裡，這種場面算是最激烈的爭鬥。日後，我也發現，在溪鳥裡，只有白鶺鴒獨獨會遭受鉛色水鶇的排斥。究其原因，原來牠的習性類似鉛色水鶇。不但覓尋的主食來源一樣，體積也相似，而且活動的位置都是岩石灘。一山不容二鳥，兩者之間勢必起衝突。我卻未看見白鶺鴒驅趕打贏過鉛色水鶇。

魚狗的活動領域雖然與鉛色水鶇接近，由於主食小魚，兩方近距離對峙時，並不會發生爭執。但魚狗十分在意同類的入侵。時常遇見這種場面後，我猜想，魚狗和鉛色水鶇可能有相互合作覓食的一種默契吧？這種容忍食物來源不同的朋友進入自己地盤的情形，有點近似人類社會的某些生活特徵。當我看到同樣模式出現在人與人的交往中，反而帶來某種利益時，我相信，溪鳥也應該深諳此道。

河烏、紫嘯鶇，與前三者也沒有摩擦的現象。河烏的主食是溪裡的水中生物。紫嘯鶇體形大牠們三四倍，加上慣於棲息隱蔽之處，都不可能有相互衝突的理由。

孤獨生活也是溪澗錯綜地理下的一大棲息特色。對溪鳥而言，溪澗的空間狹窄，視界又不開闊，除了繁殖期，牠們自然易於獨自覓食以求生存。不像大部分的山鳥或者水鳥，依賴著團體生活，藉以保持個己的安全。當然造成孤獨生活還有其他因素。依生物進化的原則，地理環境的影響卻是最大的。

最符合這種推論的當數小白鷺。在平野、沼澤時，牠們經常群集覓食。入山以後，剛好相反，我看到的多半是單隻佇立的小白鷺，眞懷疑是不同種鷺鷥。較特殊的仍是鉛色水鶇，有時我會遇見雌雄一對的鉛色水鶇，保持一段距離，相互警戒四周。或是三四隻成群，可能是家族成員，來往於溪岸。此外，白鶺鴒進入秋末的溪谷以後，也時而成對飛行。

隨著溪澗位置不一，溪鳥的分佈數量也頗有起伏。例如屏東的楓港水質清澈，溪魚群集，魚狗的數量也特別多。南投的杉林溪處處是急湍深壑，人工開發不多，小剪尾活動的頻率便最高。南勢溪的環境屬於複雜型，卵石纍纍，溪面又較開闊，鉛色水鶇的隻數就高居榜首。

溪鳥種類雖少，覓食的花招卻百出，各有各的特色。有一次，我尾隨一隻河烏，觀察牠的覓食方法，覺得那是生平所見最奇特的鳥類。牠不像山鳥一樣逐林而居，或者像水鳥沿著岩礁、沙丘海岸棲息。只是固定選擇一段水流洶湧的溪道，順水而下，時而浮游，時而沒入水中。每游完一小段後，便跳上岩石小憩，瞬間又沒入水中。游了百來公尺後，才折回，飛到原先的地點，再度潛入溪裡。我無法想像，只有手掌大的河烏如何克服溪水的強勁衝力。牠在水中的速度猶如人在疾走。當地溪道的岩石密集起伏，我必須邊走邊藏連爬帶跑，才能趕上。等牠再飛回起頭時，又得快速奔回去尋找。追蹤一個小時下來，我已累得四肢發軟，連舉腳走路的氣力也沒有了。

魚狗的捕魚方法也是獨一無二。雖然是體型最小的溪鳥，牠卻最聰明慧黠。同樣的有著長嘴，也是善於等待的捕魚者。牠不像小白鷺逮到魚順口便吞進去。魚狗發現獵物時，總是巧妙地利用垂直降落的重力加速度，從空中俯衝而下，潛入水中戳捕而上。然後，銜至附近的岩石，大塊朵頤地吞入肚腹。

鉛色水鶇卻像直升機的起落。當牠立足於岩石時，會經常不斷地往空中跳飛，再落回原地。就在這個短暫迅速的上下時間裡，牠已完成捕食蚊蚋，蜉蝣等小蟲的任務。至於紫嘯鶇、小剪尾與灰、白鶺鴒一如常鳥，以一般跳躍前進的捕食方法沿著溪岸活動。

從牠們的覓食行爲，我們可以發現，爲了生存，牠們也各自發展出順應環境的特有體型。例如魚狗與小白鷺都有一副適合戳捕小魚的長嘴，而河烏有一高翹的尾羽，幫助牠在水中保持平衡與操縱方向。鉛色水鶇也擁有在半空快速迴旋、拍擊的短翅，便利於捕食飛行的小蟲。

當整段溪道的覓食活動熱絡時，如果用卡通影片描述，我彷彿進入一個聖誕大餐的會場。魚狗像饕餮的小豬，猛地吞掉比牠大的蘋果。小白鷺一如盆口大開的牝豬，張嘴就是一塊完整的蛋糕送進，毫不溜嘴。鉛色水鶇正是專挑一粒粒朱紅櫻桃啄食的小雞們，鎮日吱叫不停，至於河烏，像極了鑽入蛋糕裡囫圇吞棗的小老鼠，東奔西竄永遠是忙碌的。

這就是溪澗王國君父們的生活方式了！溪鳥們一如其他動物，順著自然環境的變遷，早已學會調整自己去配合。溪鳥能生存下來，也是基於此因。這種改變是經年累月的結果，非一朝一夕所能形成。若是人爲的突然破壞情形就迥異了。雖然人爲破壞也有可能會衍發另一種進化，只是大部分的結局都是絕種，不然就是消失。

在這種覓食與憩息的循環過程裡，鳥類的叫聲也執行著十分重要的功能。截至現今，我們仍無法全盤了解各種鳴叫的意義。多樣性的山鳥、水鳥如此，簡單生活的溪鳥也在牠們的小天地裡佈滿了詭譎的聲音。以多數時候只會發出類似煞車聲的紫嘯鶇來說，有人認爲，這是在警告別種鳥類不得侵入牠的地盤。最近，一位鳥人卻發現煞車聲竟有冬夏之分。冬天時，紫嘯鶇的叫聲顯得較爲短促、無力。爲什麼呢？是否夏季鳴啼清亮中夾雜著求偶或其他的訊息？這種台灣特有的鶇科有一個非常好聽的別名，琉璃鳥。如今，牠單純的聲音已難倒所有鳥類專家。

鳴聲複雜的鉛色水鶇更加叫人困惑。牠時而尖啼向四周警戒，也時而以聲音相互聯絡。地形與晨昏改變時，似乎又有不同的音調。僅止鳥類的語言一項，我們對自然的認識到底下了多少工夫，就該有數了。

鳥人們通常也知道，紫嘯鶇與鉛色水鶇多半在佇立時鳴叫。河烏、魚狗與灰、白鶺鴒卻截然相反。牠們飛行前進時，像救火車叮噹作響的疾駛，邊飛邊叫。這不是暴露自己的行蹤嗎？難道在宣示領域？一如所有鳥人，我仍然不甚清楚。

研究鳥類的巢穴也是門大學問，長期逗留在溪澗裡，我也強求自己尋找每種溪鳥的巢穴。雖然沒有受過找鳥巢的訓練，以自己的經驗與花費的時間，我想應該不難找到。結果，迄今只找到一個。能掩飾得十分隱祕，讓其他動物難以發現，僅憑此點，我認爲溪鳥們也是一流的建築家。

唯一被我找到的巢穴，還是偶然發現的。第一次看到時，根本無法想像那是個鳥巢，倒像是個蛇洞。它建造得異常靈巧，除非蹲下來仰視，不然毫無發現的機率。那是一個魚狗的家。它坐落在溪邊的沙壁裡，洞口前方懸垂著蕨草，必須撥開才能看清。洞形是倒立的高腳杯狀，裡面鋪陳著青苔、蕨草，還沒有鳥蛋。洞口位置約莫離溪面一尺，這是否已避離溪水暴漲時的最高水位？我想魚狗比我更清楚。

旅行溪澗也有一段時日，只找到一處鳥巢，我並不覺得丟臉，因為河烏的巢穴也是去年才首次被人發現。

最近，傳聞有人學到專門找鳥巢的技術，也聽說十分靈驗。我頗擔心此事，這跟學會開門鎖一樣，專家知道了當然便利研究，捕鳥的人懂得這門技術，溪鳥可就慘了。

溪澗王國如何掌握各種溪鳥的數量，維持牠的穩定平衡呢？在台灣的溪流裡，溪鳥的天敵甚少，蛇鼠的出沒仍無法構成嚴重的威脅。我想，天然的災變因是主要控制因素。當溪鳥的數量達到飽和時，夏季固定來襲的暴雨往往會造成山洪，摧毀了溪澗原有的生存環境，大量的溪岸生物消失了，溪鳥的食物來源相對減少。終於迫使牠們被迫選擇兩條路：面臨死亡，或者遠走高飛。這種俗成的生態模式也可印證到人類的歷史。當人口膨脹到一定程度時，戰爭、瘟疫等災難固定會帶來嚴重的破壞。人口大量銳減後，再整個緩慢地復甦。

整個說來，我以嚴肅心情觀察的時間不算長，大約是冬末至春初間的冷雨期。不像觀察水鳥曾經耗費冗長的四季。近來，我也寧可坐守這個小而完整的天地。它不像水鳥的世界幅員廣袤，跨洋又跨國，隨便一個過往的驛站遭到破壞，連帶的整條遷徙線都受影響。溪澗的天地是固定不變的，溪鳥們也不須具備長途跋涉的能力，一道河段便自成一個王國。在非人爲的破壞下，也能從自然的一時失衡中迅速矯正過來。縱使最嚴重常見的山洪暴發，經過一段時日的自我療傷，蚊蚋、蜉蝣等小蟲又會出現，溪哥、石斑等小魚也溯游而上，溪鳥們自然跟著回來，繼續原先的主宰生活。

前些時，有位專家擔心立霧溪上游建築火力發電廠，將導致水位落差改變，喜歡在含氧量高水域活動的蚊蚋小蟲也隨之消失，間接影響溪鳥的存亡。這種推論十分正確。影響有多大呢？長期演變下，是否因了發電廠的出現，眞會造成下游溪澗王國的毀滅？沒有人全面調查過，也無人能提供肯定有力的答案。我認傷害是必然的，但或許還會出現令人意想不到的反效果。據聞大甲溪的達見水庫築成後就有如下的例子：原本活動頻繁的鉛色水鶇與河烏頓時消失，因爲喜歡急湍的蚊蚋小蟲絕跡了。日後，水庫蓄滿繁富的魚族，反而吸引魚狗進來遞補牠們的遺缺。不過，言歸正傳，還是回歸自然的好，意外的環境突變，難免帶來不確定的因子，影響生態的長遠性。

往昔，水鳥神秘的遷徙行爲以及按時南北漂泊的生活一直使我著迷。但完成長期觀察後，看到原本要設立保育區的沼澤繼續遭受破壞，我好像是做錯了事一樣，再也不願去涉足。幸好還有溪澗可以慰藉，只是它又能維持多久？我的同胞們最懂得利用自然的一草一木了，總有一天他們也會完全開發這裡。與鳥一樣，我將被趕得無處可去。

——一九八四年五月・選自洪範版《隨鳥走天涯》

沙岸

沙岸之冬

斷斷續續進入這塊沙岸旅行也有兩年了。有時一週來個三四遭，有時一季才抵臨六七趟。陌生的心情卻永遠如第一回抵達。它好像自己的背部，從未仔細的注意過，一直疏忽著……。近來停止淡水河的賞鳥活動後，緬懷這段時日，翻讀日誌，竟覺得或許是卅歲以前最重要的旅行。

沙岸位於淡水河河口北岸的沙崙。外貌景觀直豎著想像，彷彿火山口的頂端，光禿地裸露著，矗立於藍天。它正是如此呈不等邊的三角形，突出橫亙於北海岸。因了礦物質的含量不一，這裡的沙色橙黃截然與南岸的八里海灘不同，八里的沙色灰黑屬於台灣西海岸的沙種。它也與東海岸有異，只類似於同是北海岸的金山、萬里、白沙灣等地特有的地質。簡單的形容，它的顏色近乎我的皮膚。

與沙岸接觸的陸地銜接地非常緩和，不像一般北海岸突然聳起的丘陵山地，與海面之間幾無緩衝之區。沙岸後面就是淡水河沖積的小平原。平原中坐落著淡水鎮，以及衛星群集的水田、農舍與村落。然後才是北部山巒的起點，從大屯山、七星山起一路相互纏綿，直奔到台灣南部的墾丁去。

圍繞在沙岸周圍與陸地邊緣的草木，多半是定沙型植物。林投最多，密生群集如一道長牆，阻止了沙岸向內陸擴大的運動。林投內才有黃槿、木麻黃、夾竹桃這類郊野的木本植物。沙丘上最常見的海濱植物是白茅、海埔姜、馬鞍藤、濱刺草與莧齒科灌木。

退潮時，沙岸會附屬一大塊石礫濕地，淡水當地人圍成石滬。海水落降時，石礫區便露出，大約有沙岸的一半大。由於石礫的陳現，表面看來彷彿單調的沙岸世界便顯得有生機了。生活在石礫水灘裡的幼魚（如鯛科、鯖科）、小蝦、螃蟹與酒螺、寄居蟹等海岸生物構成了一個岩岸型態的食物網，與沙岸的全然不一樣。沙岸上最常見的幽靈蟹、海蠅與沙層裡的跳蟲、沙蠶等潮汐區生物又自成另一個複雜的生物鏈。這兩個食物網的相互共存與並連結合成一個豐富的自然食物場。加上沙岸的位置與對岸的八里、上游關渡沼澤區緊鄰，都是候鳥驛站的小X點，一個觀察鳥類棲息的最佳所在。

從外圍任何相等水平的位置遠眺沙丘，往往只能看清它外圍沙脊起伏的輪廓，無法探見沙丘內部世界如波浪起伏的變化。當然以遊客的心情賞玩，縱使走遍整個沙岸，沒有長期細心的觀察，除了乍眼發現時覺得奇特外，久了也會索然無味，認定它是一處景色荒蕪單調的地方。除了附近偶爾來撿拾酒螺、海瓜子的農婦與孩童外，沒有人會再三幸臨的。

冬初霜降的時候，東北季風漸漸地歇緩下來，沙丘只剩下風蝕過後殘存的面貌。所有海濱植物的枝葉都朝向西南方位彎伸，面對北方的迎風坡多半已無莧齒科灌木，不然就是剩下稀疏枯褐的枝幹。只有背風處稍有綠意群集的草叢。沙丘經過兩三個月來的連續風蝕，益形陡峭險峻。一道道季風颳掠過，留下了間隔寬闊的沙紋，沙丘也因了沙層的鬆弛經常自動崩落、變形。

這時浪水摻雜著親潮，自北方挾帶著另一種海味與各種蜉蝣物抵臨。隨著浪水一波波地湧起，時而巨吼著衝上沙灘，又緩緩地縮回深黯的海裡。沙丘寂寂，正準備迎接寒流的入侵。水鳥經過秋末的遷徙完成後，開始忙碌起來。有些也已趁著東北季風的末流追隨南去，留下來的則學習著適應避冬的海岸生活。

寒流抵臨時，經常夾雜著冷雨的到來。冷雨落進沙丘反而使海岸不再飛沙走草。氣溫陡降下，水鳥泰半會飛進內陸避寒。這是四季裡最嚴酷的時節。在海邊舉步都須順風而行，無法逆風前進。瘦小的水鳥自不用說。我只發現十來隻東方環頸鴴，弓縮著身子，靜靜駐足於潮汐區。沙丘上只有海風不斷奔向西南的厲聲叫鳴。

除了春秋兩季過境外，東方環頸鴴憩息駐足時多半是單獨的。接近牠時，牠仍機警如常迅速的跑步離去，實在逼不得已才順風起飛，閃躲到另一處沙脊後。牠也無法逆風飛行，我也未聽見牠們平常日子的啁啾。

沙岸的冬天並非全屬寒流的，無風的暖和天氣仍間隔展露。這時各類水鳥們的活動頻率便增高了。近千隻的金斑鴴會扮演主要的角色，披戴著金黃的羽衣，大膽而旁若無物地佔據了退潮後的石礫區，以它做爲冬天的覓食場所。冬天的石礫區是牠們的天下，十有六七的水鳥是牠們，與沙丘上的東方環頸鴴遙遙相互對峙。水鳥間儘管科別種類不一，卻甚少打架、鬥毆的情形發生，反而組成團體生活的情形屢屢出現。尤其是最危險的春秋遷徙期，這可能是牠們的覓食對象不同，領域寬闊，較不易爭執。同時危險性高，自然會群集相互保護。

但迄今我仍然無法全盤明白，金斑鴴棲息海岸的情形。退潮時，牠們會全數抵臨石礫區，滿潮時呢？我偶爾在沙丘裡也發現，有時卻半隻也未見到。最近我曾猜想是否隨著潮水上溯，去了關渡，或者到對岸的八里。對照是時別人的記錄卻有出入，會不會還有其他的覓食區？以淡水河下游爲中心，方圓能讓水鳥棲息的地方也不過以上幾處。也許牠們仍運用天賦的飛行能力，飛抵更遠的南方所在，再迢迢回來。另一種可能是：鳥友們仍未發現滿潮的主要內陸憩息區。

與秋末時相似，強勁的風力下，金斑鴴與其他水鳥群集憩息的場面較容易發現，單獨活動的情形多半是無風的時日。

最壯觀的場面是在潮水甫退之際，金斑鴴突然地全部出現於海面上空。我驚訝於牠們如何知道準確的退潮時刻，按著漁民的農曆潮汐表對照，書本所記載與事實的時差至少有半個鐘頭左右。金斑鴴卻掌握得異常準確，石礫剛重新露出海面時，近千隻的金斑鴴已經飛臨，迫不及待的落腳於石尖上。不只金斑鴴，其他水鳥對潮的起落時分也有如此驚人的判斷能力。

一般說來水鳥的警覺性甚高，金斑鴴就顯得遲鈍。我往往可以偷偷爬行，俯近離牠們十來公尺處。不過金斑鴴仍保持水鳥特有的習性，未在石礫區翻找食物時，牠總是站立於高處的礫石上，保持看清四方的視界。

不管哪一種水鳥，單獨時被我驚起飛離是可以理解的。而團體活動因了我的接近同時共同拍翅寂然而去，我卻非常訝異。不知道牠們是以什麼方法連絡，知道一個不明的危險物出現。是否有人類所遐想的，心有靈犀一點通的某種神經組織，天生存藏於牠們體內，不須經由聲音的傳送即可瞬間一起感受。

常見於這塊沙岸的水鳥裡，鶇鴴與三趾鷸比金斑鴴抵臨的時節晚來兩個多月。而黃足鷸、中杓鷸、金斑鴴與東方環頸鴴都在秋初時抵臨。鶇鴴與三趾鷸的數量也不多，與中杓鷸一樣，最多十來隻左右。

鶺鴒是這裡羽色最鮮艷的水鳥。黑白對比的胸肩夾雜著黃棕的羽翼，加上嘴爪肉紅，極易辨認。鳥人又叫鶺鴒為翻石鷸，顧名思義鶺鴒啄食時習慣於翻撥石子。我自己尚未發現這種情形。三趾鷸是這裡體形最小的水鳥，冬天時牠像一團雪花，駐足時像黏附在灰黑礫石的大型蚵仔十分搶眼。晚來與早到都相似，水鳥一起隨著退潮起落而居。這兩種水鳥晚來的原因，我猜有幾點。一是棲息的位置偏南，二則承繼了祖先的某種遺傳。另外也有可能，是時北方仍有食物，牠們不急著啓程南下。

這時岩鷺出現的頻率也增高了，時時結伴飛掠海岸，或穿梭於石礫間。最叫我百思不解的，每回岩鷺都是從對岸的八里飛來。八里多半是沙灘，岩鷺習慣嗎？如果從鼻頭角出現倒是能合理判斷，因為北海岸岬角、岩礁處處橫陳，那裡才是岩鷺聚集的最好地帶。

東方環頸鴴一如往昔的棲息。石礫與沙丘都有牠們的蹤影，牠們是最善於步行的水鳥。沙面表層常佈滿牠們交錯往來的足跡。我每踏上一塊沙丘，總會遇見一兩隻徘徊著，wi wi的鳴叫示警。依據秋末時牠們的結集，目前大約有一百隻留下過冬。這時牠們僅次於金斑鴴，成為第二大族群。

一次滿潮時，我在潮汐區，首次看見牠們於天空連成一線如彩虹形狀，迅速飛向八里。這種奇景我曾在鳥書的圖片見過，滿腦子卻是問號。為什麼這時呈現如此的隊形。平常成群飛行卻毫無秩序可言，莫非遠行？當時我馬上進入沙丘，果然不見一隻東方環頸鴴的蹤影，但隔天我又看見相同數量的東方環頸鴴出現。

除了水鳥與岩鷺外，麻雀偶爾會在枯褐的莧齒科灌木停棲。沙丘邊緣的林投常有台灣鷦鶯的行蹤，錦鴝、灰鶺鴒也點綴掠過。大致說來，不管任何一季，沙丘仍是以水鳥為主的世界。

整個冬天，我躲入這裡零星坐落的碉堡內觀察的時間頗長，主要也是為了躲避風寒。我不太喜歡觀察水鳥時將牠們刻意地擬人化，或者極力聯想到人類的某些相似行為。然而不知覺的，我還是會比較，尤其在棲息時的群體行為與個別活動。大半的時日裡，我也能從氣候、潮汐的狀況盤算，牠們現在正處於什麼樣的生活。在沙丘上時，水鳥憩息傾向於群集的習性，覓食才單獨往來。憩息主要是為了安全，覓食則忙於塡肚，自然不易團體活動。任何動物都避免不了這種潛在的私利心理，何況處於沙丘這種生存條件險惡的地域。活下去絕對是第一要件。試想，牠們千里迢迢歷盡萬苦所為何來。更不難體會，面對死亡的威脅，牠們所付出的戰鬥代價是如何巨大。

這時牠們的脂肪體能殆半已用盡於秋日的旅行，沒有能力修飾羽色，無法像春天時炫耀自己，藉以達成求偶繁殖的條件。冬殘是牠們外表最醜的時候，也是覓食最艱苦的一段日子。牠們只求維持不至於受凍挨餓，也不急於儲備體力，或者裝扮自己的容貌。我甚至感覺牠們的眼神不若春天的炯炯有光，只透露一種渴求生存的意志。

冬天時進入這裡，我也身同水鳥的期盼，彷彿一切都是為了春天的抵臨，忍受風寒沙吹的種種考驗。台灣城市的冬天除了冷寒以外，沒有什麼冬天的景象，萬物枯寂了無生趣的氣息，必須在這種無人抵臨的所在才能深入體會。也因此，我終於嗅到春天即將隨浪而來的味道。

沙岸之春

冷雨過後，沙丘依舊是冬殘的景色。除了連綿的雨水造成沙丘的坡面不再陡峭、崩落外，經過雨水長期不停地摻雜、滲透，海岸繼續以灰褐的色澤鋪陳著。

一個不同季節即將抵臨的氣氛逐漸醞釀成形。它來自海風時，不若從前的大寒，轉而是淡涼的冷意。它來自浪潮時，水面也不似從前的灰褐滾滾，已經呈現一種深藍的色調。

沙丘的色澤逐次明朗了。黏附於沙堆裡的冷雨緩慢地蒸發、消失。長期處在海風、日溫撫觸下，它恢復過去的橙黃外表。經由冷雨的潤飾，沙丘漸漸形成渾圓有致的山脊，優柔地起伏，展現一種自然美而和諧的地形運動結果。

位於低窪的沙丘盆地也突然萌起生機。冷雨走後，盆地積聚的雨水形成了大小不一的零星潟湖，一些肉眼難視的海岸生物孳息於裡邊。濱刺草像雨後春筍一樣的迅速暴滿湖岸。每一個盆地都有了一兩處稀疏的小草原。盤據在各個背風坡的海埔姜、馬鞍藤與莧齒科灌木，開始伸展枝莖，蜿蜒地溜下山坡來。它們在每個盆地與濱刺草相會。

我沿著沙丘瀕臨南側河口的潮汐區步行，計畫從這個不等邊三角形的一角出發，逕自穿過沙丘內部，直抵北邊的沙崙海水浴場。這也是我四季的觀察方式，避免漏掉任何一處的動靜。

河口的北岸最近在闢建一個小漁港。兩年來一條瘦長灰白的碼頭長隄，日復一日的鋪展拓伸，最後筆直的跨入河心。大約兩百公尺吧！頗爲壯觀。近來長隄已變成河口最突兀的風景。長隄接合陸地的碼頭仍堆置纍纍的石樁，足足兩層樓高，面積有一百公尺平方，儼然是一座現代化的大廈。從沙丘環視，碼頭的石樁彷彿是一個未來都市矗立著，我站在郊區的蠻荒世界正不知所措的發愣。

碼頭與沙丘南側相互並行成爲凵形。退潮時，許多漁船便擱淺於沙灘上。滿潮時，總有近百名垂釣者，圍聚長隄，放線守候。現在是沙鮻迴游海岸的季節，縱使天候惡劣，長隄仍有絡繹於途的人群。沙丘南側仍少有人涉足。在凵形的海灣裡，有兩三排整齊有致的木樁，以漁網相互連結著。退潮時許多小魚因了漁網的阻隔困頓於淺灘上，無力地等待漁人來捕捉。這些木樁也幫了磯鷸的大忙。好幾次滿潮時，每一隻木樁都停棲著一隻磯鷸靜靜地憩息。

冷雨過後，岩鷺只剩一兩隻會抵臨，在凵形的海灣與小白鷺競相追捕小魚。偶爾也有幾隻東方環頸鴴出現，但大部分的水鳥還是在沙丘等候返鄉。

梅雨尚未來到時，兩百多隻夏羽的蒙古鐵嘴鴴與小燕鷗、東方環頸鴴的族群，群集於滿潮時的沙脊上。冬殘時，我未遇見過蒙古鐵嘴鴴。這時牠們已披戴著肉紅的胸羽準備北返。另外有一族群是約莫二三十隻的金斑鴴，落腳於不遠的潮汐區。

這兩群水鳥勢必有不少是從南方啓程的，最近才登陸沙丘，必須在此一陣，補充體力後，方能與避冬這裡的水鳥一起北上。脂肪是水鳥南來北往賴以維持體力的首要條件。往昔依一些鳥學專家的研究，稱量水鳥的體重時，他們發現大部分水鳥在南方時體重遠比飛行中途或甫臨北方家鄉時重，因爲剛從南方飛抵的水鳥都在中途消耗掉不少體力。牠們還要在此繼續尋食補充能量，積蓄脂肪，休息一、二個星期，甚至一個月後再啓程。依沙岸的地理位置與鳥道遷徙線。牠再往前就是汪洋大海，這裡自然是旅途中甚爲重要的過境區。

這時接近牠們也最爲容易，水鳥群往往被我驚起後，飛行一段便隨地落腳，不再遠飛。不像往昔十分挑剔佇足的位置，牠們似乎正在把握任何維持體力的機會。

這時小燕鷗總有六七隻從八里飛抵，彷彿是要趕來送行。在八里時，據悉常有千隻小燕鷗起落的場面。而牠們最愛進入沙丘的時節是這時以迄夏末。最叫人困惑的是，爲何秋冬二季反而不易發現，別的海岸卻容易記錄。

隔不到一週，我又看到不少落單的水鳥獨自覓食於盆地的潟湖區。穉鷸、滸鷸、反嘴鷸這些原本習慣棲息內陸沼澤的水鳥竟然出現。去年此時，我卻未記錄。我想這些與潟湖的形成必定有關聯。去年沒有潟湖時，就沒有上述水鳥的棲息記錄。

潟湖的產生端賴雨量的多寡。冬殘冷雨後與夏末暴雨，往往是造湖的最佳日子。平常無雨時，盆地也比周遭的沙丘潮濕，呈現較爲灰黑的色澤。加之海風的搜刮，地表顯得堅硬而缺少沙層，雨水自然也不易滲透地表，甚至長了稀疏的不知名野草。

滿潮時，除了憩息於沙丘的水鳥，有不少的水鳥便散聚到每一處潟湖的四周。一個潟湖總有四五隻水鳥在湖邊覓食。這種場面一直會維持到五月底左右的梅雨時節。到那時，避冬留守的，或北上過境的水鳥又儲蓄好體力，羽色也變得光彩鮮艷。與秋天南下時一樣，牠們體內將有一種本能的衝動，慢慢的刺激發酵，配合著體外的各種舉止。

這是什麼樣的返鄉心情呢？每年固定往返一次，是否與人類的感受相似，或者更加沉重、嚴肅，同時帶有某種使命與生存的涵義。我想是的，而且更令人感佩。在這種返鄉過程中，牠必須面對迷途、失蹤、死亡等未知危險的壓力。沒有一隻水鳥能夠知道，當牠這回再出發是否必能安然抵達目的。但牠們還是毅然地本能地選擇了這種旅行，將生命交付大自然去判生死，將命運託予未來去決定。只等梅雨時節到來，勇敢的展翅拍撲，奮力升空向茫然的大海投去。

水鳥只靠碩長的羽翼翱翔返鄉？不然，假如你和我一起長期滯留沙丘，勢必察覺因素與條件十分複雜。梅雨抵臨後，有一天我突然發現海風掉頭了，風向已明顯的在改變，浪潮也隨著轉彎。風與波浪一併從西南來了，流沙再度滾起，不停翻攪。沙丘也順勢改變它原有的面貌，冬初的背風坡如今已變迎風坡。原本的迎風坡遂成為背風坡，一切顛倒。幸好西南季風的風力不及東北季風，它侵蝕沙坡時較為從容，甚少造成括掠、崩落的情形，只讓沙丘表面出現西南走向的沙紋。風力弱，沙紋間的寬度自然較窄。好像換季一樣，沙丘一如髮型的改變，所有髮根整齊有秩地傾向另一邊。只是這回用的梳子是不同的一支，沙溝有別。

是的，起風了。這時的季風與太陽、星辰、極光、磁場決定了水鳥離開的時日與方向。當牠們開始啓程，順著季風，白日依著太陽，夜間望著星辰，再注視地平線的極光，同時靠著體內本能相對北極磁場的吸力。這些相互交雜錯綜的條件，將完整地指引牠們返鄉的路線。能否安全回去，跟鮭魚上溯河頭一樣，已經生死不計。牠們只是不斷地朝北飛、飛，飛到去年秋末離開的所在。

梅雨期間，我在沙丘日日觀察，送水鳥一一北返。六月初時，沙丘上的水鳥終於走光，只剩下六七隻東方環頸鴴，以及開花的馬鞍藤，青綠的莧齒科灌木，豐饒的白茅，妖嬈的濱刺草平原。天氣漸漸酷熱起來，潟湖逐漸地乾涸、消失。沙岸上對流的熱氣逐漸密集，彷彿垂直的水流，模糊地阻擋了遠方的風景。

每回抵臨時，走上半個時辰，就要躲入廢棄的碉堡裡休息、避熱。現在只能聽到東方環頭鴴衰弱的清鳴，自沙岸遙遠傳來。然後不時發現牠走過的足跡，如虛線排列劃過沙丘。我偶爾也看到牠孤獨地身影靜立在沙脊上，與我寂寞對望。我知道，夏日時，這裡將只剩我們留守。

沙岸之夏

六月是馬鞍藤花開最繁盛的時節。橙黃的沙丘上，一叢叢綠葉黃莖的馬鞍藤自各個沙頂輻射開來，淡紫的花在海風下柔弱地搖曳。荒寂而熱氣滾滾的海岸彷彿因了此才有點生機。偶然有幾隻淡黃的白蝶翩然飄至，迅即又離去，此處似乎不宜久留。

滿潮時，我從碼頭沿著沙岸繞行，抵達海水浴場再穿過沙丘內部，爬上坐落中央的碉堡裡，用望遠鏡瞭望方圓。這個碉堡我叫它「燈塔」。我概略計算，只剩下六七隻東方環頸鴴留下來，其他的已隨水鳥飛回北方。六月底以後，滯留下來的東方環頸鴴自然是留鳥。牠們是否會在北岸的沙丘築巢呢？尋找牠們的蛋是夏日的主要工作。

這時水鳥伴隨著初期的西南季風離去，大概抵達了北方的故鄉繁殖。西南季風仍持續不斷，比起寒流所捲起的風力速度雖然遠遜，然而天氣是乾燥的，流沙依舊滿天飛舞，每天的地形仍有大起伏大變化。一個空鋁罐遺棄在迎風坡，經過一夜的風沙吹埋，明天再抵臨，必須拂開三四公分厚的細沙才能找到。

風沙滾滾與熱氣騰騰下，我只能以「燈塔」爲定點，決定前去的位置，算計一下路程是否合算。夏天時，我不敢再貿然地奔馳於沙丘上了。「燈塔」已成爲別墅。它分四層，最下層是沙石地面的地下室，陰涼而潮溼。第二層是砲口，容積十分窄小。第三層較大，可容兩人並排躺下。我經常將照相器材與衣物書籍堆置那裡，有時甚至小睡一會，再起來工作。第四層是瞭望台，毫無遮蓋物。「燈塔」是這裡最高的建築，又屬於沙丘中心，日後我每日經過必然進去憩息。

從「燈塔」頂樓遠眺沙崙海水浴場，每逢假日時至少有一萬人麕集。整個沙岸密麻麻地，幾無黃沙突露的空隙。半里外的這裡，整個夏日就只有我獨自徘徊。每次看到這種強烈對比的場面，孤獨無力之感不由從心中泛起。幾十年來，同胞們對自然的態度一直未改，無法將感官的遊樂方式轉變得有益於教化，形成知性旅行的風尚。這種惡習繼續不變，再過一代將會付出巨大生態破壞的痛苦。

調查東方環頸鴴夏日的棲息行爲並不容易。牠們仍舊是個別生活，喜歡沿著潮汐區奔走覓食，甚少飛行，或者在沙丘上憩息駐足。這時仔細看牠們的生活非常有趣。牠們往往會小跑一段，觀察一陣，再跑。一直反覆這種動作。我曾看見一隻東方環頸鴴只以單腳快跑，另一隻腳始終縮於小腹。不知是否受傷了，或是有其他原因。飛行時牠的鳴叫方式又與駐足不同。飛行時牠習慣發出 gr gr 的聲音，駐足時卻是 ca wi 或是 wi wi。這幾種叫聲都有示警之意。gr gr係向敵人的侵入叫嚷，後兩種叫聲，還包含了聯繫其他同伴的功能。

我觀察鳥類的報導方式，一些鳥人常有疑慮。他們較堅持形容文字的正確與記錄的嚴肅態度。但在台灣現時極度缺乏鳥類觀察知識與資料的環境下，對一個從事生態寫作的人而言，若不作大膽的假設、判定甚至立論，根本無從撰稿。我也認爲贖罪感的帶入才有可能使目前的賞鳥活動提升，進入另一個比現階段更有生氣的領域。經由長期觀察，東方環頸鴴的叫聲使我作了這種大膽的立論。

東方環頸鴴的蛋在一九八〇年才在大肚溪口首次發現。這次尋獲，證實水鳥裡的東方環頸鴴有部分是留鳥，也是少數於繁殖期待在台灣的水鳥。自此以後，鳥人們沿著台灣西海岸又陸續發現了牠們的巢與蛋。緯度較低的大肚溪都有記錄，我想淡水河北岸自然也有可能。

夏天時，東方環頸鴴經常蹲伏於沙丘上。我經常以牠們蹲伏的位置判斷築巢的地帶，或者以小石粒較多的地區搜索。尤其後者是牠們築巢時主要的必備巢材。最初的一個多月裡，我便鎮日逗留於這些地帶，瘋狂地搜遍沙岸，卻忽略了沙脊上築巢的可能性。

六月底一天正午，遍尋不著鳥巢要離開時，驀然看見一隻小燕鷗叫著掠過上空，我抬頭注視時，牠已從八里的方向飛入沙丘。我一直注視著，牠迂迴半圈後才回頭，轉而逆風上升，試圖越過沙丘。結果牠與海風在沙脊上僵持不下，像隻風箏半停空中。我用望遠鏡看得眼酸了，牠仍處居原位。正要放棄觀察時，忽地發現一個黑色物體橫陳沙脊上。它的位置離開「燈塔」不過十來公尺，我記得當地不曾有這種東西，於是好奇地回頭朝那裡走去。

接近時，牠迅即站起，我仔細看原來是東方環頸鴴。前此時，我和牠們遭遇時，牠們一站起來便小跑離去，這一隻卻不然。爲此我信心大增，即忙大步走去，此時牠才跑開，但是跑不到一公尺便跌倒在沙地，跛著腳展開翅，拖拉行走。這是擬傷行爲，終於發現了！我未再瞧牠表演，逕自走到牠曾經蹲伏的位置。果然，三顆近乎全埋的鳥蛋在沙堆裡，只露出三分之一的蛋殼。我急忙拍照留下根據。然後，再注意剛剛離去的東方環頸鴴。牠仍在附近徘徊不去，不斷地鳴啼。我也不便過度打擾，馬上離開。

隔日清晨四點，又從台北趕抵，開始觀察牠的孵育行爲。我仍以「燈塔」爲工作室，躲入二樓的砲口進行瞭望。

鳥巢位置的天時地利完全超乎判斷之外，東方環頸鴴築巢的季節通常在五六月之交。這個巢卻在六月底出現。它只是個小沙坑，周遭有一根巨大乾枯的殘木。東方環頸鴴的鳥巢位置一般是在小石粒附近的沙堆。它卻位於沙脊上，並且高居於稜線頂峰。後來猜想，可能是盆地區有淹水之虞，牠才選擇這裡。另外這裡是海風最強的入口，是否也因此才促使牠選定，讓其他動物判斷錯誤，一如我先前的設想鳥巢位置。

這處海風必經的地區，每天的流沙量可堆積十來公分厚。鳥蛋不過拇指大，勢必需要東方環頸鴴不斷地清理沙子，但又要保持掩飾得宜，微微露出。壯哉！牠們居然挑上這種嚴苛的環境，進行傳宗接代的使命。

為了接近鳥巢，拍攝孵育的情形，我只好攜帶照相機匍匐於沙丘上。這是一樁非常艱辛的工作，必須面對三個不利的障礙。一是風沙，溼黏的風沙隨時會將眼鏡打糊，遮住觀察的視線，不管我是背風或迎風而臥。另外沙子也不停地灌進衣褲、鞋子。我又必須保護鏡頭，爬在沙面時，便覺得彆扭而寸步難爬。第二個障礙是沙地的溫度。這時赤足在沙上絕對站不到十秒鐘，躺臥著更無法靜趴不動，必須不停地移扭身體，避免燙傷。最後的困難是要避開東方環頸鴴的視線。我必須從廿公尺外的坡腳慢慢爬上。當然牠還是會發現，只是爬行的方式比較不易驚動牠，如果站著走去，牠一定迅即遠離。

好幾次，接近至兩公尺左右的地方時，公鳥與母鳥都在場。兩隻保持一公尺的距離，向我鳴叫警告。警告當然毫無作用，我若再接近，牠們只好遠離。我也分辨不清那一隻是母鳥。離巢較遠的胸羽淡黃，站在巢邊的腹部則有幾點黑斑，可能是母鳥為了孵蛋自然形成這種羽色。我曾問過一些鳥友，他們也如此猜測。

隔一日，我再去時只剩有黑斑的母鳥了。牠似乎已不堪我的侵擾。我仿照前幾日的方式接近時，牠不再徘徊鳥巢附近。只要我一爬行而上，牠便遠去，毫不在意鳥巢的安危。我只好放棄這種方法躲回「燈塔」觀察。

這時牠的孵育方式也改變。通常是飛臨沙脊下的盆地，在濱刺草間迂迴小跑、駐足、瞭望，然後偷偷地潛近鳥巢，坐上去孵育。六七分鐘後又起身離去，隔了半刻再以剛才的方式從盆地回來。

熟悉牠這種習性後，每次牠一落足盆地時，我便跑到沙脊反方向的坡腳，迅速爬至鳥巢的位置，先牠抵達鳥巢位置附近守候拍照。我想等牠跑上來時，也許會忍受這個寂然不動的怪物吧。結果試了幾次也未成功，牠還未抵達沙脊就嚇走了。於是我又放棄了，當時自己也害怕牠會自此捨掉鳥巢不顧。後來看牠又回到鳥巢時，我知道只要自己不出現，牠斷然不會割捨的。我也識相地遠離，日後僅止於「燈塔」裡窺望，視那塊沙脊為牠的「保育區」，不再跨越。

一個禮拜後，颱風從東北角過境，攜來一陣豪雨。我很擔心鳥巢的安危，豪雨甫停便慌忙進入沙丘尋找。這時沙丘的地形已大為改觀，所有的低窪區已變成潟湖。我暗自為牠們將鳥巢築在沙丘上慶幸。到了「保育區」才愣住。稜線竟被颳成平地，小枝幹也被風吹走了。鳥巢自不用說，已經蕩然無存。有沒有孵出來呢？東方環頸鴴的蛋通常要孵三個禮拜左右，幼鳥出世時已有初長的羽翼，一兩個小時內就如成鳥一樣，能在沙丘上跑動，靠成鳥餵食。一個星期後，也能短暫飛行，自力更生了。後來，我走遍海岸調查東方環頸鴴的全部數量，比以前多了三四隻，就不知是否有牠們在裡面。

除了東方環頸鴴外，小燕鷗再度成為過客。七月中旬，我曾看見十來隻停憩於退潮後的潮汐區。整個夏日，這是我記錄小燕鷗最多的時候，平常不過三兩隻飛掠沙岸。如果不是東方環頸鴴的留守，對我而言，夏天的沙丘實無生趣。其他平地鳥類跟人一樣，也不想抵臨這裡，小白鷺與牛背鷺從不跨越林投外的沙丘。

七月以後，西南季風停止了。浪波又漸漸轉向。八月初時，我發現一對黃足鷸沿著潮汐區覓食。水鳥又從北方來了。牠們是尖兵，是前哨部隊，一看到我便驚慌飛走。隔兩三日，又看到一隻磯鷸，沙脊上也有兩三隻蒙古鐵嘴鴴。東方環頸鴴終於有伴。天氣漸漸清涼，我再度嗅到一種不同於夏日的海味。馬鞍藤的花已凋萎，枝莖漸漸縮回背風坡，濱刺草也比以往稀疏。我離開了避暑的「燈塔」碉堡。

沙岸之秋

天剛破曉時，流雲輕快地遠走天際，浪波一陣陣點燃水花，潮汐區交集著雷聲似地水鳴，不停地震撼著整條沙岸。一隻黑色的岩鷺沿著海面飛來。牠不再像往昔一樣必須努力拍翅，只要張開羽翼隨風而行，緊貼著水面滑翔，免得急走的東北季風捲走。如果控制不好可能就被吹至八里去，屆時，再展翅回來就相當困難了。

牠小心的落腳石滬區後，背對著東北風，努力使自己站穩步伐，守候在礁石附近，等鯛魚群隨潮水游至岸邊。牠可以在此度過一個飽餐的早晨。然後，再順風回到南岸去。

九月初時，東北季風向來就比親潮提早抵達。這是四季風勢最強的時候，沙丘已無雨水黏附。流沙經常翻滾得滿天暗黃，海岸視野一片混沌。靠近海水浴場的沙岸已無沙丘地形，大部分坡面堆積於內陸的林投區。現在端賴密集的林投和木麻黃將風沙阻隔於海岸地帶，不讓它們滲透、越位。

這塊海岸的沙丘每年就依靠內陸的林投擋風、定沙，同時藉著東北與西南二期季風相互地調和，穩定沙岸的面積。春末時，西南季風將沙子吹送到東北的角落去，現在東北季風又將沙子運回西南方。而林投的橫陳外圍下，沙子正如池塘裡的魚群，魚群怎麼游動都是在池塘中生活，它們也只能移動於海岸。

東北季風搜刮的猛烈卻遠非西南季風可比擬。它造出了比春末時更高的沙脊，風犁出更寬廣的沙紋。風力又使沙坡的細沙大量流失，背風坡沙子的疊積也造成沙丘崩落，再重新塑造。

沙丘上滾動的沙子與潮汐區的又不同，雖然都是石英石構成，並經由岩石風化運動而來。沙丘上的流沙受到風力與沙子間的摩擦後，與潮汐區的沙子對照便顯得較爲渾圓。而沙丘裡層的沙子也比坡面的沙粒粗大。因爲沙丘表面的沙子時時隨風流浪，日積月累的滾動自然較小。於是，從一粒沙子的形體，我們多少能看出它的歷史。

這時馬鞍藤禁錮於沙脊，偶爾順風向東北微微伸展。濱刺草也在盆地縮小生存的範圍，零星地在風中無力地搖曳。也不知有多少莧齒科灌木的枯枝垂倒沙裡，流沙正靠著風力的運送，到處收復它夏日失去的地盤。

東北風起時，我又回到「燈塔」碉堡躲避風沙了。磯鷸、黃足鷸、蒙古鐵嘴鴴陸續出現後，隔了一個禮拜，我進入沙丘，水鳥已赫然群集於背風坡下的盆地。跟去年比較，牠們抵臨的種類大致不變。中杓鷸、金斑鴴、蒙古鐵嘴鴴與東方環頸鴴又回來了。不是蹲伏著，便是單腳佇足，逆風憩息。東方環頸鴴大約有百來隻，冬羽體色近似牠們的蒙古鐵嘴鴴，也有相等的數量。大型長嘴的水鳥中杓鷸仍然是六七隻，只有金斑鴴不及去年避冬的十分之一，不知是否尚未全部抵臨，或者中途遇到劫難。

剛剛抵臨的這群水鳥，活動時顯得陌生而又畏懼，一看到突然出現於沙丘上，或者走動的任何物體都會驚飛。然而跟春末時一樣，展翅升空後，迅即又落腳於不遠處。長途跨海的旅行再度使牠們消耗掉不少體力，每一隻水鳥都疲憊而衰弱，冬羽也不若春天的光彩奪目，彷彿帶著一點歷盡滄桑的形容，舉止像逃難的人群闖入異域。人生地不熟，行動異常小心。這種情形必須過一段時日才會漸漸消弭，重新另一回傍水而居的海岸生活。

等寒流來襲，鶺鴒與三趾鷸又尾隨跟至，牠們重新組成沙岸的冬天王國，站在整個海岸食物網的最高點。最叫我困惱無法解釋的仍是牠們的旅行。牠們返鄉時勢必回到原先離開的舊地，至於南下時是否也有固定區？還有新生的一代會不會也摻雜於裡面，假如這些疑點的答案都無誤，爲什麼數量不變，甚至逐年減少？這是大自然遞汰的平衡方法，或者工業文明介入的關係？

平實而論，觀察水鳥的棲息，像我僅從這個沙丘的環境去揣測思考，再如何準確的判斷也是管窺，不足全盤徵信。按理，我們必須在牠的每一個過站，派人長期觀察記錄。這又牽涉到每一個國家對自然環境的態度。這些水鳥的南北旅行橫跨了蘇聯、日本、南北韓、中國大陸、台灣、菲律賓與澳洲。這幾個國家之間的鳥類觀察者必須相互交換調查的資料，才能較完整了解水鳥的遷徙過程。這是一樁壯舉！有一個廿三歲的澳洲鳥類專家最近正在嘗試。早些年前，我也有如此構想。前些時也將這個企圖心寫信告知詩人楊牧，因爲他曾送我一本日本的野鳥圖鑑。我的構想是秋天時隨水鳥從堪察加半島一路南下，橫跨赤道去。春天時再隨牠們北上。以我現在的處境，這個夢自然是幻想，也不敢奢望。也許下一代會有人克服這種困難吧！

我只能整年守候在這塊沙丘海岸，像一個驛站的職員，零星的記錄一些車子過往的時刻情形。整條鳥道的大事，絕非一個坐守小角的人能了解的。不知各國合作調查水鳥的年代是什麼時代？爲了那常人根本不認識，並且覺得毫無價值的水鳥做研究，這時的世界又是什麼樣的地球日呢？

旅行這裡的兩年中，每次黃昏時倚在「燈塔」碉堡俯視四周，總會陷入一種古代的蒼涼意境。年年南北過境，避冬的水鳥一如中世紀大草原的遊牧民族，果敢堅毅地面對著惡質的生存環境，一代代地傳宗接代後，進而也承襲著一種抗寒的精神。在整個地球進化的過程裡，沙岸所展現的地理是從容優閑的，它是經過數百萬年逐漸運作而成，這個風景也不知貼慰了多少人抑鬱的心境。水鳥與沙丘在淡水河北岸所構成的海岸世界，或許不是我們必須了解的，但百萬年前我們的始祖是從那裡走出來，有一日我們也將回到那裡。這是一個和諧、衝突和變化不息的所在，一如人類某種型式的社會。我們曾花過大部分的時間在非自然的進行各種工作對待它，現在是反省的時候了。我們有必要去了解。自然的深入研究將是生活環境和平的基礎。

在長期的水鳥觀察日子裡，我也眼睜睜地看著關渡沼澤區毀滅，雖然撰述了不少文章竭力呼籲，依舊無效。有一群鳥友已在關渡立起一塊告示牌：「關渡水鳥保育區舊址」。如今水鳥能夠棲息的地區，剩下這塊沙岸與八里的海邊。沙岸未被濫墾並非人們沒有注意到，只是不知如何利用。以後它主要的威脅將來自海面污染。船舶經過遺下的油污與淡水河上游台北城的污物隨浪沖擊上岸，海岸生物將首先遭殃，水鳥食之繼而受害。去年十月，這裡已隨關渡沼澤區後建立保護區。結果，保育區都無法阻止破壞了，保護區又能如何？前些日子，我還想十年後去關渡重新調查，比較十年後的水鳥數量，未料一年不到，水鳥已剩無幾。

這裡能維持十年嗎？我懷疑。現行體制所制定的自然保育方案面對它時下的社會結構，往往脆弱不堪，毫無具體落實的保護網，除非體制的基礎有所全盤改革，我將一直懷疑下去。沙岸如是，各個山林郊野也是。

（觀察期：一九八二、六～一九八四、六）

——一九八四年・選自洪範版《隨鳥走天涯》

黑鯨之死

元月十七日清晨，當所有專家、記者與群眾圍集於台中港，尋找一隻困在港內貯水池的「黑鯨」，準備搶救出海時，牠卻一搖一擺在港外北方的大安海灘擱淺，等待著死神的眷顧。黃昏、夕陽與沙灘，加上海鷗盤旋天空，幾名軍人與漁夫徘徊不去，圍觀著黑鯨的掙扎，然後不斷地試圖抬牠出海，牠又努力游回陸地垂死。這五天（從十三日發現迄十七日）有關黑鯨的新聞好像一場電影，高潮迭起。沙灘一景，正是最後一幕高潮，而且是悲劇的閉幕。比起去年底，美國人組織船隊，使用聲納，將一隻誤入加州沙克拉馬多河，浪蕩了二十四天的座頭鯨引出，我們的「運氣」似乎差多了。

從整個搶救的過程看，假若不是這隻「黑鯨」擱淺死亡，在自然生態保育的路上，我們顯然又正確地向前踏出了一步。過去只要鯨科動物近岸，幾乎都難逃一死的命運，如果按台中港務局的搶救，這條「黑鯨」將是最幸運的一隻，牠會在眾目睽睽下，安然無恙地出海。

這也將是國內保護動物記錄的另一個轉捩點。

然而，整個救鯨的過程卻暴露一個極嚴重的問題。在一連幾天的新聞報導中，我們只知道一條不知名的黑鯨游進台中港，許多人想設法幫助牠出海，挽住國家在保護動物形象的顏面，牠卻「離奇」的自己游走，又「離奇」的在別處擱淺死亡。我們卻不了解最初步的鯨魚身世、背景，也不懂得牠爲何會擱淺？同時，都是海中的「魚類」，爲何有的可以捕食，這條「魚」反而要特別保護、宣傳？

從事件爆發起，我們也只看到專家說了許多的「可能」。從牠「可能」是迷途進港，「可能」找不到游回大海的路，「可能」到牠臨死之際，還不知牠的身分，只「可能」牠是因爲鼻紋受傷，失去辨識方向的能力，所以迷路上岸。

其實關於這些「可能」的謎底，縱使請國外的鯨魚專家，或從有關資料尋找，恐怕也沒有確切的答案。所以也無法責怪現場的專家，但他們說了太多的「可能」，總令人意猶未盡，只好試著找出相關的資料再加以佐證。

去年十一月的美國奧杜邦（Audubon）生態雜誌，有位研究鯨魚的專家葉利斯（Richard Eillis）曾發表一篇專論鯨魚的文章，〈大海獸的轉運〉（A Sea Change for Leviathan）裡面有些內容提到「擱淺」（strandings）的問題，或許可以解釋這條「黑鯨」死亡的原因：

關於鯨魚擱淺，已有一段長時間的觀察，儘管人類的知識不斷增進，比起一千年前對鯨魚的知識，現今仍未更進一步，明白這個神祕現象的原因。

一九七八年一位叫武德（F. G. Wood）的生物學家，曾提出一個假設：鯨魚仍保持兩棲類祖先的本能，當牠們受到嚴重的壓力時，會有一種「盲目」的反應，本能地尋求安全的登上岸邊。

假如一隻鯨魚生病了，或受到壓力，不管外在環境發生任何其他的事，牠會儘可能保持自己的噴孔完全暴露於水面，避免沉溺。而那些想把牠拖回海裡的善心人士，或許是在做一件自以爲是的錯事。這也可以解釋，被人們拉回海岸的鯨魚，爲何又不改方向，繼繼游回岸邊。

我無法解釋，爲什麼有大量鯨魚或海豚集體擱淺的原因。這種「自殺」行爲，數量最多的一次，發生於一九四六年，阿根廷的海岸。那時，大約有八百多隻False Killer Whale，自動游向海灘等死。（譯註：這種鯨魚與這幾日報紙原先指稱的「黑鯨」即「擬虎鯨」應屬同類。）

一九八四年底，一些加州的科學家，在研究鯨魚擱淺的記錄中，提出一個新理論，鯨魚跟候鳥或某些魚類相似，有一個類似磁場的東西，在牠們的身體組織中。這種磁場反應的本能，或許與牠們的擱淺行爲有關。

在這次有關黑鯨被困與擱淺的新聞中，我們彷彿也被「困住」，被「擱淺」了，無法從這次的救鯨行動中，獲得更多的啓發與知識。而弄清楚這隻鯨魚的眞相與說明護鯨的重要性，應該是整個事件的重心，但在救鯨的過程裡，始終沒有人深談。

就我所知，在人類與鯨魚關係的歷史裡，自一八五〇年代，加州鯨魚大屠殺後，鯨魚應否視爲人類消費需要加以捕捉，以及從人道的立場來面對，許多國家仍爭執不休，捕鯨的行動迄今也仍在持續。十年前，每年仍有三萬多隻各類鯨魚被射殺，以日本、蘇俄爲首的國家仍堅持反對全面停止捕鯨。不過，保護鯨魚的行動已露出曙光，國際護鯨組織（International Whaling Commission）仍不斷在開會協商，準備簽訂法案，綠色和平組織或其他先進國家的保護動物團體也處在一片護鯨熱浪中，護鯨的國際法案，可望在一九八七年做出決定。這也是國內興起對鯨魚保護意識的外在因由。

爲什麼鯨魚會變得如此重要，除了人道主義的理由外，從科學研究的立場，要弄清楚鯨魚本身的習性，也是保護的理由之一。

因爲鯨科魚類的智商遠超出我們想像。我們所知道關於牠們的事，都是在牠們擱淺或飼養於水族館裡時，牠們在深海的本能仍然不清楚。我們也知道人類源起於水中，牠們的遠祖也是我們的遠祖。我們仍保有近水的本能，仍然靠水爲生存媒介的關係。而在魚類當中，牠們還保有以空氣呼吸、餵乳的習性。除了抹香鯨外，所有鯨魚胎兒都有一些毛——而毛正是哺乳動物的特徵。另外牠們的社群組織相當複雜，不同種類有不同的棲息方式，特別是牠們藉歌唱互相溝通的行爲，迄今也未被研究清楚。

鯨魚身上仍存有這樣一大堆未揭的謎題，難怪一名鯨魚專家會有這樣的建議：「我們花大量金錢和時間，試圖和外太空有智慧的生物建立關係，實在是浪費。所謂地球以外的『外星人』，對我們的意義，現在應該是這裡其他高智商的動物——那些和我們在地球上相伴爲生的鯨魚。目前，牠們相互發出的歌唱、呻吟、吹哨、喃唸等各種複雜聲音的『語言』進行溝通時，我們尚未知道牠們在說些什麼。」

當我佇立在大安海灘，隔著一百公尺外的海潮，用望遠鏡面對這隻「黑鯨」時，想起牠們和我們共同的哺乳動物的遠祖們，幾百萬年前已踏上各自不同的道路時，前面的距離好像一條歷史綿長的鴻溝，無法跨越。然而看著牠臨死的掙扎景象，縱使過去有幾百萬年的時間，將我們隔成兩種不同生存環境的動物，臨死時畢竟是殊途同歸。這樣遠望時，牠又彷若近在眼前，與我自己的命運似乎有些關聯。

我告訴自己，一定要設法——最少弄清楚牠到底是專家分類中的哪一種，牠的習性到底如何，還有，最重要的是，牠喜歡唱什麼樣的歌。

後記：

「黑鯨」死後，曾運抵野柳鑑定，兩天後，才確認係一隻老病的擬虎鯨。

——一九八五年一月十八日・選自晨星版《消失中的亞熱帶》

海東青

海東青，古時中國人稱呼某種猛禽類的鳥名。然而，牠到底是現在的哪一種鷹隼呢？前幾日掛電話，請教幾位觀鳥多年的朋友。結果，沒有人敢給予肯定的答案。有的懷疑是展翅如鵬的海雕，也有的猜想是飛行迅速的隼科，莫衷一是。雕者，鷲鷹中最大型的猛禽；隼科體型反而最小。兩者差異如此極端，一時間，我竟有點茫然。中國歷代自然科學的分類又不發達，只會徒然增加更多類別，但求助無門下，只得去翻查《辭源》。

果然未出所料，《辭源》上說：

海東青，鷙鳥名。雕的一種，也叫海青。產於黑龍江下游及附近海島。唐人稱決雲兒。遼金元皆極重海東青，金代特置鷹防，掌調鷹鶻海東青之類。……又莊季裕〈雞肋篇〉下：「鷙來自海東，唯青鵰最佳，故號海東青。」

雖說沒有明確證據，不過，它至少提供了海東青取名的緣由與地點等線索。接著，我又到中央圖書館蒐集資料。幸運地，從清初乾隆時代《熱河志》找到下列的敘述，我遂縮小了鑑定的範圍：

海青，雕之最俊者，身小而捷，俊異絕倫，一飛千里。

《熱河志》中還登載有乾隆這位十全老人吟詠「白海青」的七言長句：

東海翻飛下海西，
變青為白斯更奇；
東木西金五配行，
各從其色非人為。……

「身小而捷」，我直接聯想到隼科，斷然放棄了體型碩大的海雕。但「變青為白」似乎另有古人未知的科學知識。面對現代生物知識，今人可不能昧於迷信或傳說，摒棄科學查證之必要。我個人猜想，這種情形恐怕與基因變種有所關聯。心中雖有狐疑，還是迫不及待的翻查東北亞鳥類圖鑑。未料到，棲息在「黑龍江下游及附近海島」的隼科，竟然高達七種！

毫無頭緒下，整個下午，我只好沮喪地躺在床上，反覆咀嚼古人記錄的「海東青」詞句；也不知為何，突然靈機一動，想起清初大畫家郎世寧。

郎世寧是義大利人，二十五歲（一七一五年）時由歐洲耶穌教會派來中國；因擅長繪畫，迅即成為宮廷畫家，創作了許多以當時重大事件為題材的歷史畫，還有人物、肖像、花卉與鳥獸的寫實畫流傳後世。最有名的代表作，就是以馬為題材的「百駿圖」。

印象中，我記得他也畫過好幾種鷹隼。乾隆既然吟詠過「白海青」，郎世寧又頗受乾隆喜愛，想必應該也畫過這種珍禽吧？於是，我借調出郎世寧的畫冊，果然順利找到兩張「白海青圖」。

最吸引我的一幅，繪有一座獨角獸、伏獅木架。架上有織錦掛飾。停棲在架上絲韁的白海青，回首反顧，雄姿英發，盛氣凌人。

這幅畫上留有御題行書〈白海青歌〉：

> 鷙鳥飛來自海東，以青得名青率同。……雙睛火齊懸為珠，一身梨花飛作雪。
>
> 鷹房板柙付飼養，支粟支肉有職掌。……

有了郎世寧「白海青」的寫實圖，與今日鳥類圖鑑一比對，海東青的身世遂眞相大白。

原來，牠就是現今稱呼的矛隼（Gyrfalcon），拉丁學名（Falco rosticolous），是隼科中最大型的一種。棲息範圍在極圈凍土草原，冬天時才南下西伯利亞、中國東北或日本北海道。

日本人也喜愛這種珍禽，特別在鳥書說明，牠是昔時王侯貴族狩獵時最喜歡用的獵隼。矛隼也不止在亞洲棲息，阿拉斯加、格陵蘭、北歐等地都能發現，算是相當普遍的世界性猛禽。

然而，是何原因使牠特別受到垂愛呢？我想，除了牠是最大的隼科外，可能因爲有一種矛隼全身都是白羽，分佈偏北的緣故吧！白色或白變種的動物原本就較爲稀奇，加上在極圈之外的地區又不易被人發現，牠們遂變得彌足珍貴。而放眼今日世界各地鳥類，也很少鳥種像牠們一樣幸運，受到近代好幾位鳥繪大師的青睞，成爲這些巨匠畫筆下的主角。前幾日，我隨便翻查、統計，就找到下面幾位：奧杜邦（J. Audubon）、古德（J. Gould）、傅提斯（L. Foertes）、雷夫（J. Wolf）與彼得遜（R. T. Peterson）。

矛隼除白色一種，尚有灰、暗、黑等羽色的種類。並非如古人揣想，誤以爲有些海東青會「變青爲白」。矛隼有如此多種羽色，爲何都屬於同一鳥種？鳥類學家們研究到今天，也仍未找到合理滿意的解釋。基因變種問題是相當繁複的，我們何妨留給生物學者傷腦筋，還是進入大家有興趣的習性範疇來了解吧！

一般人提及隼科的特性，最讓人著迷的一幕，大概是牠們極少拍翅，而能夠輕易地在高空翱翔，或停留在高空中快速地原位鼓翼。甚而，更常像風箏般，寂然不動地藉著風力飄浮。但一尋獲獵物，隨即快速俯衝而下。

我們因而也能想像，昔時王公貴族勁裝騎馬，雄姿煥發行獵於大草原的場景。而其中一位，從掛籠中請出訓練有素的海東青，取下頭巾，往空中揚手。海東青順勢掠出，振翅高飛，鼓羽翬翬然。然後，從高空中用視野寬闊而銳利之鷹眼鳥瞰。發現獵物時，隨即鎖定目標，殺氣騰騰地急撲而下，準確地搏噬、攫取獵物。

矛隼追捕的主食獵物多半棲息在空曠的地區，如極地松雞、旅鼠、雪兔、野兔、貂、鼬鼠與水禽。可是，矛隼並非如一般人想像中的英勇無敵，或擁有燕子般的快速與高超的攫捕技巧。不少人都見證過，牠的速度可能還不及一隻鴿子。更令人驚異的，矛隼不像其他隼科，具備燕子似的飛行。矛隼如果狩獵成功，絕不是靠敏捷地飛行，而是更端賴於自己本身「堅忍執著」的習性。

一八四〇年代，美國繪鳥大師奧杜邦，對矛隼的飛行與獵捕就有非常準確而生動的形容：

牠們的飛行類似花梨隼（註：中國北地常見），卻更加高尚、威嚴、迅快。往不同方向飛行時，牠們很少輕快地翱翔、滑行，而是不斷拍翅。當接近善知鳥（Puffin）時，牠們會全然無聲地盤旋在高空，似乎在等候適當的時機到來。然後，收起雙翼，近乎垂直地降下，撲攫那些未料到的犧牲者。

牠們的叫聲也類似花梨隼，高昂、尖銳又刺耳。在海岸，一如沿海岸航行的漁

> 夫，必須藉助燈塔的指引；牠們隨時會站在高大且可以鳥瞰的位置，駐足好幾分鐘。但牠們的立姿不像其他鷹一般豎直挺立，而是像燕鷗一般斜傾著身子。
>
> 駐足觀察一段時間後，牠們馬上恢復娛樂，撲向其中的一隻善知鳥。通常，這些可憐的善知鳥都正站在洞穴入口旁的石子地面上，顯然完全沒有察覺矛隼的迫近。面對矛隼的攻擊，善知鳥也毫無招架之力。
>
> 矛隼捉起牠們飛上天空，只輕提幾下，彷彿是在整理自己的羽毛。整個過程輕易如魚鷹用爪從水中捉起魚一般。

隼科的頭在身體比例上，向來比其他鷹鷲科大許多。有人即以此爲由，認爲隼科智商最高，當然這完全沒有科學根據。不過，我們可以確信，矛隼有時候捕捉獵物，並不是爲了吃，而是牠的一種「休閒娛樂」。

一九三〇年代，有一位鳥類學家就查證到這種「覓食」行爲：

> 我正駕車經過一條小而草叢茂密的小溪，小溪兩岸是開闊的鄉野。這時，有人開槍顯然失敗了，驚起一隻雌野鴨，倉皇飛出，奔向前方的大湖。一隻大型的隼（註：即矛隼、海東青）突然冒出，在此野鴨之後，保持同樣的高度，迅速追上。就在那一剎間，野鴨突地脫離原本合理的直線飛行，這隻大隼快速掠空。野鴨盤

旋，下降到一座冰層覆蓋的小池塘上駐足。

這隻大隼又輕巧地飛來，接近野鴨；接著幾分鐘內，牠一再地飛下來突襲，每一次飛撲，至少都用一隻腳爪朝野鴨身上掠過一回。飛撲結束後，牠也飛降水面，離野鴨幾尺遠。持續幾分鐘，寂然不動。野鴨嘎嘎大叫，但未移動位置。大隼趁機再一次飛起，由上往下攻擊。

這時，我和同伴走近池塘，各自站在一端。當我們接近時，野鴨迅速飛起，又朝大湖飛去。這隻大隼也跟著飛出，卻被我的朋友射中。

在大隼的嗉囊中，約有兩盎司的胸肉，是一隻雄野鴨，因爲這些肉殘留有栗色的胸羽。

這位鳥類學者判斷，很可能，這隻矛隼正在誘使雌野鴨飛行；因爲大型的隼傾向於在空中將獵物擊倒，而不選擇在地面。不過，從嗉囊中的食物分析，牠的肚子已經塡飽；此外，大型隼每天獵食很少超過一次。極有可能，牠只是在戲弄那隻野鴨。

矛隼雖然是隼科中最碩大者，但也非沒有天敵；很多情況下，比牠小型的鳥類也會反擊，如果同伴多了，更會欺侮勢單力薄的矛隼。

有位鳥類觀察者就有以下精采的親身經歷：

一隻矛隼被兩隻烏鴉猛烈地攻擊。這群互鬥的鳥群，在高空飛行一陣後，彼此發出高昂生氣叫喊。緊接著，兩隻烏鴉飛降地面，在一塊岩石上挨肩並坐，岩石下顯然有洞穴，附近棲息著許多旅鼠。矛隼則停降於五十公尺外，在另一塊岩石上凝視。

我向牠們接近。牠們又飛上天空繼續纏鬥。未幾，矛隼擺出要飛走的姿勢，準備逃避烏鴉的粗暴攻擊。

這場戰鬥正巧在我頭頂上空，爲了讓牠們公平競爭，我射中一隻烏鴉。結果，不遠之處，有兩隻矛隼也被驚起，與原先的矛隼和烏鴉在海岸方向不期而遇。原先的矛隼獲得這兩隻矛隼的幫助，這回換烏鴉困窘地落荒而逃了。三隻矛隼回到岩石頂上駐足。

我也見過賊鷗追逐矛隼。八月末，幼小的賊鷗初次站在岩石上徜徉，仍然由雙親照顧、守衛；預防矛隼的攻擊。賊鷗的飛行能力遠勝過矛隼，矛隼往往要避開賊鷗的追逐。每次發生這種戰爭，都有三四隻賊鷗加入戰鬥，往往在非常高的天空一決勝負。

這位鳥類觀察者並未告訴我們，最後到底誰贏了。若按我過去獲知的資訊判斷，鷹隼科最怕被善飛的小型鳥類圍攻，往往在不堪其擾下，自行狼狽飛離。我自己就在台灣的大甲溪親眼目睹紅隼被烏鶖追逐過。

但矛隼畢竟不同凡響，這種被中國人稱爲海東青的猛禽，擁有鷹隼科最頑強的意志，就像上述被烏鴉欺負了，依然駐足在不遠的石塊上，堅持不肯離去。其個性所顯現的態勢，正如奧杜邦所云：「高尚、威嚴」；彷彿早已擁有更大的決心要去完成既定的任務。

——一九九一年・選自晨星版《自然旅情》

最後的黑面舞者

四年前，會館坐落於台北市復興南路一條幽靜小巷內的中華民國野鳥學會，意外地收到一封香港寄來的信。寄信者是香港觀鳥會負責人之一，彼得・甘乃利（Peter R. Kennerley）。他誠摯地希望台灣的野鳥觀察者惠予協助，提供有關黑面琵鷺近來在台灣棲息的情況。

黑面琵鷺（Black-faced Spoonbill），是一種生存僅局限於東部亞洲海岸的稀有大型涉禽。長嘴、長腳、長頸，類似鷺鷥，但屬於朱鷺科。如果用白居易「琵琶行」：「千呼萬喚始出來，猶抱琵琶半遮面。」一詩做比喻，也挺適巧地顯現其難得一見，以及臉部和嘴的特有形態。

過去，由於發現數量有限，鳥類圖鑑多半寫得模稜兩可，只約略提到，牠們繁殖於中國東北區與朝鮮半島一帶，冬季時移棲至華南、越南、台灣等地，在開闊的沼澤或潮間帶活動。

當時負責這方面台灣鳥類棲息資料的鳥友，是外號「鳥癡」的曹美華。這位病理醫師素來以博學的鳥類知識而聞名於鳥界。接獲信函後，他從電腦裡查詢近年來各地鳥友提供回來所建立的鳥種記錄檔案時，關於這種稀有鳥種，他只能獲得一些零星的記錄。

所幸，未幾他就獲得一個如獲至寶的消息。台南方面的鳥友提供了發現一群黑面琵鷺，約一百五十隻的記錄。他立即興奮地將這個天大的重要記錄轉告給香港的甘乃利。

同年，曹美華又收到一份甘乃利發表有關黑面琵鷺數量的調查報告。這份報告蒐集近兩年來全世界有關黑面琵鷺的記錄狀況、分佈情形與面臨的危險。同時，把台灣發現這一群黑面琵鷺的情況列進去。

在台灣，從近年來的訊息或野外觀察的經驗，大家都以爲這種大鳥分佈十分廣泛，完全疏忽牠們的數量。最近，大陸方面做了重要溼地的水鳥大規模普查。結果，大家關心的鶴科與東方白鸛仍維持一定數量，反而是黑面琵鷺稀少得可憐。

目前，黑面琵鷺總共還有幾隻呢？甘乃利的報告統計令人觸目心驚：香港五十隻，越南六十二隻，南韓六隻，日本約五隻（屬迷鳥）；另外，整個中國（溼地與鄱陽湖）可能只有十五隻。這些總數，加上台灣曾文溪口的一百五十隻，全世界的黑面琵鷺就僅剩下這兩百八十八隻。縱使數目有所誤差，大概也脫離不出這個統計的範圍。而如果不是上述的數據，也絕沒有人會想到，台灣竟佔有這個世界稀有族群的一半！

更令人駭然的是下面的敘述。

截至目前，鳥類學者們只發現牠們的四個繁殖區。這四個繁殖區都位於北韓西海岸的四個小島（目前均已列為保護區），大約有三十隻在那裡築巢。其他黑面琵鷺北返後的下落，仍是個非常不清楚的謎。牠們面對的惡劣情況與著名的近親朱鷺相似。目前，全世界的朱鷺，僅知在山西的一處樹林繁殖。

最早發現這一百多隻黑面琵鷺的人，是一位常年住在台南，熱中野外觀察的醫事檢驗師——郭忠誠。他早在一九八四年就來到偏僻的曾文溪口。那一年，台南縣正委託水利局設計，試圖在此造就大面積的海埔新生地，他就從那兒遠遠望見一大群黑面琵鷺。唯當時他的觀鳥經驗仍不足，所以始終未敢確認。二年後他偕同鳥類攝影家郭東輝前往，才確切的肯定這種每年都準時來到他家鄉的稀有大鳥就是黑面琵鷺。

同年，他們也看到，水利局完工後的溪口北岸，一塊面積高達六百五十公頃的海埔新生地，無中生有地從河口北岸冒出。這一塊新生地西邊，大約有一半是浮覆地。隨著潮水漲落，時而淹沒於海水中，時而裸露出來，整個沙灘非常適合機警的大型水鳥棲息。黑面琵鷺目前就棲息在這塊廣袤無垠的潮間帶，和其他高達兩千多隻的雁鴨科鳥類（主要是赤頸鳧）一起渡冬。賞鳥人在此平時可以觀察到數十種的水鳥，顯見這兒也是一個重要的候鳥驛站，並不亞於最近甫於淡水河設立的華江橋雁鴨保護區。

黑面琵鷺每年什麼時候來呢？

根據郭忠誠的觀察，堤防工程完工後，每年十月至次年四月，總有一群約一百餘隻飛到這兒過冬。去年八月，台南崑山工專兩位熱愛自然的老師，丁文輝和翁義聰也義務地帶領環工科的學生到此，展開為期半年的調查，希望對這個世界稀有的族群做更深入的了解。

他們和郭忠誠的記錄大致如下：

十月廿日：31隻

十月三十一日：83隻

十一月十日：143隻

十二月十四日：191隻

十二月三十一日：178隻

上述調查裡，十二月的數目似乎更明確地告訴我們，或許是先前鳥類學者的估計仍嫌保守。到了嚴冬時，很可能，目前已知的，全世界三分之二以上的黑面琵鷺都在曾文溪口過冬！

黑面琵鷺在曾文溪口如何過冬呢？

初來時，牠們的覓食行為很少。嚴冬時，牠們就以曾文溪口為中心，展翅遠飛到附近的馬沙溝、七股、四草等泥沼地尋找食物。三月接近北返時，為了攝食更多能源、補充體力，食量會更爲增加。這也是牠們覓食最忙碌的季節。每回覓食時，牠們像一群芭蕾舞者，踩著曼妙地步伐，在潮間帶的泥沼地，半跳躍似地追趕著小魚或小蝦。扁長的嘴巴像摸蛤蜊人的手，戳入泥水裡，不斷地劃來劃去，篩檢著食物。一逮著獵物，毫不猶豫地立刻吞入肚腹。

有一回，郭忠誠還看到一隻黑面琵鷺咬到蛤貝。這隻黑面琵鷺大嘴前端像是附有開罐器一樣，動作俐落而迅速地將蛤貝剝開，吞肉時一併將貝殼摔得遠遠。

長久時日觀察下來，郭忠誠研判，這群黑面琵鷺或許有兩個集團，較早來的一群數量多比較親近。晚來的一群約四、五十隻，對個體或對環境都顯得十分生疏。初冬時，這兩個集團明顯地分開來，保持五、六十公尺遠的間隔。寒流來後，這兩個集團才合併一塊，一齊在潮間帶避寒。

這個族群的成員，成鳥與亞成鳥數量相當。三月初時，有一群先行飛離的可能是成鳥。現在，溪口僅剩百隻不到。通常到五月時，所有黑面琵鷺都會飛回北方。至於飛回哪裡，正如前述，還沒有人知道。

然而，過去的歷史記錄裡，黑面琵鷺眞的如此少？台南曾發現嗎？我自己都相當訝異，竟有以下的兩則歷史資料可供佐證。

一八九三年十一月一日，專程來台蒐集鳥種的英國鳥類學者拉圖許（La Touche），在台南旅行。搭船遠眺安平附近海岸時，他描述到：「許多岸鳥在沼澤地，一群白鳥佇立更遠處，好像是琵鷺，但離太遠了，無法確定。」

琵鷺和黑面琵鷺遠看近似，若以現今的角度判斷，琵鷺在台的記錄十分稀少，拉圖許觀察到後者的機率較大。這個問題也暫且不表。當時，拉圖許在鳥類報告上曾發表，自己在福建海岸經年均可獲得黑面琵鷺的標本。他認爲這種大鳥在中國東南沿海岸並不難發現。可是自從他的報告之後，有關黑面琵鷺的記錄，五十年間在大陸卻絕無僅有。難道嫻熟鳥類的拉圖許觀察有誤？

一百年前的事物實在難以查證，就當它是一樁軼聞也罷！我們姑且把時間拉回到一九二○年代，因爲當時也發生了一件與黑面琵鷺相關的大事。

當時，有一位日本鳥類學者風野鐵吉，任職台南博物館。風野是位熱心的鳥類標本蒐集與觀察者，經常四處旅行。他曾經寫過一封信給日本的鳥學泰斗山階芳磨，描述自己在一九二五年至一九三八年間，每年都觀察到安平港附近有五十餘隻黑面琵鷺在沙灘棲息。

這位後來在太平洋戰爭中，隨台南博物館焚沒於美軍空襲的鳥類學者，留下了這個或許是他生前在野外最重要的觀察記錄。

安平港離曾文溪口仍有十來公里，當年拉圖許或風野鐵吉佇立的海邊，如今都已變爲陸地。對善於飛行的水鳥來說，隨著海岸地形的變化，有可能慢慢的轉移到曾文溪口。

這段自然志也告訴我們，縱使不談十九世紀的事，黑面琵鷺在台南附近海岸棲息顯非一朝一夕之事，而是至少有一甲子以上的漫長歲月。

但現在，這群世界上僅存的，最大一支的黑面琵鷺群，將要在台灣面臨什麼命運呢？台南縣政府似乎未重視這群韓國人視爲國寶級的稀客，也未將牠們視爲台南的重要資產。過去，政府已在附近的海岸放棄了台江沼澤、曾文海埔、竹滬鹽田；如今縣政府還準備在這塊牠們每年渡冬的河口，設置染整、電鍍、石化及拆船等十八項高污染工業。這項措施雖還未動工，卻無疑已宣告這群黑面琵鷺的死亡之日已近。

當然，有的人或許會提出，假如黑面琵鷺無法在這裡生存，牠們也可以前往別的地方啊？曹美華在研究後卻特別警告，大型的水鳥往往有固定的渡冬地。渡冬地的重要性一如繁殖地。這是黑面琵鷺每年所以固定飛來曾文溪口，不肯輕易轉移其他地點的主因。如果，冒然破壞渡冬地，牠們將永無棲身之地。

有鑑於此，最近當地關心自然環境的人士不斷奔走、呼籲，希望政府出面，規畫並設立「黑面琵鷺過冬保護區」，挽救這些來台渡冬的世界級稀有鳥種，進而保護其他水鳥的生存。不過，或許是過去爭取自然保護區失敗的例子太多。他們想替黑面琵鷺爭取的生存權，變得非常非常地小，小得讓人爲之心酸。這一回卻也不知爲何，仍一直無法做到。

他們要爲黑面琵鷺請命的內容是這樣：

牠們要的不是精緻的人工棲地，而是一片平坦開闊的潮間帶，以及足夠的警覺距離，增加心理上的安全感，因而留下來過冬。這樣的規畫所需經費不多，因為海水的漲退和澎湃，自然創造了豐盛的食物。牠們只要一片保護區，再也不必日夜擔心貪婪人類的無止境摧殘，進而失去在台灣僅有的一片落腳處。

一九九二年二月，不遠千里風聞而來的澳洲涉禽研究會會長馬克·巴特（Mark Barter）在目睹之後也感慨地說：「全世界任何稀有種鳥類，一個地區只要佔有百分之二的數量（即一百隻有兩隻）那兒就應該列爲保護區，如果這裡不能列爲保護區，實在……」

實在，是的，寫到這裡實在不知該如何提筆了……。最初，怕寫了又像其他地方一樣，反而讓獵人知道。不寫，眼看牠們卻即將滅絕。在野外觀察自然生物十多年，從沒有像現在的心情如此恐慌，矛盾。

各位讀者請想想看！全世界僅有二百八十八隻黑面琵鷺，其中最大的一支族群，一百多隻每年固在台南海岸出現。我們竟然還要眼睜睜看著牠們從自己的土地消失。還有什麼事値得我們這樣迫切去關心呢？

——一九九二年四月十二日·選自晨星版《自然旅情》

仁愛路上的鳥群

一個窄心形，加上一條長尾，長得像魟魚的菩提樹葉子，在寒風灌入街道時，隨風起舞，撲簌簌地吹響。望著它們，像數萬尾上溯的魟魚，在黃昏的街道上競相泅湧著。自己不禁豎起衣領，躲入大樓廊柱的凹角避風。

背後的餐廳叫 Burger king，我還是第一次知道有這家和麥當勞、肯德基一樣的速食店。依著柱子的凹角，注視著十字路口。從早上到現在，這個光復南路和仁愛路的交會口，不管何時到來，都一直保持著車水馬龍，人群熙攘往來的高頻率噪音。

時間下午五點二十分。我再取出望遠鏡，搜尋對街中視新娘世界大樓的頂樓，終於看到一隻白面白鶺鴒停降在頂樓。半個小時前，搭公車從延吉街口下車時，看到對面的紅磚大樓，佇立著二三十隻的鳥，街心上空也不時有三四隻飛起，迅速來去。但牠們都是胸腹暗黃的灰鶺鴒。

走到中視新娘世界前，探看路口的那幾株菩提樹，樹枝上猶是空蕩蕩的。遙望對面Burger king的紅磚大樓，還有光復南路對面的尚華仁愛大樓，一樣沒有鳥蹤。再過街，回到對面的Burger king的廊柱凹角，躲避冬風。

現在，好不容易來了一隻。但怎麼會這麼少呢？以前每年元月時，少說都還有近千隻的數量，難道說今年會缺席？我懷疑有不少隻躲在頂樓的露台活動，只是尚未出現。天色漸暗，有些車子已經開燈，路上不斷有下班的市民和放學的學生匆促經過。白鶺鴒再不來，就要天黑，無法降棲菩提樹了。

許久以前就知道，一年到頭，這兒都有白鶺鴒集聚，尤其是冬天時，數量最多。曾經有高達一千多隻的記錄。其中以留鳥白面白鶺鴒最多，也有不少冬候鳥過眼線白鶺鴒加入。此外，也有少數的灰鶺鴒群，在不遠的延吉街口集聚。

這幾天數次前來，倒不是心血來潮。而是在觀察的辛亥國小地帶，因爲追蹤一隻白面白鶺鴒的行蹤之謎，遂好奇來此走訪。那隻白面白鶺鴒雌鳥叫小污。春天時，在我觀察地區的一棟二樓公寓頂樓築巢。小污的孩子們離去後，牠繼續在當地活動，有時還會回到巢邊探視。時節入秋以後，每天清晨，牠便常在辛亥國小的操場覓食。寒流來襲以後，卻消失了一陣。元月初，卻意外地在社區的池邊遇見牠。牠的再度現身，引發了我更深的好奇。以前便常想，非繁殖期的小污在哪裡睡覺？有好幾次黃昏時，都看牠朝敦化南路飛去。當時即大膽研判，牠可能和其他白面白鶺鴒一樣，天黑之前，趕到這兒來，和其他同伴一起過夜。

正想著小污時，對面的大樓有了些許變化，那兒逐漸有二三十來隻，一隻間隔著一隻，保持著距離。突然間，一陣大風吹颳起來，菩提樹颼颼作響，一群流線型的鳥嘩然飛出街心，形成眾鳥繽紛於天空的奇景。少說有數百隻鶺鴒科鳥類，如落葉翻飛，從我背後的大樓飛向對街去，落進了中視新娘世界的大樓頂樓。我聽到了無數的「唧」聲和「伊威」聲。啊！是白鶺鴒的叫聲，這回可不是灰鶺鴒的急促鳴啼了。

急忙朝對面的大樓望去。有了！果然有好幾個小黑點，佇立成排，每一隻都保持距離。時間五點半。細數了一下，總共有五十多隻。街心繼續有白鶺鴒來去，繼續在落下。白頭黑胸，大概都是白面白鶺鴒。牠們一落下來，便靜靜地佇立著。除了三二隻，多半頭朝著街上，似乎在等待著另一個號令，一起飛到菩提樹過夜。

這樣的都市情景，讓我想起朱天文的小說〈炎夏之都〉，兩排十幾層的大樓矗立著，一如高大的峽谷，人類侷促地在谷底兩邊的街道來去。白鶺鴒群卻在這個城市谷頂的兩邊散步。若要離去，便躍入街心，一如車輛的急速往來。市民在下，牠們在上。

又過了五分鐘，再抬頭搜尋。這回不止中視新娘世界大樓了，左右的尚華仁愛大樓、三普仁愛大樓也都停滿了額頭白亮、胸部有一塊碩大黑斑的白面白鶺鴒。再計算了一次，已經有一百隻出頭。數了二三回，便覺得頭暈眼花，放棄了精估細算，匆匆數過。

三年前，有一對著名的賞鳥夫妻曹美華、余素芳和一群鳥友，在這兒做過一年的長期調查，統計出了白鶺鴒每月的棲息狀況。元月時，是白鶺鴒數量最多的時候，高達一千四百多隻。不知當時這對夫婦是如何計算的，恐怕要有三四個人合作，分別站在不同的位置，各自看守一棟大樓吧！

趁著牠們尚未降落菩提樹。我趕到對街去，想看看背後的大樓情景又如何。結果那兒只有二三十隻而已。這時，我聽到菩提樹眾鳥喧嘩的啁啾聲音。走近細看，靠近十字路口的二三棵菩提樹上，已經有一大群白鶺鴒落降，集聚在樹冠上層的枝葉裡了，而不是較粗的枝莖。鳥聲嘈雜，像麻雀集聚榕樹一樣。這種叫聲，在白面白鶺鴒平常的集聚裡是聽不到的，如果不知道牠們的來龍去脈，還以爲是麻雀呢？

除了這幾棵，其他菩提樹上，白鶺鴒就相當稀少而安靜。後來，檢視安全島上的地面，主要也是這幾株樹下的白色鳥糞特別多，其他樹就見不著了。

時間緊迫，十字路口的紅燈又特別長。趁綠燈亮了，再奔到凹角那兒觀察。已經五點四十五分。中視新娘世界那棟大樓上只剩下十二隻了，噓！眞快！我擦了額角的汗，再抬頭注視，灰黯的天色下，有些鳥影再掠下。我再抬頭，這棟大樓已經沒有鳥影了，時間是五點五十分後，工作暫告一段落。被寒風吹得有點頭疼，肚子也餓了。

六點整，進去買個漢堡，原本想坐下來，好好休息。想想，不放心，囫圇吞飽，再出來檢視菩提樹。適才喧鬧的樹上，竟安靜無聲了。樹上像掛了無數個棉花球。平常甚少看到牠們棲息在樹枝上。大風吹來，那些白鶺鴒竟也停得安穩。好幾隻還未闔眼，正在梳毛。裡面也有幾隻灰背的過眼線白鶺鴒。

再走到延吉街口，一些灰鶺鴒也停在菩提樹，露出灰黃的胸部。我知道，這些北方來的候鳥也睡著了。

眞高興，牠們一如往年，繼續在此集聚。我想像著，白天時，牠們一如上班的公務員，各自在自己棲息的領域生活。永遠著一身黑白的羽衣，像高貴的士紳。晚上呢？再趕到這個熱鬧的市中心，成爲固定來此夜寢的鳥族，一點也不畏嘈雜的車聲與擁擠的人群。若依生活習性選擇台北市鳥，還有什麼鳥比牠們還適合呢？

——一九九五年一月十日・選自晨星版《快樂綠背包》

大安森林公園的鳥類

大安森林公園開放以來，每隔一陣都會到那兒看看，把它當成老朋友般拜訪。秋末了，台灣欒樹的花季已經過去，赭紅的莢果從濃密的綠葉中竄出。它怒放如醒目的花叢，聳立於蔚藍的天空，成爲城裡最搶眼的喬木。大花紫薇和洋紫荊雖支撐著，紫色的花叢則露出疲憊、焦萎之姿，似乎再過一陣大雨後，就會結束今年的盛會。

放眼過去，公園即將進入一個比較清冷的季節。有一棵雀榕的果實紅熟了，彷彿想趕在冬天之前盛開，讓動物們好好享受一頓。它吸引了許多昆蟲和二、三十隻白頭翁的集聚。我在樹下呆立，好奇地觀察有哪些昆蟲。我注意到黃腰虎頭蜂存在。同時，思索著白頭翁群體覓食的意義。

從鳥類觀察者的角度而言，繁殖期已遠去，家庭的教養期也結束了，這時白頭翁在秋天的結集，理應充滿快樂的符號。

假如裡面有亞成鳥，牠們是最幸運的一群，因爲才安然度過死亡率最高的春末至秋初。經過這段嚴苛的考驗，牠們的心智和飛行經驗都較過去成熟了。雖然時節愈冷，食物逐漸減少。但牠們已經有豐富的閱歷，足以面對即將到來的寒冬。

假如是成鳥，那更應該慶祝了。牠們不僅又安然地度過一年，可能後代子孫也已長大，在野外獨立生活，說不定都在這棵雀榕上呢！

牠們嘰哩呱啦地邊吃、邊叫，三、四分鐘後才飛離。全部集中到水塘上的一棵油加利樹，興奮地鳴叫著。縱使最高明的鳥類學者也還不知，牠們在談什麼內容。

以前來此，都在觀察樹木和園藝，今天主要是想記錄鳥類的情況。前幾日搭公車經過時，看到樹鵲從公園飛往新生南路，我對牠們的興趣大增。結果，早晨進入公園時，就聽到牠們金屬般的響亮鳴叫。

遠方也有一群痲雀，躲在草地尋找食物。清潔工人定期在此除草，很少讓草長出六、七公分以上的高度。牠們像非洲貓鼬般，露出一個機靈的暗褐之頭，小心地觀察四周。

我的注意力稍微被吸引一下，隨即遭到另一個連續響亮的粗獷鳴叫打斷。那是紅尾伯勞的聲音，秋天以後，牠們是這兒的常客。或者說是，冬天的主人也不爲過。紅尾伯勞是典型的領域忠實者，就不知有幾隻會年年回到大安森林公園。

喜歡看牠們一隻隻孤孤獨獨的灰褐色澤，突立於蒼穹，淒涼得很。我轉頭，搜尋四周，馬上就找到一隻的蹤影。牠正飛落地面，從短草叢裡咬出一隻少說有兩公分的蟲子。迅即飛上樹枝，快樂地享受。每次看到紅尾伯勞吃肥胖的蟲子，都像瞧著孩子，在貪婪地吃全雞大餐般可愛。在城裡，看到一隻紅尾伯勞，遠比在鄉野看見更加可貴。我總是會多看幾眼，甚而因為牠的存在，特別環顧四周，考慮得更多。

往唯一的水塘走去，天空傳來細弱、斷續的單鳴。斑文鳥嗎？我有點訝異，仔細點算，果然有五隻，從樹冠上層飛出。

以前看到斑文鳥群，總是棲息在禾本科較多的草原上，或是菜畦。公園之草地，豈容禾本科生長？沒什麼好條件吸引下，牠們又來做什麼？我還找不出合理的解釋。

去年來此兩、三回，水塘裡總有一隻小白鷺孤單地生活，今天亦然。偌大的水塘老是只有一隻，不免讓我有不好的揣測。去年就研判，這裡可能沒什麼食物，才只夠一隻小白鷺容身。在植物園，一個比它小二分之一的老水塘就吸引了三隻小白鷺，因為那兒食物豐盛的關係。去年如此，今年依舊沒有改變，可見這個水塘情況依然不好。我從外觀評估，也如此論斷。它繼續提供一群只會搞髒水塘的鵝群和鴨群生活。還有，水塘裡面集聚著放生的斑龜、巴西龜，以及一群看來永遠飢腸轆轆的錦鯉群。其他水中小生物和小型魚類想要存活，自然困難了。

據朋友告訴我，晚上時，水塘常有一些夜鷺到來。果如是，這訊息是好的。就不知是否來捉魚，或者是捕捉周遭的黑眶蟾蜍。

隔天黃昏，我帶四、五位小朋友到水池觀察。小朋友把未吃完的麵包，丟給鴨群吃，結果，竟引來六、七隻紅鳩，從島上的油加利樹飛下來。背羽鏽紅的雄鳥和灰樸色的雌鳥都集聚到岸邊，和鴨群爭食著麵包。好幾隻都離我不到兩公尺。

以前，一直誤以爲，大安森林公園是珠頸鳩的地盤，沒想到都市裡也有紅鳩群集聚，大大超出我的預期。而且，過去的經驗裡，紅鳩少說都離我六、七公尺遠，這回的距離讓我相當震驚，興奮。很可能是這個公園的水塘設有柵欄的關係，人跟水塘保持了一段距離，讓這些紅鳩不再怕人。對一個城市的森林公園生態環境，或者對生態教育而言，都是一個相當具啓發的意義。

一邊觀察紅鳩覓食時，池邊的灌叢裡，不時有老鼠鑽出，偷吃麵包屑。有的老鼠還跑出來梳理皮毛，完全不懼人。據說，國父紀念館水池邊的老鼠更加放肆，而且隻隻肥碩。這些生活在公園裡的老鼠，將會帶來什麼樣的問題呢？我好奇地思索著。

去年此時，我在草地上見過八哥活動，沒有什麼理由懷疑牠們會在此出現，只是不常記錄。烏秋倒是有，卻不多。今天也記錄一隻。烏秋是鄉間平野和丘陵常見的鳥種，公園裡出現一隻也不違常理。如今我最大的興趣是夏天。當繁殖季到來時，到底會有哪些鳥在此首先築巢？我急切的等待著。

——一九九七年二月・選自晨星版《快樂綠背包》

野狗絮語

上個星期放學，孩子晚回了。我很好奇地問他原因，他說，「紅磚道上有野狗站在那裡，我不敢走過去。」

我安慰他，「傻瓜，野狗不會咬你的。」

「可是，牠都不走啊？」孩子繼續爭辯道。

我只能再次強調，「你放心，只要像平常一樣走過去，絕對沒有問題的。」

孩子的事發生後不久，從報紙上，我看到陽明山上有野狗咬死小牛的消息，還有野狗驚嚇路人的新聞。我到一些單位演講，提到野狗的可憐，也有不少人持激烈的反應，他們都遭到野狗威嚇過。

整體觀之，大家對野狗始終有一個不良的印象。這個印象無疑是經由自己的經驗，以及媒體長久以來的宣傳所致。我卻獨以爲，整個社會大眾顯然對野狗有著很大的誤解。

一來，我始終懷疑，那些遭遇野狗威赫的人，他們所遇見的是否爲眞正的野狗，還是寄居於人籬下的半家狗狀態——尤其是那些沒有掛牌的「假野狗」。二則，一般人對野狗的眞正習性並不是很清楚了解，很容易做出錯誤的行爲，導致人狗交惡。

我們一直以爲許多野狗很兇惡的，這種人人都有的恐懼症想像，是很本能而原始的。畢竟野狗是我們在城郊最常見到的，非人類的大型哺乳類，而且常成群結聚，又脫離了人類的某個程度的掌控。如果單獨走在荒野，隨時會被一群野狗攻擊，這樣的陰影難免存在。

但是，我必須提醒你，其實，野狗多半很怕人的。很少野狗是從小長大而倖存下來，多半是被遺棄在野外生活的。這類野狗先前都已經有過被親摯的人遺棄的痛苦經驗。狗的心智忠心而單純，縱使大如秋田犬和狼狗，只要經過這種遺棄，身心所受到打擊，都和一個孩子感情受挫一樣，長年充滿驚懼。連那些幸運地能夠在野外從小完全成長的野狗，也會受到其他野狗挫敗心情的相濡以沫。多數的野狗是沒有信心和威嚴的狗。

如果不信，走在路上，不妨觀察一隻野狗，就會端倪出來這種氣氛。牠們多半是低垂著頭和尾巴，眼神更是無精打采。很少野狗會不停地以挺胸的姿態，鎮日不停地搖擺尾巴，像是被主人牽出來蹓躂的樣子。牠們在走路時，往往是靠邊走，絕不會器宇軒昂地走在大馬路中央。

多數的野狗看到人，往往避之唯恐不及，絕不會向來者挑釁。不管集聚再多，你只要表現得更為兇狠，牠們往往很容易就怯場，畢竟身心都曾受過傷害。

家狗（包括住家附近的「假野狗」）就不一樣了，看到陌生人接近，牠會面露兇色，犬牙暴露，迎向前來。在近郊的地區，這樣的家狗更為囂張。更可怕的是，別墅區的家狗常是狼犬、秋田犬、聖伯納之類的大型犬，或者是體型矯健的高砂犬、羅特維爾，光是身形就足以讓人望而卻步。若被襲上，身上一定掛彩。

在自然教學時，我常告訴小朋友，走在巷內時，經過一樓門口大開的住家，反而要特別小心，說不定裡面就有兇惡的家狗在裡面，牠們往往不分青紅皀白，看到人經過，就狂吠咆哮，甚而衝出來嚇人。被這樣的家狗驚嚇、咬傷的人，其實遠比其他野狗傷人的事件多出幾百倍。

上個星期連著兩天，在台北郊區走動，就遇到兩次野狗的事件，讓我經驗深刻。

第一天，我和朋友到平等里攀爬鵝尾山，沿著內厝溪的小巷前行。附近多別墅型大屋和三合院老房子。這種環境最適宜養狗，保護自己。過了內厝溪，我們就遇到三隻秋田犬。當時是星期一，小路幾無人影。三隻高大的秋田犬看到我們，馬上機警地起身，狂吠不已。一隻秋田犬已經夠嚇人，何況是三隻。所幸，牠們都綁了鐵鏈，想來主人也知道，牠們若未綁帶子，恐怕會惹大禍。

我們穿過窄巷時，旁邊的別墅上，還有兩隻體型壯碩的羅威娜，露出犬齒，唾液亂飛，更加兇惡地向我們狂吠。如果不是鐵欄圍住，這兩隻大狗早就撲向我們。

走到登山口的三合院時，還有三隻土狗型的家狗出來狂吠。牠們的體型較小，我們自是不在乎。但等下山回來時，登山口還增加了一隻未綁帶子的秋田犬，體型看來比我這個七十五公斤的人還魁梧。天啊！我們簡直是在過五關，一路遭到無理的盤查和考驗。

怎麼辦呢？所幸，朋友身上還有一些麵包。我們就將這些麵包當做示好的賄賂品，丟給牠們吃。雖然不是每一隻都有興趣，但敵意減輕大半。至少，那隻秋田犬沒有再吭聲。我們才得以安然通過。

第二天，我和朋友再到東湖內溝里探查。半途在一處橋邊，遇到一隻土黃色的野狗。我們向牠示好。這隻野狗大概是閒來無事，遂緊跟著我們。經過附近一處三合院時，裡面的家狗衝出來吠叫。這些狗可能都相互熟悉，再者體型都比土黃色的小，彼此便相安無事。牠也低著頭，緊跟著我們。

進入山區後，土黃色野狗一直走在我們前面引導。大概是對山區極爲熟悉，跑上跑下，時而鑽入草叢，時而衝至前頭探看，頗爲自得其樂。我們爬上山頂時，牠坐下來陪我們看山。我們在湖邊歇息時，牠也在湖畔散步。好像跟我們是已熟識許久的好友。

緊接著，我們繼續往更隱祕的山區探查時，牠就比較緊張了。最先，牠想帶我們走回繞湖的路。但是，我們想繼續往前尋路，穿梭於隱祕的森林。結果，原本喜歡走在前頭山路的牠，現在卻裹足不前了，經常還落到後頭。

一個多小時後，好不容易穿出密林，進入一處柚子山坡時，牠變得更加畏首畏尾。我正覺得好奇，突然看到一處農舍。此時，農舍裡也傳出狗吠聲。我們不以為意，繼續朝那兒前進。可是，土黃色野狗開始不自在，首次緊貼著我們。

隨即我們看到一隻黑色的高砂犬和一隻白色家狗出現。高砂犬的矯健和勇猛雖讓我心驚，但我仗恃著對家狗的經驗，帶頭繼續前行。這時，土黃色野狗，竟怕得趴著我的身子，似乎相當害怕我的舉動，我從未看過野狗如此膽小。

正疑惑時，廣場上又出現一隻壯碩身子的黑色大狗時，這下我終於明白土黃色野狗怕的是什麼了。老天！最後出現的黑色大狗，壯若小熊。看來也混雜了秋田犬和高砂犬的血統。牠也不吭聲，像隻老虎毫無忌憚地走了過來，冷冷地注視著我們；高砂犬也跟了上來。我不得不停下腳步，找根棍子和牠對峙。土黃色野狗則退到後頭，躲到朋友腳下去了。

這時，我研判，光是我和朋友兩人通過就是一個麻煩。土黃色野狗可能會是另一個不穩定的炸彈。畢竟，牠闖入了另一群家狗的領域。牠們不可能放過的。而這些家狗又是如此高大而兇惡。這些家狗和我對峙時，好像也擺明了，要牠這隻野狗留下來好好說明事情原委似的。

這時，我們陷入了兩難。我們總不可能趕走野狗。讓牠留在荒郊，見死不救。但是如果強行過去，難保意外不會發生。於是，我們試著先撤退，走旁邊的另一條山路。但是另一條山路是往山上去的，想到剛才的辛苦，我們寧可走回頭。

怎麼辦呢？後來，我們只好硬著頭皮，再往回去，去面對剛才的殘忍現實。黑色大狗和高砂犬繼續守在路口。朋友按過去的經驗，掏出我們的午餐孝敬這些家狗。這兩隻看似桀驁不馴的家狗才耳朵放軟，不再怒目瞪視。朋友餵食黑色大狗時，土黃狗也才能貼耳夾尾，低伏著身子通過。

可是，高砂犬並未放過牠。看牠如此畏首畏尾，繼續跟了過去。土黃色野狗眼見一時間，去路被擋，嚇得全身尿溼；本能地將身子倒地，貼著芒草叢，表示完全的屈服。然後，再慢慢地，想從芒草叢的山坡滑下去。可是，牠也未料到，滑下去後，竟是房舍的牆角，高砂犬從另一邊下來，等候多時了。野狗的動作也引起了大狗的不快，趕來助興。接下來，芒草叢裡傳出淒慘的哀嚎。我們知道，一定土黃色野狗受到欺侮了，急忙大喊。幸虧，旁邊有住家的人聞聲出來幫忙，這才喝止住。

土黃色小野狗像一隻被圍捕追殺的狐狸，夾著尾巴，匆促地小跑離去。離開這個區域很遠很遠，才驚魂未定地靜下來，在路口等我們。

——原載一九九八年五月二十一日《聯合報》副刊

輯三

人文地理

我們會相識，
也因為彼此都活在一百年前，
活在橫貫台灣心臟的這條古道上。
每回和他提及古道，
他的眼眸便炯然有神，
亮出青年般準備奉獻一切的光芒。

天下第一驛

從來沒有鳥種像牠們一樣，有一股魔力迫使我終年鎮日去旅行觀察，最後還決定一生以探究鳥類爲職志。牠們是典型的過客，每年固定拜訪兩次，一次從北極出發，另一次從赤道回來。我生長的地方是牠們的驛站。牠們叫風鳥。

風鳥（Wind bird），這是西方鳥類學家對鴴、鷸科水鳥頌讚時的別號。它的起因與習性有關，因爲在鳥類遙遠、漫長又極具危險性的遷徙過程中，鴴、鷸科水鳥始終展現出神祕的飛行與奇特的鳴叫。這種隨風來去的詭異行爲，一直引發西方人對自然產生無限的遐思與冥想。

風鳥是冬候鳥的主要族群之一，廣泛分佈全球各地。牠們像英語的使用，是共通性的鳥種。全世界的賞鳥人或許都熟稔自己家鄉的鳥種，然而，在異地與其他國家的賞鳥人相遇時，風鳥便成爲兩個不同國度的鳥人最基本溝通的條件。

比起其他鳥種的好動性格，風鳥彷若是善於沉思的動物。牠們在開闊大地上單腳佇足，寂然不動的形容，也是最教賞鳥人著迷的一幕。風鳥的羽色以灰褐為主。這種色彩總讓人聯想起流浪、冒險、漂泊等字眼。它也包含層層無法形容的果敢與毅力的象徵。沒有一種鳥科能如此普遍地給人這種感動，也沒有其他鳥科具有這樣世界性的分佈，而成為全球的自然環境指標。

相對地，一些對現今自然環境感到無力、絕望的人，風鳥的習性可能會帶來另一極端的聯想。牠們的羽色彷若是從世界各地垃圾場製造出來的動物，是未來碩果僅存的進化鳥種。風鳥的長相猶如魔鬼先派來人間的小無常。那怪異的鳴聲與飛行，正是在向人類提出嚴重的警告，對地球做最後的斷喊。

不管在亞北極圈的凍土帶家鄉，或是在驛站、避冬區，風鳥泰半以海陸交界的地方尋找食物為生。牠們的旅行路線也以南北延伸的海岸線為主要的幹道。然而在返鄉或離家的遷徙中，風鳥無法只憑海岸線去認路，當海岸線中斷或偏向時，牠們就必須深入海上。每年至少有一半的風鳥便在茫茫大海中遭遇不幸。有些鳥類學家甚至估計為百分之八十。是以，海，顯然是風鳥的戈壁沙漠，而牠們是不帶食物與水的旅人，要一口氣地越過。牠們辦得到嗎？現在已經知道除了少數風鳥如黑胸鴴外，都必須靠中途驛站的憩息與調養來支撐。這驛站就是大海中的島嶼。而每年經由台灣南下北上或滯留的風鳥大約有五十種，佔世界風鳥種類的四分之一強，這使台灣成爲一個相當重要的驛站。

在鳥類學家的眼裡，地球是沒有國家、國界的。他們眼中的世界只是六個區域的組合。分別是：古北區（歐亞大陸爲主）、新北區（北美洲）、新熱帶區（拉丁美洲）、衣索比亞區（撒哈拉沙漠以南的非洲世界）、東方區（南亞、印度半島各國爲主）與澳大利亞區。台灣的位置十分特殊，它屬於東方區，卻緊臨古北區，又正好是二區的邊陲地帶，同時結集了兩區的鳥種。加上，它位於太平洋西岸邊緣系列島嶼的中心，大陸型氣候與海洋氣候又在附近交會，地形運動也使它形成高山層層聳峙的容貌，於是構成了一個特殊的島嶼環境。當美國全境只有六百多種鳥類時，彈丸之地的台灣，竟擁有近五百種，地理位置的得天獨厚自然是絕對的因素。

有些生態學者以此稱台灣爲一個X點，主要即根據這種鳥類的遷徙路線爲論點，但若放諸自然界各種植物的演變進化，或人類社會的交通，仍不失爲準確的形容。當風鳥或其他候鳥開始春秋二季的大規模遷徙時。台灣，正像人體中進食時的一個主要消化器官。這個器官的健康就值得去注意與重視。它的健康包括自然與人文環境的搭配情形，尤其最近人類社會發展對地理環境的影響。

以此，我們必須將焦點放在台灣南北端與西海岸，風鳥過境最集中的區域。這些區域有構成X點的岬角、河口、沼澤、沙岸、旱田、水田和潮汐區等地理，它們是風鳥常棲息的所在。

這些驛站的形成有一段比人類歷史長遠的故事。大致的故事如下：

當那些終年在雲層上端的高山開始冰雪融化或落雨時，便挾帶著溪澗的山泉汩汩流出，然後匯聚成小溪。無數的小溪又在山裡迴游、切湍，再會合成幾條大溪，奔騰出來。它們運送著大量的污泥、沙石一路快速的沖擊而下。不管它們如何轉、迴旋，最後總是朝著海的方向流去。海拔愈低時速度愈緩，拖拉推展出來的兩岸也愈開闊。在這種經年累月的地理運動下，三角洲、平原、沼澤、湖泊等環境也紛紛舖陳開來。這便是曾文溪、淡水河、大肚溪等地常見的景觀。

隨溪而下的沙石中，也有不少是抵達河口附近才淤沉、擱淺的。有的又隨春秋的海潮南北散開，形成西海岸寬長達四、五公里的沼澤潮間帶，或是各地河口的沙岸。同時潮水也從海底盆地攏捲起大量的砂石，隨著潮汐起落，在各地與陸上來的砂石交會。有的更隨浪潮上溯河口後才停止旅行，形成各種沼澤。而百萬年前的地形運動，更使不少珊瑚礁山陵冒出海面，形成台灣南北兩端鮮明的岩岸地帶。

這些環境地理的變遷所形成的三角洲、河床、沼澤、沙岸與岩岸，是無脊椎動物最易生存的所在。由台灣北部一路下來的海岸線，各個河口附近都擁有這些區域。風鳥以無脊椎動物爲主食，台灣是X點，又有良好的覓食場，這一道海岸線便成爲風鳥絡繹於途的黃金航道。於是野柳的岬角、蘭陽溪的河口、關渡的沼澤、大肚溪的潮間帶與車城的沙岸等地便有風鳥群集過境或滯留的大場面。

這些風鳥的棲息區也都位於人類以都市生活爲重心的外圍。在工商業爲主導的台灣社會下，百分之九十以上的當地居民以務農或打漁爲業。不管在物質利益或精神知識方面的提供，他們皆在邊陲、低下階層的生活領域中體驗，所有的精力都專注在爲衣食勞碌。風鳥在這種環境下棲息或往來，對當地百姓而言幾乎是不存在的。風鳥的生死滅絕也與他們的生活全然無關。相對於風鳥卻利弊皆有。以利來說，當地居民無法構成爲風鳥的主要天敵。在弊方面，他們不懂得珍視。就現實利益來說，他們連利用風鳥成爲觀光資源的眼光也沒有。當然當地環境的改革或更動，更不會考慮到風鳥的棲息生態。

風鳥大多屬於「本能的候鳥」，早來晚走的原因，受本能體內的刺激爲重，而較不受氣候的影響。除了風以外，其他天候的因素也無顯著引導。牠們也不像其他鳥種因食物的銳減才啓程出發。雖然亞北極圈的凍土帶只提供短短兩個多月的覓食期，有的風鳥在食物尚未短缺時便離開了。遷徙使風鳥永遠生活在春夏秋三季中，從未遇過冬天。

每年最先南下抵達台灣的風鳥多半是磯鷸。八月初，牠已在北部各地的河口、河岸單獨出現。然後才漸漸深入內陸或南移。緊接著小環頸鴴、黑胸鴴、雲雀鷸、鷹斑鷸與黃足鷸也陸續飛臨。這段遷徙潮大約有兩個月。大部份風鳥是過境者，十月後又陸續南下。只剩幾種留下來渡冬。隔年的三月初，紅領瓣足鷸、鷹斑鷸等是北返的尖兵，牠們率先領陣，又是一批批飛來，再造成一次遷徙熱潮。六月初，幾乎所有風鳥都回到北方的寒帶溼地、凍土草原繁殖時，沼澤才空蕩無聲，潮間帶也如荒漠。只有少數鴴科會留下來在沙岸和廢棄的鹽田築巢，台灣已是牠們繁殖的最南限了。從六月起到八月初，這段沒有風鳥的季節，正好使無脊椎動物獲得喘息，重新有復甦的機會。

遷徙是風鳥每年必須面對的冒險事業。不少風鳥死於遷徙途中，顯然也是自然界宿命論的必然性，而倖存的風鳥正是經過千錘百鍊，最適於繁殖後代的優秀品種。

風鳥前往台灣的路線大致有二條主道。一條係沿堪察加半島、日本列島一路南下的海線，另一條是從西伯利亞，掠過中國，橫越台灣海峽的陸路。每年風鳥從亞北極圈向各方出發，沿著太平洋與大西洋兩側南下。台灣是太平洋西側的大驛站。不少風鳥的海路與陸路先在此交會後，經過一段調適期，又分批飛越巴士海峽，散入南太平洋各個群島，或橫跨赤道抵達澳洲、紐西蘭。北返時則相反。

風鳥能旅行多遠、平均速度有多快呢？各種風鳥因環境的差異各有不同的棲息狀況。以風鳥繁殖區的地點來論，在整個冬候鳥的返鄉區來說，已屬最北的所在，意即牠們須花費更多的體力在遷徙上。這使風鳥擁有比其他鳥種更適於長途跋涉的羽翼，與快速的飛行速度。以台灣常見的過境風鳥黑胸鴴爲例，有些從西伯利亞北方的海岸啓程，橫跨赤道，遷徙到澳大利亞去，至少須飛行七、八千里。這是風鳥最典型的長途跋涉之一，平均飛行三個星期才抵達，亦即每天要趕四百里始能如願。然而並非所有黑胸鴴都要前往澳洲，同一時候，也有不少黑胸鴴就在台灣北海岸渡冬，牠們的旅程只有自己兄弟的一半。

大部份小型的冬候鳥習於夜間遷徙，譬如伯勞、鶺鴒等科，而大型的鳥種如鷺鷥或鷹隼科多半選擇白天。但這不是定理，風鳥則晝夜都有遷徙的能力。夜間時，鳥類多採高空飛行，有時甚至在雲層上端，藉助廣闊的氣流減輕體能消耗。同時仰賴星光位置、緯度的改變而辨別前去的方向。白天時，風鳥便降低飛行高度，尤其是在海岸線時，更貼著海面飛行，辨識顯著的岬角、島嶼與河口等地形，做爲認路的指標。這些指標周圍的環境也最易於形成休憩的場所。

秋天時，多數風鳥是藉助東北季風南下，春天時則由西南季風推送北返。台灣在多數風鳥滯留的秋冬春三季，剛好是變化無常時的季風區。尤其春秋遷徙期，每一道冷鋒前後，各地的風鳥棲息場總有不同的風貌。原先棲息的會隨風離去，但不少新的鳥種也隨風到來。

風鳥的體內可能有某種遷徙的能力，適合牠們勝任遠航。但和其他冬候鳥一樣，牠們未必具備預測天氣的本能。當牠們選擇適當的良好天氣啓程時，並不能確切知道前方的路途或休憩的驛站將會有什麼變化。冷鋒、風暴、大霧等天然環境的更迭或油污、獵捕等人爲因素，都有可能使牠們改變路線，導致大量的迷失與死亡。所以每年春天時，鵝鑾鼻或蘭嶼的燈塔附近，皆有候鳥大量迷失或自己撞死的記錄，西海岸的潮間帶也有風鳥集體死亡的報導。而後者，風鳥棲息地的破壞與威脅，更使風鳥有滅絕之虞。

風鳥在中國人心中是沒有什麼地位的，許多人迄今可能還不知道有這種鳥類。這原因與中國人的社會發展與變遷也頗有關聯。明代以前，中國人並不重視海洋的開發，視海爲世界的邊緣。而自然科學到晚清民初時才稍爲進入起步階段。由於跟海的隔閡，相對於風鳥的棲息生態，中國人也一無所知。這也難怪在傳統的花鳥畫中，除了常見的陸地留鳥與候鳥外，幾不見風鳥的影子。

近十幾年來，情況稍有起色，不少的鳥類學家與賞鳥人正不斷地呼籲建立「水鳥保育區」。不過海峽兩岸的百姓或官方對風鳥的認知仍是皮毛。他們或許知道食物網的定理，了解物物相剋的法則，卻無法單從表面的觀念進去，考慮風鳥到底有多少利益價值。他們會認爲那不過是一群在荒地啄食的鳥類，跟麻雀無啥差別。他們忽視以物的角度去看自然，仍然以人的價值利益去評估自然。於是，就出現海岸濕地嚴重破壞的問題。這種認知也是造成環境保育措施擬定時，潛在意識中最不利的負面條件。

比起其他鳥種，風鳥棲息的環境是最貧瘠、荒涼的地方。這些地區是留鳥最不愛滯留的所在。留鳥盤據了台灣多數的山區與郊野，餘下這些「糟糕」的環境給遠方過客。所幸風鳥的習性早已發展成熟，不需在異地與當地的留鳥直接面對，造成強烈競爭食物的地步。如果中國早年有文藝創作者，讓風鳥的這類生活意義進入文學、藝術的殿堂。相信喜愛老莊、道家哲學的人會欣賞牠們的習性，甚於一切鳥種。同時在保護自然的措施上，將有推波助瀾的功能。

幾千年來，風鳥一直未受到人類的嚴重傷害，牠們面對的威脅主要來自自然一切既有的天敵。這種情形的改變是近八十年才發生的。由於工業時代的出現，人類變成最危險而可怕的殺手。他製造了油污與棲息地破壞。風鳥的棲地泰半以海岸與沼澤為主。在亞北極圈時，風鳥繁殖的地區杳無人煙。在避冬區與過境的驛站，卻是人類交通最忙碌的所在。這些地區海岸線長期遭受的油污情形舉世皆知。不僅風鳥，其他海鳥及各種海岸生物都遭到致命的威脅。一艘油輪的漏油，往往導致附近海岸的生態系統全部瓦解，風鳥與魚蝦的屍體遍佈海岸，自然環境久久無法恢復原先的運轉。沼澤地更糟，建築物、排水工程與廢土填充，已使各地沼澤區正在快速縮減中。在台灣，布拉哥油輪曾使野柳三、四年間成為死海岸。十多年來，因了油污與溪流廢水的交集，西海岸的海岸生物也日益減少或遭到嚴重的污染，風鳥聚集的情況更大不如前。而最好的沼澤區關渡已被排水工程、廢土填倒佔去其二分之一，風鳥群集北返的景觀早成歷史。根據鳥類學者的研究，風鳥也無法像其他鳥種，可因地形環境的變遷，仍有局部能力改變自己的習性去適應。牠們時常被迫前往原先的地方，啄食已經遭受污染的食物，等候自己的逐漸死亡與族群的大量消滅。

現在顯然是需要繫鈴者自己解鈴時，我們必須遏阻自己的盲目衝動，開始思慮自我面對自然環境的道德責任。兩種並進的自然保育法目前在開發國家中十分盛行。台灣當局顯然也在著手研究，但仍不夠徹底，展現的成果也令人氣餒。其中之一是宣導教育國民，告知自然生態的觀念與公有地的利益價值。另一種是執行單位劃爲一統，來實行保育濕地的方案。這二個較落實的原則尙未具體實施前，遑論其他的宣傳保育溼地的方法。

天下第一驛，係根據風鳥的遷徙習性與台灣獨特的地理位置所聯想的有趣稱呼。當許多靠海國家開始積極進行海岸、沼澤的保育措施時，台灣若依舊是一片自然保育的廢墟，風鳥在整個地球的遷徙路線上，猶如在中間斷折了。長此以往，風鳥便是在這裡飛向天國之驛，不是飛往家鄉或避冬區的路上。我的故鄉就是這樣的難關。

——一九八五年六月・選自晨星版《消失中的亞熱帶》

八通關古道

從陳有蘭溪取回的山泉沸騰了。冒著滾熱白氣的鋁製茶壺，就在眼前忐忑不安地抖動起來。

這時節才入秋不久呢！高山環繞下的東埔已籠罩在初冬的氣息裡。又逢非假日的今天，清冷的旅舍彷彿隱藏著一股沁人的寒意，靜寂地僵止於空氣中。這也使燒煮中的茶壺更有四下無人的囂張氣勢，愈加奮力地發出熾烈的聲響。

闇昧的室內，一張方形紅褐檜木的古舊茶几。几上一只陶瓷殘片橫陳著，是此地友人餽贈的見面禮。前個月，他甫自八通關古道回來，途經大水窟的清營舊址，撿到這看來是隨便丟置的不起眼玩意。它是仍帶有一些兒壺身的福建米白釉小壺嘴，有一百多年歲數了。原本的模樣，應是一具胖鼓著圓滾肚腹的小茶壺；而且是一八七四年（同治十三年），那一千五百名廣東飛虎軍裡，其中一位小兵的家當。那一年，他帶著小茶壺，和其他士兵從大陸渡海來台，進入陌生的內山，開闢中路。隨後攜上三千公尺的大水窟。當時的中路，就是今天的八通關古道。然而，爲何只剩下壺嘴的殘樣呢？是不小心打破？用久了，自然裂損？還是軍隊繼續開拔，未及帶走？或者是與布農族作戰，混亂中打破？……

年近七旬的歐巴桑提著保溫壺，由前樓的瓷磚走廊踽踽走來，一蹭一蹬地登上這狹窄的日式閣樓。大概以爲我忘了取茶水吧？地板發出吃力的喀吱聲。明晨，又要上玉山區了，凝視著小茶嘴的殘樣，我突地想起小學時代的歐桑。想起他悄悄來到這裡的入山小城，躲在旅舍內，品評日文旅行書籍的背影。

不知爲何，這幾年我也宿命地走上酷愛旅行的路途。前天埔里，昨天水里，今晚東埔。可是，多麼納悶的，生長於中部的我們，旅行的地點竟都選擇濁水溪上游這一帶。歐桑來此的時間，應是一九四九年「四六事件」發生後，在此從事不太願意對任何人解釋的定點旅行。我是在十年前，因爲探鳥採蝶之關係，帶著對自然的癡戀，屢次抵臨這裡。這是什麼心情呢？逼使進入壯年時的我們，在不同的時空下，不約而同的選擇這幾座小城，做爲定心的地帶。或者只是巧合吧？

對我們父子而言，台灣在這幾十年的急速變遷中，西海岸早已徹底地翻轉了好幾次；只有靠近台灣地理心臟的這裡，似乎是民風較安詳、淳樸的所在，保有著我們對童年事物的追憶。

有這種童年似情感的共鳴，我相當篤信，必然是與山、城之間的距離有關係。這幾座小城都位於四季溫煦的盆地和峽谷，與鄰近的大山保持似近還遠的良好空間，又和忙碌的縱貫線鐵道遠遠隔絕。既是山的入口，也是出口。這種距離上的和諧與東海岸的後山截然不同。東海岸的山有種高遠的威嚴，跟鄰近的城鎮殊少交通管道，還擺出一副隨時要侵凌平地的險峭容貌。

對中部的山與城，有這種奇怪和諧詮釋的人，不止我一個，日本博物學者鹿野忠雄恐怕體會更加深刻呢？一九二八年暑夏，從二水前往埔里，正準備傾力入山的鹿野，還未到達入山口，就已情不自禁地寫道：

> 對於要從西海岸進入中央山脈的懷抱者而言，……那裡有靠近山的喜悅。有令人感到山的入口的魅力。

前天，從二水搭支線火車，前往集集時，鹿野像小熊般壯碩的身軀，不時浮現腦海。這位縱走台灣高山千餘日，矢志從事博物學探究的冒險家，大概是對現今玉山區最熟悉的人物。自從首次拜讀鹿野記述台灣高山的巨著：《山與雲與原住民》，激動地潸然淚下後，每回途經集集時，總要在他滯留過的火車站前徘徊，憑弔一番。

火苗一熄，茶壺聲方歇，右邊的山谷立即湧上陳有蘭溪汩汩細流的水聲。記得這條溪的聲音嗎？小茶嘴是聽過的。經年在高山旅行的鹿野，想必也十分熟稔而親切。在這座八通關古道必經的小城，酷愛飲茶的鹿野，曾搭宿當時的警察駐在所，如同我一般，獨對茶壺。尋思如何溯溪，登上玉山山彙的問題。

陳有蘭溪，這條背負十九世紀末葉台灣遽變的歷史之河，就在東埔和沙里仙溪分手，各自像尾溯河的鱸鰻，狂野地奔上荒莽的原始森林，進入廣邈的玉山山區。

清末的八通關古道也在此，貼著溪床，和日據中期的越嶺道分道揚鑣；雖是各走各的路，而且在不同的時代出現，深入台灣的心臟。這二條路還是交纏並進地跨越八通關，奔過大水窟草原。最後，一如台灣近代史，比肩而來，狠猛地貫穿到東海岸。

既然隸屬廣東飛虎軍，當時隨身攜帶這小茶壺的小兵，或許是客家人吧！一八七四年冬初，他身著藏藍色的軍衣，衣背有繡著自己軍籍、姓名的鮮明白色大圓布，肩上則扛著當時清軍最好的、銀亮的後膛步槍，跟隨吳光亮總兵，由竹山翻越鳳凰山麓，駐紮過東埔。再沿陳有蘭溪上溯，一路「逢山開路、遇水搭橋，束馬懸車、縋幽鑿險」。

隔年初的農曆春節，他跟其他一千多位入山的官兵一樣，就在「古木慘碧、陰風怒號」的高山中，與吹弓琴的布農族、與披著霜雪的針葉林一起度過。

高山上也只有倏忽的春夏之日。時節才六月末，當時住在台南府，執掌全台政局的福建巡撫王凱泰，收到吳光亮從山裡寫給他的一封信，信中有一段話是這麼說的：

軍中著皮衣，嶺上皆有霜痕。

讀完信，王凱泰遂有感而發，也留下這段具有歷史見證的詩句：

暑月深山軍挾纊，

八同關外已飛霜。

同，即通也。飛虎軍已抵達八通關。這位小兵想必也來到草原上，在搭蓋好的營舍內，用小茶壺沏茶取暖了。

當飛虎軍再東行，來到中央山脈的大水窟，應是初秋的時候，小茶壺即在此與這名小兵分手。年底，飛虎軍完成打通中央山脈的任務，但他們並未接獲返鄉的旨令，也沒替防的部隊，反而繼續執行北京朝廷的「開山撫番」的任務，駐守在殊少漢人屯墾的璞石閣（玉里），經年和東海岸的原住民交戰。不能返鄉的情形下，這名小兵很可能和當地的阿美族女子結婚生子，在東海岸生根。

假如，他未水土不服，或患上盛行的瘧疾，繼續倖存。二十年後，中年的他，或許還跟過滿腔熱血，卻也老耄的吳光亮北上，和甲午戰後登入台灣的日軍打過仗。這場戰爭是台灣西海岸一連串抗日行動中最初的一波，發生在新竹附近的丘陵，台灣史曾詳細地記載這段悲慘的敗戰經過。最後，或許這名小兵和小茶壺一樣埋身異域。一千五百名精銳的飛虎軍裡，有好幾名小兵是這樣走過一生的。而他，恐怕也正如戰禍頻仍、焦頭爛額的清廷，早把八通關古道忘記。

但日本人卻縈繫在腦海。就在飛虎軍北上作戰失利後，一名叫長野義虎的日本陸軍中尉出現了。這時西海岸還在激烈抗日中，東海岸卻形同空城。他在宜蘭搭上一艘中國戎克船，悄然來到飛虎軍落籍的璞石閣。

初秋時，長野帶著幾位布農族，還有漢人通事，重訪二十年前飛虎軍艱辛開拓的古道。雖然一入山就走錯路，只踏過布農族的狩獵小徑。長野終究攀抵小茶嘴置身的大水窟，望見崇峻的玉山山彙。於是，他做了「最先登上玉山」的攻頂決定……

從玉山區下行時，長野估算錯誤，背袋缺糧，急著趕下山。結果，再度岔離古道，直接走下陳有蘭溪河床，在纍纍巨岩的狹谷中，馬不停蹄地星夜趕路，趕到硫磺泉湧的東埔。最後的行程雖如此草率匆促，外來的探險家中，他卻是第一位穿越中央山脈的人。日後，還因了此功績當上埔里社「墾撫署長」。至於古道，他留下了一些吉光片羽的敘述：

> 余走過此段清國政府開闢之通道，深深驚異其工事之殷勤慎重，遇岩取石，遇林截木，用以敷造階級。路幅約寬六尺，今日全程雖然多有毀壞，但依舊可容納

十數名步卒從容通行……

從上述文字解讀，好像長野踏過古道全程一般，但正如先前的描述，長野實際踏在古道上的時間並不多，路程也很短，只在大水窟與八通關一段。

這是八〇年代初，古道學者楊南郡重新踏察的新發現。楊先生是這個社會的邊緣人。人在台北，年近一甲子，快滿頭銀髮，仍然活在清末。我們會相識，也因爲彼此都活在一百年前，活在橫貫台灣心臟的這條古道上。每回和他提及古道，他的眼眸便炯然有神，亮出青年般準備奉獻一切的光芒。百年後，有這樣瘋狂癡戀古道的人物，這恐怕不是吳光亮或長野所能料及的吧？然而，在當時，也有一些古道迷出現。

所謂的八通關古道橫斷後，長野回東京時，曾在地學協會做過此次探險的講演。那次講演的聽眾裡，有位酷愛民族誌研究，長得羸弱瘦小的年輕人在座。他靜靜地聆聽。由於長野未受過專業訓練，當幾位地學專家提出問題時，長野都無法圓滿的答覆。他對長野所勘察的路線，也抱持相當懷疑的態度，更不相信長野所云，一天之內能從玉山頂抵達東埔。這位年輕人是誰呢？他就是日後赫赫有名的「台灣蕃通」，森丑之助。

聆聽長野的講演之前，森已隨日軍輾轉台灣山區，四處探查原住民的生活。一九〇〇年，阿里山森林大發現後，森做了一次著名而重要的旅行。

春天時，他擔任人類學家鳥居龍藏的助手。鳥居是最早在台灣從事人類學、考古學的研究者。他們選擇一條前往玉山的新路，從阿里山出發，結果也遇到斷炊之險，只得前來東埔避難。緊接著，他們在前山的幾座小城如竹山、埔里滯留，從事原住民調查。最後，再大膽地從東埔上溯陳有蘭溪，進入古道去。

那時已近暑夏。趕回東埔，進古道前夕，趁小米祭那天，他們訪問一位年近八旬的布農族社長。這位記憶依然清晰的老翁，當年曾受僱，參與古道的修築。鳥居在旁筆錄，記下這段重要的口述歷史：

> 吳光亮未開路前，從台南派來的官吏，曾經到此觀察地形。然後，決定開往後山的路。開路的過程，得到布農族各社的協助而順利進行。當時我是五十多歲的老人，也參加了開路的隊伍。
>
> 道路大約花了十個月才完工，很多漢人來開路，砌石鋪路；也僱用布農族郡大、巒大各社的人，以及屬於阿里山蕃（曹族）和社、楠仔腳蔓社的人，由各社頭目指揮。我們做的是搬運土石的工作，道路完工後，在太魯那社建碑，記載工程的經過。

鳥居一行進入古道後，立即遇到「處處坍方、茅草掩蓋」的荒廢情景。上抵八通關後，道路始平坦開闊起來，三千公尺的地方仍有粘板岩的石板路存在。這時，森可能想到，長野提及的古道大概就是這裡了。他們行走其上，對吳光亮油然產生感念。就在那一天，他們通過大水窟，看到清朝兵營的舊址。小茶嘴仍躺在那裡……

結束古道之旅，鳥居動身到大陸，在雲南、四川調查猓玀族。森仍留在台灣山區，四處遊走。最後，任職於台北館前路的「總督府博物館」（台灣省立博物館前身）。但從軍職轉行的森身分只是雇員。

當時，台灣的山區仍未安定，沒有多少人願意深入。森卻欣然地勇於前往，而且時常一去不知所蹤，忘記歸返（曾經有二年不見人影的記錄），再悄然出現。不過，這位矢志要寫完十卷「台灣蕃族志」的年輕人，最後還是失蹤了。當時曾傳云，一九二六年時，他搭船從基隆回日本，在海上投海自殺；因爲三年前關東大地震，毀掉他所藏有關台灣高砂族的資料。另外有一說，他又返回台灣的高山去，有人曾在霧社遇見。這是一個熱愛原住民研究，終身是雇員的悲劇一生。

小茶嘴，你知道嗎？我還存藏著一份森橫貫山區的手跡稿呢！那是一九二四年二月，他憤然離開博物館，寄贈中央圖書館的調查：「中央山脈橫斷探險報告」。報告中，還附有他和泰雅族在海邊圍聚的圖片。這張周邊焦黑、泛黃的圖片裡，他戴著草帽，削瘦孤獨的背影和整個中央山脈一起面對海洋。我將這份報告從蠹魚和灰塵群居的書架上抽下，小心地影印留存。

唉，再回到古道的故事吧。從這份影印報告，我獲知，一九一〇年春天時，森又有橫斷中央山脈的旅行。這回走的是偏北的關門山越嶺道。此路也是長野由西海岸回花蓮的另一條清朝古道，開闢時間較晚。這種走法，曾使許多專家認爲，當時的八通關古道已荒蕪多時，不堪行走。同一年，兩位東京帝大講師，從東埔到玉山，勘察最高測候所時，即未採古道的路線，改走陳有蘭溪河床。

那個年代，最後一位走過古道，並留下紀錄的，或許是英國探險家古費洛（Walter Goodfellow），我們賞鳥族的前輩。一九〇六年元月，他在這塊日本的「新國土」做了一樁偉大的探險，讓剛啓蒙的日本自然科學界駭然失色。

當時，他僱請十幾名不太會射擊的日本兵，大雪紛飛的酷寒天候下，強登玉山區。結果在一名鄒族的頭飾上，發現兩根寶貴的羽毛。這兩根羽毛現今仍保存於大英博物館的展覽室。它們是聞名國際的台灣特有種帝雉的羽毛。帝雉是在八通關古道此線最先發現的。可是，古費洛一如西邊的布農族，只到過八通以西附近的山脊，而未前往更東的大水窟。

躺在大水窟一百多年，小茶壺嘴想必是見過帝雉的。走過玉山區的飛虎軍們也該看見不少吧！賞鳥十年，我卻未在野外遇上雄雉成鳥，只能憑一張古費洛時代的帝雉圖去想像，牠撐開如黑白緞帶般飄起的尾羽，搭配著寶藍雙翼飛翔的美麗姿態。古費洛發現的，就是帝雉的尾羽。它是鄒族地位尊貴的象徵，獵人也以捕獲帝雉為榮。

在此區的狩獵傳統裡，住於東邊的布農族也不敢貿然地越過大水窟去打獵。一九三一年夏天，一位東邊布農族的年輕戰士，端著村田式步槍，沿著米亞桑溪上溯，迷失於針葉林中。最後，在溪的左岸，發現一條砌石小道。他順小道上行，結果走到大水窟東側。這條砌石小道是已荒蕪經年的古道。他知道這裡是禁地，不能再向西行，遂沿著清營的舊址緩緩走過，走過低矮的箭竹林叢，走過小茶嘴橫陳的水池附近，像水鹿般悄然地隱入東邊的針葉林，繼續四處飄泊的抗日活動。

一九一五年，拉庫拉庫溪流域布農族，襲殺大分駐在所十二名日警後，已經十六個年頭了，他們仍在抵抗日本人的圍剿。他們是日本人背上的芒刺，是「本島最後未歸順蕃」。八通關古道於事件爆發後正式關閉。日本人另建起一條新路，越嶺道出現了。

陳有蘭溪嗚咽地流著，歷史如昨日往事。那名飛虎軍小兵，也曾提汲百年前陳有蘭溪的水，使用小茶壺在岸邊沏茶的。東埔西南方如今被視為古道的正式起點，接近溪床的附近，清軍也有屯營的舊址。殘存的砌石、石門仍歷歷可見。夜幕深垂時，陣陣嘩然的溪聲裡，彷彿夾雜著哨兵敲更的梆子聲。

把小茶壺放入背包裡，準備明晨去玉山山區的物品。大水窟不知是怎樣的山色。我只上過玉山區三回，未曾去過東邊的那裡。以「森丑之助式死亡」，在太平洋戰爭中消失的鹿野忠雄，倒是大水窟的老友。

一九三一年夏天，那名拉庫拉庫溪的布農族戰士，從大水窟退回東邊時，鹿野正和四名北方郡大社的布農族並肩，一起走過馬博拉斯、秀姑巒這一線的中央山脈主峰，進入大水窟草原。這是台灣登山史上，第一位如此縱走此線的人。登畢後，向東投去，前往飛虎軍的第二故鄉，玉里。未幾，這位山癡又瘋狂地踅回，準備攀登未爲人登頂的、妖異的達芬尖山。

根據鹿野的回憶。當時，從玉里向西，走的是越嶺道。很顯然，和長野一樣，偏離了古道的路線，而且愈走愈南；但大水窟以東，他也踏在飛虎軍鋪設的石板路上。

清晨時，鹿野穿過玉山杜鵑帶著晶瑩露水的紅白花海，一路有如鶇的褐色大鳥，頻頻從腳前竄飛。亮麗的陽光自東邊山脈斜斜拂照，清澈的小水池映出耀眼的銀白光輝，一如形容中的「鏡池」。而那片花海，擅於取名的日本人賦予一個絕美的名字——御花畑。這兒迄今仍是哺乳類相當多的地帶。鹿野隨即看到數十隻獼猴，以及匆匆疾奔的水鹿、山羊。那名飛虎軍小兵，勢必在此杜鵑花海中巡行過，小茶嘴與許多陶瓷殘片就躺在這御花畑的世界。

離開大水窟後，鹿野繼續向西，前往玉山區攀登。多次的台灣山地旅行後，他覺得玉山區是最像個台灣的山與人的地帶。對台灣有很深的摯愛，遂在此時萌生。

最像個台灣的山與人！明晨，我也要順古道的方向，前去拜見充滿陽剛之氣的玉山山彙。一想及此，體內的血液突然有股緊繃的凝聚力量，往腦門衝。長久以來，屢屢在城裡失眠，未料近山了，還如此神經質。

但比起歐桑呢？他似乎連這種失眠的權利也被剝奪。壯年時灰心喪志的他，以及來到這山口，卻缺少臨門一腳之勇氣，這二者間應有某種息息相關的互動因素吧！雖然流著同樣的血液，充滿歷史感的我，不可能這樣了。前山幾座小城的安寧，只是讓我孕育更大衝動的前哨站。一如森的失蹤，每回前往台灣的心臟，我是抱持著，尋找一座山頭死亡的決心。

鹿野在這幾座小城滯留，聽著布農族彈撥的弓琴聲時，更是抱持這種精神的：

細小的弦一震動，流出像水般清澈的爽快聲音。旋律單純，然而有像聽宗教音樂般的嚴肅。那徹底是山的東西。原始而樸素，又清純。在山以外是聽不到的，是在山中完全的寂靜才能品味的音樂。

並躺在旁，背包裡的小茶壺嘴，一百年前，在古道上、在大水窟時，應該也聽過吧？我取出錄音機，在入山前，輕輕地按下鍵盤。小茶壺嘴，還記得這嚶嗡嚶嗡的山音嗎？失眠就失眠吧！我還是先接受山的洗禮。

——一九八九年五月十二日・選自晨星版《自然旅情》

金山小鎮

十多年來，每次到金山從事自然觀察，都會抽空搭電梯，登上金山青年活動中心光復樓七樓的觀景台。從那四方形如城堡的樓塔，展望環繞金山四周的環境。在這兒鳥瞰，並不只是在享受一種登高望遠的樂趣而已，還有更多思古的情緒，以及歷史的困惑，都會伴隨著景觀，自腦海浮升。

從光復樓望向西邊的山巒，系列的竹子山緩緩橫伸入海。總教人想起那些早年旅人的詩，十九世紀中葉，北部著名的旅行文人林占梅，寫過一首〈金包里橫岡遠眺〉，便描繪出了這個區域的景觀之味：

險峻金包路，籃輿不易躋；漁家看蟻聚，鳥道聽猿啼。沙霽田沿嶺，崖懸樹隔溪。明朝石門去，詰曲入雲迷。

這是多麼詩意的景觀！但往事已矣，任何人的視野，再也閃躲不過那一座碧麗輝煌的寶塔。那是前幾年在台北市公車大做廣告的金寶山靈骨塔。它赫然而礙眼地立於竹子山系的山坡地，久而久之，竟也成了此地的一個重要地景。

前往台北的陽金公路，便是從它眼前和磺溪並行而上。早年的魚路並非從這兒上溯。唯陽金公路接近山腳時，有些路段便和左邊穿過田間的魚路重疊。套用一句地理術語，魚路在這兒就被陽金公路襲奪，消失了。

最喜歡觀景的角度在南方，地景內容複雜而多變。聳立遠天的是陽明山國家公園最北的磺嘴山。從觀景樓遠眺，這座海拔幾近一千公尺的大山，頗有日本富士山特有的孤立和絕美。光線柔和、視野清朗時，常教我流連不去。近年來，一直有個攀登磺嘴山的心願，想從那兒鳥瞰整個金山海岸，可惜始終無緣攀登到頂峰。五、六年前，我常遠望它，不外於思考著名的魚路如何穿過金山的街道，進入大屯山脈裡。當時魚路尚未有人熟知，磺嘴山成爲這個古道之謎的標誌之一。如今魚路身世已經揭曉，但遠望時，還是有其他如金礦、哺乳動物等自然情事在腦海裡盤旋。

夾在磺嘴山和眼前大片荒涼的公墓之間，有一叢白色公寓大樓突立著，那兒便是金山鎮上了。金山，舊時稱之爲金包里。早先是北部平埔族凱達格蘭族移民至此，稱之爲金包里社，以後漢人再將這社名轉譯而得。

通常到金山鎮上去，都是從「大廟」慈護宮的方向信步而入。對這間主祀媽祖的百年老廟，一直有著很深刻的自然志情感，總是想起英國鳥類採集者郇和（R. Sinhoe）。

一八五七年六月時，這位台灣早年最重要的自然生物採集者和一群英國水兵，曾經從基隆港徒步，沿海岸經過萬里，越過圓潭溪（金包里溪主流），抵達慈護宮，在廟裡度過了一夜，並和附近的村長見面。隔日，再穿過金包里街，沿魚路翻過大嶺前往士林。他是這百年來唯一留下有關當年魚路狀況史料的人。不過，對整個慈護宮而言，他只是一名過客而已。我數度在慈護宮裡檢視過，尚未找到任何蛛絲馬跡，足可證明這位旅者曾在那兒待過。

據當地人說，早年一些小船隻還可以從圓潭溪彎入金包里溪，開抵慈護宮前。現在的圓潭溪早已淤積，船隻無法上溯。而它的主要支流金包里溪，也只剩下一條排水溝而已。近來到那附近的稻田，只是試圖從那兒尋找一些水鳥或紅冠水雞的蹤影。

每次我也習慣，由廟旁的金包里街走進去閒逛。這條老街的前段左邊，都是二進的傳統式街屋，門面前還有連棟的亭仔腳，上了暗漆的木頭廊柱，通樑猶有樸拙的木雕。這是在其他街道上難以見到的特殊景觀，蘊藏著老舊、而光線不足的親切。右邊則多半是日治時期的建築式樣，和現代的建築雜陳。曾經走進一家中藥舖，觀賞過那些儲存藥材的舊藥盒，以及泛著暗光和污垢的藥桌，看來少說都有四、五十年以上的歷史。進入那兒似乎也回到了清末。一直喜歡著這種隨時會消失的古樸之味。不過，在走訪的經驗裡，有不少屋宇都在翻修改造。眞懷疑它的容貌還能維持多少！跟其他地區一樣，老街上多的也是老人，年輕人大概都到台北附近工作了吧。中午就在廣安宮廟前，那家著名的鴨肉攤小吃打牙祭。這裡是傳統市場最熱鬧的地方，一般人喜歡的是它鮮美的鴨肉，我獨愛清水灑煮的茭白筍，清脆猶勝過嫩筍。

慈護宮後的舊館溫泉，從日據時代以來就是觀光旅遊的勝地。我對它的感情來自林衡道先生的一篇短文。那是一九五八年冬初，民俗學者林衡道先生來此觀光後，在〈金山紀行〉裡曾描述道：「街外田野中一座簡陋的日式旅舍，便是溫泉旅社。其客室旁面爲一大院子，栽著各種花木，很有風趣。這旅社雖然看不見海，但遠眺竹子、七星（筆者認爲：較準確說應爲磺嘴山）的巒光、山色，風光卻也清麗。」可惜，這間溫泉旅社已毀，改建爲新的公共浴室。

三十多年前，林衡道先生初到金山時，熱鬧的街道只有一條，便是金包里老街。現在位於北部濱海公路上的中山路卻已成爲新貴。金山公路局便設在路口附近。光復以前，還未鋪公路時，公路局是輕便鐵道的起訖點。那是一九三〇年，一條運送客貨的雙線輕便軌道開始營業，平均來回基隆三個小時。這樣的速度雖不快，但相較於必須一天一夜路程的魚路來說，已相當方便了。魚路是從這時開始沒落的。

公路局對面是基督教長老教會金包里教會，它在金山的位置也變遷過數回。在金山鎮的歷史裡，算是一個非常重要的地景。看到這棟新穎的大樓，研究歷史的人，難免都會想到最早來這兒傳教的馬偕醫師。一八七〇年代，馬偕醫師來台傳教，直到一八八五年中法戰爭年間，住在淡水的他，至少來金包里傳教六次。初來時，都是搭船從淡水到來。後來是否有翻過大屯山脈的魚路就不得而知了。在《台灣遙記》裡，他提到過這條也能通往大油坑的魚路。

若遠眺東邊，只有一座狹長而低矮起伏的獅頭山。山雖矮卻有一番絕麗景致，不輸野柳。山頭腳前臨海的小村是磺港村漁港。而翻過獅頭山，還有另一個叫豐漁村。漁村雖小，這兩個漁港建村的時期，可都是有二、三百年歷史的漁港。魚路的最初，便是從這兒將魚貨運上岸的。

向來，我在獅頭山滯留時間，比在街上活動的時間爲多。林衡道去金山後五年，金山各地的鄉公所曾在政府的督導下，沿山大興土木，蓋起了一連串造涼亭、塑雕像等措施，所幸高大而雄峙的琉球松依然存活著，讓這處北海岸絕少的蒼毅景觀，繼續器宇軒昂地矗立。

獅頭山山前之海，一對巍然的巨岩挺拔而出。文獻裡提到，那兒曾是八哥群棲息的位置。但我未在這個海域發現過八哥。倒是和許多鳥友遠眺過鸕鷀群。對附近駐軍的干擾，我也印象深刻。這已是六、七年前的事，海防士兵們總是很緊張，生怕我們偷看了什麼祕密。而記憶裡最美好的一次，大概是從豐漁村上來，發現了罕見的灰鶺鴒。在春秋候鳥過境期，獅頭山和野柳岬角總是會有許多奇特的鳥種出現。

我看過一段有關金包里文獻最迷人的敘述，提到早年這兒是一片大森林，目前水田仍有巨大樹木遺留。我想文獻提到的「這兒」，按現場經驗的推斷，主要應該是豐漁村！雖然那兒的水田已經沒有什麼大樹存在，但當你沿著民生路走往豐漁村的路上，兩旁還能輕易發現一些。它們是平地常見的、經常一年落葉二、三回的大葉雀榕。有好幾株都有三、四人抱的圓周。其中一株，有空時，還常帶孩子去探視，把它當成海邊的老朋友。大葉雀榕在北海岸到處可見，可是像這樣巨大而密集地叢生，可非其他海岸地區常見的。如今，稀疏散落的雀榕族群，退居到了獅頭山腳，頗像是族群即將滅絕的大象。

這條走往豐漁村的民生路路口，還有兩處顯著的荒廢地標，都是日據時代的歐式建築。靠內陸的一棟，原先是一個著名的溫泉旅館。以前是日本人在此休息的溫泉旅社，光復後國府的軍隊到來，胡搞了一陣，將土雞放在溫泉裡燉煮，最後又把溫泉弄毀，不久這個典雅的房子也廢棄了。靠近水尾海防士兵駐防的地方，有另一棟，據說是金山鎮上一家有錢的賴姓人家，早年暑夏避暑的勝地。

由獅頭山往北邊鳥瞰，就是遊客最愛的救國團青年活動中心，和淺灘一片的灰濁大海了。這十幾年來，活動中心的木麻黃林，始終是北部地區賞鳥朋友觀察過境鳥類的主要地點。我自己來過多少次也數不清了。過去經常是前一天獲得鳥況的消息，隔日清晨便迢迢趕至，爲的只是一、二種罕見的鳥種。譬如黃鸝、地啄木、烏鶇等。當然這兒的常客喜鵲、老鷹，也是我們願意津津樂道的。近來，這片木麻黃林漸漸地被破壞了。還好，過了磺溪，那兒有一片更大的人造木麻黃，在這幾年蓊鬱成林。相信許多冬候鳥已經固定選擇那兒過境，以後的賞鳥人或許該把重心轉移到那兒了。

我也常在冬日孤走海灘，凝視著那暗黑而深不可測的東海。它和金山的住民，有著唇齒相依的密切關係。金山猶若是一隻生活在海岸的生物，兩個漁港像金山的一對觸鬚，金山市民是靠著這對觸鬚在海邊摸索、討生。無論如何對內陸發展，他們也繼續和大海維持著微妙的情感，就像他們的祖先一樣，縱使不出海了，依舊在兩棲生活。

——一九九三年七月・選自晨星版《快樂綠背包》

關渡原鄉

一群灰褐羽色的冬候鳥族群，大大小小，集眾在海岸、河口地區的空曠水域，有的單腳佇立、有的低頭覓食；也有的集體飛起，推開狹長而優柔的羽翼，向海上遠颺。或者持續留在天空盤旋，重新回到先前的區域，寂然落腳。牠們身上風塵僕僕的灰褐形容，彷彿歷盡風霜。展現這種棲息典型的鳥類，就是秋初時南下渡冬的鴴鷸科水鳥。

一般賞鳥人欣賞這種棲息水域的水鳥，通常是架著腳架，以單筒望遠鏡遠遠地眺望著。賞鳥活動裡，這種觀察方式，大概也是翻閱賞鳥圖鑑最頻繁的時候。每個人都靠著圖鑑裡的各種鳥類的特徵，以及現場鳥種大同小異的細微差別，辨識著不同的種類，並且興致勃勃地與朋友爭論著。這大概也是許多賞鳥人欣賞水鳥最大的樂趣。

年輕時，我對這種以灰褐羽色爲主調的水鳥，始終有一種執著的偏愛。彷彿它就是流浪和遷徙的代名詞。任何一隻孤獨水鳥的佇立，總是給我無端的遐思，以及浪漫的想像。

一九九五年九月初，一個非例假日的清晨，滿潮的時候。在關渡沼澤區最大的水沼邊，我又蹲在一處隱祕的矮叢林。就像每年九月初南下來此的冬候鳥，我也回來了。對這塊北部最大的沼澤地，我和許多賞鳥人一樣，始終有一種奇特的鄉愁之感。每隔一陣，總會被這種思緒牽動，前往那兒進行自然觀察。

可是，十年前常看到的水鳥族群，牠們以及牠們的後代子孫，還會回來這裡嗎？前幾年，我屢次在等待中失望而返。然而，我還是每年到此期待，等待奇蹟出現。我等待著，或許，有一年的秋天，在關渡沼澤區遭受破壞這麼久之後，水鳥也像我們一樣，懂得調整心情，習慣新的環境，重新過境。

就像我現在一樣，等待著滿潮時，會發生一個往昔出現過的美麗場景。那時，總會有許多水鳥，大群地從基隆河床飛起，盤旋天空，逐一飛越隄岸，進入這塊水域，落腳、集聚。

這個大景觀會再出現嗎？我心存一絲僥倖。但如同這幾年每一次的到來，心裡那塊陰霾依舊揮之不去，這附近的棲息環境改變太大了，鴴鷸科水鳥群不僅在沼澤區的數量銳減，也很少願意飛落到這個過去集聚的地方，在我面前表演盤旋、落腳的景觀。十幾年前，我們津津樂道的壯觀場景不可能重現了。

我只看到，一些零星的夜鷺、牛背鷺、小白鷺飛來，偶爾還有一兩隻冬候鳥的大白鷺穿插其間。也有零星七、八隻鴴鷸科水鳥，迎面而來，但牠們只是發出高昂的鳴叫，飛掠高空，向更內陸的區域飛去，似乎對此已經不屑一顧。

所幸，我心裡早已有所準備，帶在身上的也只有MICRO105的鏡頭，準備拍攝蜻蜓和其他昆蟲而已，畢竟這個沼澤區的蜻蜓和昆蟲，尚未有人做過比較有系統的觀察。我也一直十分好奇，在這個水生生態豐富的沼澤區，會有什麼樣的昆蟲依時序出現。也或許是，這個水生系統改變了，造成水鳥過站不停。

水灘前的草稈上，飛來一隻褐翼蜻蜓，這種暗色小蜻蜓喜歡廣闊平地的性格，比其他型蜻蜓更具代表性。不久，黃紉蜻蜓和粗勾春蜓也到來，更強化了這個沼澤的平原屬性。

我往更內陸的廢耕田地的方向走去，試著看看能否驚起斑鴿或是小辮鴴之類的鳥種。結果還是失望了，除了一些褐頭鷦鶯，和零星鶲科的冬候鳥，並未有特殊發現。剛剛走進淺灘時，一名在隄岸的賞鳥人還提醒我，小心驚動到紫鷺。

這種沼澤地的鷺鷥，許久未見到。我用望遠鏡搜尋，期待看到牠，豎起長長的，像秋天一樣深了的、黃褐色脖子。很不幸地，我再度失望。大地一片枯黃，夾雜著一畦畦荒涼、冷清的水灘。

有一隻蛙從眼前跳出，我興奮地蹲下來檢視，一隻不到兩公分的澤蛙，閃著澄明之眼。這個季節發現的澤蛙體型多半如此，猜想都是今年出生。牠們和黑眶蟾蜍、拉都希氏赤蛙，都是這個接近沼澤區的蛙類成員。

十多年前，秋天時，每回來到關渡，四周鳥種繽紛，每個人忙著賞鳥都來不及了，哪有時間注意到其他生物？誰也未料到，現在只要能看到一小種動物都會備覺欣慰。

當然，晚近觀察的視野會增廣，還有一個重要因素。大家也注意到鳥的覓食環境，以及和其他動物間的關係。在同一個地區定點旅行時，試著成爲一個自然觀察者的樂趣，顯然勝過一個單純的賞鳥人。這種走向似乎也成爲一種必然。以台北市野鳥學會編著的《關渡生命》爲例，包括的內容就不止於鳥類。它試圖包括各種生物，甚至擴及到區域的自然志和人文風俗，就有這種打開單純賞鳥格局的意圖。

每年春秋季固定舉辦的關渡賞鳥季活動，解說的內容也不再只是單純的鳥類。解說員也試著，納入一些人文歷史和各種生物的知識。

廢田無鳥況，我遂走回隄岸。上了這條關渡主要的賞鳥路線後。眼前，一大片水筆仔形成的紅樹林撲面而來。每次到來，總覺得它又更加的濃綠，更加的寬廣。這片過度隱祕而單一的河床森林，每每帶給人無比沉重的環境壓力。我總恨不得，望穿那隱祕而黯幽的林間，尋回一些過去的時光。

以前，這裡哪有紅樹林。從我的位置鳥瞰下去，一片空曠的泥質灘地，接著是茳茳鹼草的優柔草原。視線再越過茳茳鹼草，就看到基隆河的主河道，進而是對岸社子島的中國海專。這個位置當時即吸引了上千的各種水鳥，從容而優閒地在泥灘地上，度過美好的冬天。

稍晚一點的季節，還有優雅的紅嘴鷗群到來，在河口和鷺鷥群溯河覓食。還有澤鵟展開大翅，緩緩地拍撲於草澤之上。而上千隻濱鷸也經常飛起，如蜜蜂群忽左忽右，來去有聲。這些美好印象，便是透過這樣空曠而稀疏的場景展現出來。

是的，稀疏。現在缺乏的就是稀疏。河口有一大片綠色的紅樹林不一定是對的，有時會造成河口阻塞，也嚴重影響其他生物的生存。可是，我們卻礙於法令的規定，不能疏伐。於是，密密麻麻的紅樹林，迅速佔領這些泥質灘地的空間。不止我們看了難過，相信鴴鷸科水鳥更加不舒服。所以，牠們悄悄地遠離了。

如今，空地有限的紅樹林灘地，只容得下小水鴨族群，穿梭於水筆仔林間的狹窄水道。儘管牠們的形態肥胖可愛，紅樹林本身也極富教學的生態意義，卻難以取代我們對水鳥、對泥沼地的感情，主要便是源自於這種綿密的歷史感懷。而將來，紅樹林繼續增長，小水鴨也會離去。

我繼續無奈地遙望。水筆仔裡傳來紅冠水雞短促的怪叫聲，長相暗灰的台灣厚蟹和紅色大螯腳的摺痕相手蟹，都爬到隄岸邊活動。用望遠鏡細瞧，水筆仔的樹幹上也棲息著玉蜀黍螺和彈塗魚。這時，沿著水筆仔林走，或者退潮時，手上拿著一本《台灣紅樹林自然導遊》和《招潮蟹》，可能比較實用。任何鳥類圖鑑，這個時候是派不上用場的。

沿著關渡河隄繼續往前行，我比較喜歡在無風時，進入上游一點的蘆葦世界，讓視野和心情盡量地獵捕大塊風景。枯褐的蘆葦稈，時而流瀉著金黃之光，時而橫陳一片肅殺。偶爾有一小塊水筆仔、苦林盤林叢巧妙地露出，如放錯位置的色塊。它們都是台北其他地區難以享受到的綺麗景觀。

我也喜歡在這種現場的溯河過程裡，繼續思索著，發生在這裡的湮遠歷史。三百年前郁永河由此到北投採硫，凱達格蘭的麻少翁社遷移磺溪，以及八仙村落的屯墾等等區域性大事，這幾年來始終縈繞在我的腦海。它們和關渡沼澤區之間，應該有無數條貫穿人文和自然的線，產生各種可能的交集。將來的自然觀察也會朝這個方向，繼續推展，豐富關渡沼澤的地方個性。

我感到較失望的是，賞鳥人現在較少由大同電子廠的入口前往關渡賞鳥。我個人依然偏愛基隆河上游和磺港溪、五分港溪交會的三角洲。小水鴨、紅鳩和八哥的群居世界，以及黃眉黃鶺鴒、磯鷸沿溪床棲息散居的生活，始終都是我在此觀察的啓蒙烙印。

從這裡到關渡宮前，短短不到四公里的賞鳥路。除了自然景觀上的紅樹林沼澤、泥質灘地，蘆葦草澤，以及稻田、廢耕地；再加上歷史人文時空、地理位置，還有賞鳥人口的質量等等組合，都將豐碩而多元地支持這個緊鄰台北都會、小小不到百公頃的沼澤區。在先天上，它已經擁有得天獨厚的精緻性。這種精緻性，將會是未來成爲自然公園的最重要資產。

——一九九六年・選自迪茂版《偷窺自然》

小綠山之歌

一九九二年十一月

1. 發現池塘

秋末，一個晴朗而微風徐徐的早晨，從住家後面的窗口望出去，山坡上五節芒紅褐的花穗已全然盛開。前幾日，這塊荒原來了一隻紅尾伯勞亞成鳥，讓我興奮了好一陣，每天早上都會朝那兒搜尋，仔細地瞧這隻紅尾伯勞的一舉一動。但我已經有兩天未看到，心裡頗感納悶，於是決定翻過公寓旁的相思林小山，到更內山的地方去找牠。

我曾背孩子攀登不少近郊的大山，這座小山卻始終未帶他們來爬，因爲它的林相較隱祕，山徑又窄，蚊蟲非常多。

小山入口有一棵一人抱的香楠，從許多野桐、水金京與白匏子中赫然冒出，十分搶眼。孩子看到它時，都會想起「龍貓」裡那棵大楠樹。它當然沒有那麼巨大，不過，像這樣高壯的樹，目前在台北市區已不容易找到了。

山徑裡也有附近山區少見的蓊鬱森林與密不見天日的景象。上個月，在林子的外圍，看到一隻鳳頭蒼鷹被烏秋追擊。所以特別注意林空中的任何動靜。唯只聽到一兩聲綠繡眼的鳴啼，連鶇科都沒有，這樣的結果是頗讓人失望的。

很快抵達山頂。沿著山的稜線，小山路岔分成兩三條。只有一條較爲明顯。試著走那些快被荒草覆沒的，準備直接切到小山另一邊的山腳。相信那隻紅尾伯勞很可能棲息在那兒。然而，很快就遇到蜘蛛網與飛蚊的困擾，不一會就放棄這個冒失而莽撞的計畫。

我乖乖地走回那條明顯沿著稜線的小山路。沒多久，再遇一岔路。朝下坡的一條路走下去，突然看到腳前不遠處有一條巨大的黑色水管。敏感地止步細看，赫然是條兩公尺以上的臭青公，身子最粗的部分有我的手腕大。

正待取出望遠鏡觀察，牠開始吐蛇信，緩緩地爬離小路，鑽入旁邊基部焦黑的刺竹林裡。刺竹林大概是枯乾甚久，也可能是這條臭青公太重，爬過時竟咯咯作響。

這麼大的臭青公，吃什麼才能果腹呢？以牠的身材，吞下一隻珠頸鳩絕對是沒有問題的。突然間，有東西落在頭上，從地上撿起，是成熟的水同木（豬母乳）果實。放入口袋準備帶回去給孩子辨識。

大兒子奉一應該還記得，上一次和我去福山植物園時，曾經在林子裡摘過一些刺莓，吃得滿手都是紅漬。

水同木是中藥的上材，就不知是否可食？我嚐過一顆，成熟的，有點甜。

走出山路，眼前豁然開朗。越過數畝小菜畦後，正是想要抵達的目的。不過，開展在眼前的居然是一座百來平方公尺，四周碧綠如畫境的池塘。

它的左邊，林立著濃密而高大的闊葉樹群，香楠、白匏子、血桐與相思樹爲主。右邊，越過數層高大的五節芒草叢與台灣葛藤後，就是車輛熙攘往來的公路。

來此一年，許多種今天才第一次看見的蝴蝶和蜻蜓，熱鬧地集聚在這一方小小的世外桃源，在花草灌叢間穿梭，到處迎風飛舞。

池塘好靜，好靜。一隻小白鷺忽然被我驚起，從草叢掠出，飛到對岸。這才驚覺到已正午時分，該回去了。

五節芒隨風搖曳，新穗如麥浪沙沙作響。在秋陽溫煦地烘曬下，池邊又傳來一陣一陣地野薑花的香味，我突然覺得今天是這個城市最幸福的人。

（一九九二・十一・二）

2. 小綠山林相

清晨，我穿得像一位剛準備初學採集生物的學生，背包裡有望遠鏡、防蚊藥、筆記本、相機、瑞士刀、塑膠袋。全身則著一套灰綠色的長袖衣褲，頭戴迷彩帽。將這座山取名小綠山，因爲它實在很小，不過三百平方公尺，海拔也只有五十公尺左右，被公寓大樓包圍，像個孤獨的綠色小島。

先去門口前的菜圃，探望那隻叫阿宋的紅尾伯勞。這一回看到牠，不禁懷疑起過去的觀察是否有錯誤，因爲牠的嘴喙並沒有上回的灰黑，反而淡了許多，而且頭部後面的尾羽，有點白斑。這是陽光照射角度不同所造成的視覺誤差。此次的觀察讓我羞愧有加，牠提醒我對鳥類的細部觀察仍馬虎不得。

抵達小綠山入口，鑑定入口那棵高大的喬木，再度確定是葉片較暗的香楠。找不到葉片搓揉，聞味道，我一度信心動搖，還懷疑是紅楠。林子裡面的樹種，上層主要是相思樹、白匏子、血桐、錫蘭饅頭果。中層爲鵝掌柴、水同木、水金京和綠竹、刺竹的混合林。下層最多樹種，常見的有軟毛柿、台灣杪欏、燈稱花、黃肉楠、九節木、山紅柿、山刈葉等。

上了稜線後，抵達離上次遇見臭青公阿比的鞍部不遠處，草叢裡有響亮而急促的窸窣聲，從右邊的竹籔移向左去。當我尋著聲音的方向，向前挪動腳步時，那聲音愈發急速。眼前的草叢成排不停地波動，窸窣的聲音隨著草浪遠走。是阿比！牠又在這兒出現了。

天氣感覺像孩子紅了臉頰的熱度，有種春天的氣息。終於聽到繡眼畫眉的叫聲了。接著是小彎嘴，也是第一回記錄，真是一次豐收！

出了林子，抵達小波池（以社區之名稱呼）。有一個人在對岸釣魚，用望遠鏡細看，那隻小白鷺也在。上一回，牠也是在那個位置落腳，姑且叫牠阿英。

靠池畔垂下來的樹藤上，有一隻魚狗佇立。我走下池塘。牠不安地發出一連串急促叫聲。當我穿出芒草叢，已消失無蹤。

繞到釣魚者附近，觀察他所釣的魚。他跟我說每次都只能釣到小魚。正說著，魚竿抖動了，拉上來，果然是一尾兩根手指大的吳郭魚。

但這樣的尺寸對魚狗或小白鷺都挺適合的。不知道那隻魚狗現在去哪裡了。遠方，小彎嘴的叫聲再次傳來。

「可歸」，這樣嘹亮而飽滿的山音，頗引人遐思的。三〇年代時，博物學家鹿野忠雄訪問卑亞南（南山村）時，泰雅族人就給了這種熟悉的占卜鳥，一個美麗的名字：「摸蛙客的」。

（一九九二・十一・八　晴）

3. 尖尾文鳥、鼎脈蜻虹

寒流過後，天氣又悶熱起來。山區的五節芒多半已完成抽穗的任務，紫紅的花穗漸漸轉成黃褐色澤。到菜圃找紅尾伯勞未獲，那兒也有一棵杜虹花，一群黃色的蛾類幼蟲正努力地啃食嫩葉。

轉到小綠山去，在稜線並未遇到錦蛇阿比。迅速抵達小坡池，陽光強烈，早上未吃飯，又睡眠不足，被曬得有點暈旋，但仍強忍著，蹲在那兒觀察了近一個小時。不遠處有五色鳥與灰頭鷦鶯的叫聲。後者類似貓聲的叫法，還是首次在這附近山區聽到。

紅色和黃色的蜻蜓不見了。只剩下黑色中腹灰白鮮明的鼎脈蜻虹，四、五隻，仍然在半公尺平方的小水塘裡飛舞。

小水塘裡有不少澤蛙。野薑花謝了，白波紋小灰蝶也少了許多。只有一種常見的大琉璃紋鳳蝶，仍在菜畦上飛舞。牠的翅膀在陽光下變化萬端。在野外，始終拿捏不住正確的顏色。

有兩隻褐頭鷦鶯在身邊逗留了十來分鐘——稍嫌長了點。牠們不斷在五節芒上覓食，同時有撕咬葉脈的動作。這種動作在春天營巢時較爲頻繁。不知爲何，我總會想起史努比裡那隻叫 Woodstock 的小鳥。這樣說，孩子們對褐頭鷦鶯的長相就應該有個粗淺的認識了。

褐頭鷦鶯專注覓食時，有兩隻尖尾文鳥飛來湊熱鬧。牠們比鷦鶯離我更近，頭一回能如此細瞧。牠們酷似毛筆頭的尾羽，不成比例地突出於尾部後。這兩種小鳥同樣停棲於五節芒。覓食時，尖尾文鳥會飛到茱畦的地面啄食東西。

那隻魚狗取名魯魯，仍然站在靠山邊的枯樹藤上，而小白鷺阿英也駐足在水湄旁。牠們都是領域性很強的鳥種。阿英常繞著小坡池散步，接近魚狗好幾回。食性不同，魯魯並不在意阿英的接近。

山上又傳來小彎嘴的聲音。啊！好久沒有看到小彎嘴了，只聞其聲，不見其影。眞渴望有朝一日，牠也能飛到這兒。孩子們如果看到牠，應該會喜歡的，因爲牠的長相像一個很聰明的蒙面強盜。

（一九九二·十一·十八　晴）

一九九二年十二月

1. 紛紅鸚嘴、薄翅蜻蜓

第二道寒流後，荒原上的那隻紅尾伯勞亞成鳥就未再看到。

有一陣子，荒原偶爾有褐頭鷦鶯光臨。芒花更白，也挺得更高、更直。靠近馬路邊大花曼陀羅的花期結束了，白色的花已凋萎，不再像過去那樣，清晨時仍然殘留有夜晚盛開的綽約風姿。

最近忙著到宜蘭賞鳥，加上黑面琵鷺事件，一直抽不出空到小坡池那邊觀察。偶爾從窗口看到一隻小白鷺（猜想就是阿英）飛過荒原，才會想起已經許久未去小坡池。

冬天以來，麻雀很少集聚在荒原。昨天，七、八隻麻雀一反常態，突然跑到荒原裡來，在幾株特定的五節芒上，啄取花穗上的種籽。牠們滯留了相當長的時間，而且，很不客氣地欺侮三隻甫飛進來的褐頭鷦鶯。

早晨，那幾株五節芒上，又有好幾隻麻雀與褐頭鷦鶯。我正看得出神，忽然覺得有異，因爲有幾隻的體型似乎較嬌小。急忙用望遠鏡追蹤，果然！是許久未見的粉紅鸚嘴。

上回發現牠們在這裡活動時，是去年九月，時隔一年多，沒想到牠們又出現了。原本以爲，當時那一群只是偶爾過境的，今天再相遇，似乎證明了，這裡也是牠們活動的範圍之一，只是較偏遠。

牠們約有七、八隻，仍跟上次走同一條路線，繞著荒原邊，慢慢地離開。其中有一兩隻頭上並未長出紅羽，或許仍未成年吧。

喜歡集聚的薄翅蜻蜓從荒原消失了。現在都形成少數，個別的活動。有不少白茅長出，但仍無法和五節芒的優勢族群抗衡。兩隻樹鵲從對面山頭上的林子經過，這是第二次在那兒發現。牠們比奉一認識的烏秋還大，一樣兇猛。春夏之際常出沒的烏秋，許久未在這附近活動了。

（一九九二・十二・一　晴）

2. 魚狗魯魯

林子裡，空氣浮滿雨後的水氣，潮濕而靜謐。小坡池內，魚狗魯魯和小白鷺阿英，還站在同一處水湄邊，忙著捕食。魚狗魯魯今天表演了一招絕技，讓我開了眼界。牠斜飛插入水中，銜魚，隨即拉回原位，動作猶如定點捕食的鶲科鳥類。可惜，嘴上未叼著魚兒。

澤蛙、鼎脈蜻虹和鳳蝶們也走了。野薑花結束從夏末以來的花季。我想再看到那對尖尾文鳥，或者是粉紅鸚嘴群，但遠方只傳來小彎嘴的叫聲。又繞回頭，沿西峰爬上山的最高點，從那隱祕地山林，闢出一條回社區的小山路。

（一九九二・十二・二　晴）

3. 覓食芒籽的鳥群

寒流來襲，氣溫降至十二度左右後，五節芒的荒原猶若死寂的沙漠，連常見的台灣紋白蝶都不再出現。有些芒草上的種籽被風吹拂得快走光了，只剩清瘦、枯褐的芒稈突出於綠色的芒葉之上，迎風搖曳。芒籽們總是選擇在這最冷的天氣，向各地旅行。

麻雀群又出現。每天清晨時，總有十來隻飛到荒原裡，停棲在芒稈上，啄食芒草的種籽。偶爾也有一兩隻褐頭鷦鶯來串場。

相對於褐頭鷦鶯，麻雀群的覓食非常笨拙，牠們無法像褐頭鷦鶯般，輕快地跳躍、穿梭於五節芒裡。或是，先跳到芒稈基部，然後再像猴子一樣，攀爬到芒稈頂端的芒花覓食。

任何一隻麻雀要吃芒籽時，若是站在芒稈上，都要再辛苦地飛到另一株芒草稈的芒花上，才能吃到芒籽。「體型笨重」的麻雀們，站在五節芒的草稈上時，往往也會把草稈壓彎。離開時，草稈始能彈回原先的樣子。

嬌小輕盈的褐頭鷦鶯就不會有這種困擾。所以，當我們遠看荒原上的五節芒林相時，如果草叢裡有所異動，正常情況下，草稈搖動幅度較大的往往是麻雀。微微晃動的，八成就是褐頭鷦鶯了。

通常，麻雀和褐頭鷦鶯們都在清晨時才出現荒原，太陽露臉後就離開。爲何如此，我懷疑，可能是早晨時芒籽上還沾有露水，牠們剛好可一併食用。陽光照射下來時，露水從芒籽上蒸發，鳥兒們便無法獲得充分的水分。

不過，這個看法實在太大膽了，除非有實證，否則不宜採信。但關於牠們早晨時才在五節芒上覓食，你能想出別種理由？

4. 小白鷺阿英

下午，帶著畫冊與單筒望遠鏡到小坡池去。今天主要只想觀察小白鷺阿英與魚狗魯魯，確定牠們仍如期在小坡池活動。

池邊的菜畦，新近又有人闢了地，種植蔥花。通向萬芳路的出口，葛藤被剷除了大半。從那兒繞路走進小波池。阿英驚飛，上了樹枝頂。另外有一隻寶藍色的小鳥，在水面上沾水後，折回茂密地林子，猜想是魯魯（註：後來始知是一隻黑枕藍鶲雄鳥，叫輝輝）。我安慰自己，沒關係，待會兒牠們就回來了。

信心十足地走到對岸，換了好幾個泥沼地，挑到一處較乾燥的，在那兒架起望遠鏡，一邊吃起帶來的橘子，等牠們回來。未料到這一等就是一個小時。池塘靜悄如鏡，未見牠們的蹤影。五節芒叢和林子間，倒是有上百隻白頭翁熱鬧地往返。不久，又有大批綠繡眼飛來湊熱鬧。

用望遠鏡看這兩種鳥好一陣，看得頭暈眼花，最後放棄了等待。等走入芒草叢裡，不死心地回頭時，阿英飛回來了。大概是看到我要離去吧？急忙蹲下來，低身接近。這一回，牠不怕了。最初，牠仍在水池最遠的那一端，不太敢俯身覓食。未幾，一隻灰鶺鴒飛來陪伴

（一九九二・十二・二　陰）

牠。

突然間，阿英咬到一尾小吳郭魚，快速地衝上岸邊，把魚丟到地面，再嫻熟地一口吞下去。然後，又進入池裡找魚，很顯然，牠每一餐的食量絕不只三、四尾小魚，便可果腹。

這時，林子裡有一隻小白鷺飛臨，停在林子頂端。阿英抬頭豎頸凝視，振翅飛上，把牠趕走後，又飛下來，繼續在池邊覓食。天色越來越暗，眼看即將下雨，起身離去時，阿英仍在池邊專心地捕魚。

（一九九二・十二・二十　陰）

一九九三年一月

1. 白頭翁群

寒流來襲前一天，清晨時微露陽光，荒原上又出現了一群麻雀，忙著在五節芒上吃芒籽。已經好久沒有麻雀或其他鳥種到來。這大概是麻雀們依靠五節芒種籽的最後一兩次了？因爲大部分的種籽都已飛離。芒稈多半呈枯褐、蓬鬆樣。稈柄也由綠轉褐，很容易折斷。

麻雀們來到後不久，又有一群稀客，白頭翁飛來湊熱鬧。過去，白頭翁都是三兩隻出現。這回卻是一來二十多隻，和麻雀族群摻雜一起。

但這群白頭翁可不像麻雀那般「辛勤」，牠們只顧著梳理自己的羽毛，偶爾才啄食芒稈或芒花上的種籽。實在難以明白，像這樣的理毛行爲何必一定要跑到五節芒上呢？

麻雀群就不一樣了，牠們忙著覓食，一如往日，像忙著採收的農夫，好像明天起，可能沒有什麼東西可吃般地專心收割。

綠繡眼也來了，有好幾隻在杜虹花活動。五節芒上沒有牠們所需的食物。荒原邊還有灰鶺鴒、山紅頭的叫聲，荒原許久沒有如此熱鬧。

麻雀和白頭翁至少都待了一個鐘頭，等牠們都走後，有兩隻褐頭鷦鶯飛過牠們逗留的地方。此後一片死寂，等候著寒流到來，再也沒有鳥種出現。

（一九九三・一・二十　晴）

——一九九五年・選自時報文化版《小綠山之歌》

萬芳社區的故事
——抱仔腳坑自然志

從一萬分之一的地圖，以及幾位當地耆老的訪談中，才大致清楚，萬芳社區位於福州山和抱仔腳山之間，一處標高一四〇高地的所在位置。

它原本是一塊面向南邊的山坡地，最靠近捷運站的山腳。過去有開採煤礦的遺址，叫做大豐煤礦。目前仍有老舊的宿舍，以及殘破的採煤廠房、機器等設備留存。同時，還有巨大的地下坑洞，筆直地伸向一四〇高地，清楚地告知著，這是一個早年採煤的山區。

此外，從原野上零星的茶樹，還有耆老指證歷歷的回憶裡，我研判，這兒也是早年採茶、運茶的要道。

這樣的煤、茶環境在木柵地區出現，相當尋常。經驗也告訴我，以前的住家想必也相當零星。果然，萬芳社區還未出現前，早年的紅磚房子就只有六、七家，都集中在今天的萬芳路上，圍聚在煤礦區。這些比煤礦區更早落腳的聚落，曾和煤礦區的小社會，在五、六〇年代，短暫地共存過。

萬芳社區的前身，尚能夠捉得較準確而有著明顯脈絡的地方歷史，應該就是這些點滴事物了。

如果以這個時間爲準則，當時，少說有三條對台北聯絡的重要管道。最右邊的一條是軍功坑的產業道路。這條舊路沿著今天軍功路下方的小溪，先溯溪而上，再翻過莊敬隧道的山嶺，下抵六張犁。

還有一條，主要是沿著興隆路，來到福州山系時，翻過了蟾蜍山和芳蘭山之間的鞍部凹地，前往公館。日領時期，採茶的人，或者是木柵地區生活的農民，不少人是走這條路線。

另外一條，或許該稱爲產業道路。運送貨物者可依靠大豐煤礦的採煤鐵道，銜接景美溪邊深坑至景美的輕便鐵道。再到景美車站，轉搭艋舺至新店的支線火車。

事過境遷。如今佇立於一四〇高地的萬芳社區，想必沒有多少居民了解這些往事。縱使站在新興的社區原野運動公園，遙望著對街山頭老屋聚落和破落的煤區，恐怕也沒多少人知道，這裡以前是有這些產業的。

他們關心自己的權益一如其他社區，但權益的視野只及於公共設施的興建。原野運動公園的重要性絕對遠超過舊村落的體驗。早年的這些史蹟遺物，短時間內，明顯地還無法和當地住戶形成有趣的人文互動，或者成爲珍貴的文化資產。它必須透過長時間的經營。

八〇年代以來，這個社區一直是市政府規劃社區的重要指標區。在中國時報的新聞資料室，我抽出相關的檔案閱讀時，發現有關它的社區新聞特別多，主要包括了社區的開發、抗爭等等生活品質問題。資料室的編輯還專門製作了一個檔案夾，獨立於台北其他社區之外。

這個新興的社區由於位在山坡地，幸運地擁有比市中心社區比例較大的綠色空間。不論行道樹、公園綠地和遊樂場等公共設施，都比較完備。

前幾年，在社區意識的發展下，居民對當地自然環境資源的利用，覺得可以發揮地更加有效，於是在都市專家的支持下，提出了人行步道系統改善計畫的構想，其中一項是綠色步道的規劃。

主持這些案子的住戶劉毓秀、王順美等，都是社區媽媽，也是大專院校的老師。我向他們打聽後，這才確定，原來以前我到萬芳社區保母家裡接孩子時，經常翻山越嶺走過的小路，就是其中的一條。

目前要規劃的這條綠色步道區域，位於萬芳七號公園背後山坡地的小森林，夾在萬寧街和萬美街之間。目前有兩處路段崩壞，只剩公園旁的小徑步道尚能上下往來。而活動中心大樓對面的步道尚未整修完成，形成整體性的自然步道區。

如果從生長的植物研判，這塊林子的林相並不豐富，不過是個十來年歷史的小森林。社區興建完工時，最早來定居的住民也說，當時這裡經過整地後，幾乎都是芒草的林相，正好符合我的觀察情形。

但經過十幾年的生長，目前這片以相思樹爲主的林子，外貌已經有了蓊鬱之相。當然，仔細觀察，還有常見的向陽性植物：山黃麻、山鹽青、血桐、白匏子、構樹等，形成林冠上層的植被。較爲隱祕一點的地方，也有錫蘭饅頭果和九芎等。唯獨適應潮濕環境的植物，如水同木（豬母乳）就少了。而林相茂密的指標植物如杜英，在林道也未發現。不過，我曾記錄山稜線的植物：大頭茶。

蕨類方面，筆筒樹較少，台灣桫欏多。這狀況更清楚地告知了，它尚未形成隱祕的森林。而且林冠下層的灌木區，多半爲向陽性蕨類佔據，缺少其他灌木和小喬木的林相，諸如九節木、天仙果等。經常走過的小路上，我也發現過四、五棵枯木，大概都是向陽性植物的殘骸。

此外，綠竹林、菜畦和果樹都不少，顯見這裡被人私下濫墾頗爲嚴重。從遠處觀之，也能看到森林中空的景象。

這個步道區域更沒有大面積的水池，只有兩個人工的小窪坑，不過兩公尺平方，遇雨積水，裡面有蝌蚪和蜻蜓的幼蟲棲息。

鳥類方面，由於我在附近的山區記錄過六十種鳥以上的種類。這裡環境雖顯貧瘠，但少說該有三、四十種的。王順美老師還提醒我，曾經記錄過赤腹松鼠。

整體觀之，林冠上下層都顯示了，這個森林才剛剛脫離芒草草原的形態有一陣子了，但尚未形成像小綠山那樣的次生林樣貌。小綠山位於一四〇高地的西北坡，我在那兒觀察了三年之久。小綠山的林相少說有三、四十年的景觀形容，林子內可以發現兩人抱的香楠，自然環境可媲美不遠的名勝風景區——仙跡岩。在此，香楠都還相當瘦小，不足一人抱。

環境小，演化時間又短，生物資源自然不夠豐富。但有一次，我試著翻開樹皮，赫然看到了長達十來公分的大型蜈蚣。這還是我在附近山區旅行三、四年來，首次遇到，因而對這個十來歲小森林的獨特性，始終不敢小覷。

我最感好奇的是黃槿樹，在步道旁成排出現。它們形成了這條步道的「綠色隧道」。黃槿是海邊的防風植物，雖然在開發的山區偶爾可見，但爲何會形成林子般的集聚？就有些離奇了。

縱觀附近的山頭，並未有如此景觀。景美溪離此並不遠，這種植物有可能沿溪上溯，但爲何其他區域都未看到，這個現象就讓我百思不解？更何況，在附近的景美溪畔，幾乎看不到黃槿的身影。

在這裡，容我再扮演福爾摩斯的角色。

先前說過了，萬芳社區又叫一四〇高地，這是現時的稱呼。以前，它還有一個頗有意義的土名，叫抱仔腳坑，大概這裡位於南邊抱子腳山下，形成坑谷地形才會如此取名。從抱子腳坑，沿著景美溪右岸，它有系列的山坑，依序如下：軍功坑、坡內坑、灰窯坑、大竹林和福德坑。每個坑內都有舊茶路或保甲路。

抱仔腳山海拔約一三三公尺。我進一步猜想，抱仔可能是朴仔近音的關係。如果研判無誤，過去附近的環境應該有不少朴仔才對，或者是，曾經有一棵特別高大醒目的關係。

但問題來了，到底這種閩南語的朴仔，是否爲過去庭院常栽種的朴樹呢？根據附近的地形和人文歷史研判，可能性甚低。一般人也不可能以外形不甚突出的朴樹做爲地名之稱呼。

後來，我跟同好陳健一提出這個問題。結果，沒多久，他給了我一個明確的答案。原來，朴仔，也稱之爲樸仔。更多時候，鄉下人稱爲朴仔的樹就是黃槿。

好了，這下答案快揭曉了。我們隨便翻開一本植物書籍，凡是有介紹到黃槿的，大概都會提到它在民俗上的意義。縱使不用書本，老人家也都有相當熟稔的情感。連日本民俗學者國分直一在《台灣民俗學》裡都注意到，這種樸仔開黃花，和林投是海邊的重要防風林，也是理想的遮陽樹，樹葉可以包粿。

看到上列的敘述，我想黃槿的身分八九不離十了。如此，我在萬芳社區所看到的這十來株黃槿，莫非是早年這個地方山坡的重要景觀，在開發之後殘留下來，因而被本地人稱之爲抱仔腳坑？（註）

面對這條步道的林相，我也給它一個初步的總結：它是個和萬芳社區一起成長的森林，因爲這個社區的興建時間，正好和它的出現同期。當萬芳社區第一棟住宅出現時，正好是這座森林重新出生的時候。

它的林相是個相當年輕的森林，對一個自然觀察者而言，物種或許不如附近山區的複雜，但對一般社區的居民來說，已經具有足夠的自然內容。無論是荒廢的空地、菜畦、綠竹林、水池、森林以及人行道，都提供了不同的面相。

更何況，年輕的林子易於維護。尤其是規劃爲自然步道時，路途簡短而方便，上下都有街道和人行道，最適合親子教學，以及社區居民平常時日的利用。

附註：

軍功坑的老婦人告知，抱仔腳坑的朴仔可能是柚子？以前這裡柚子樹很多。

——一九九七年八月・選自晨星版《快樂綠背包》

古橋之戀

在古道和舊路的探查裡，最充滿歷史情境的，莫過於古橋的遭遇了。古橋的存在不僅是證明一條昔時道路的重要見證。當它橫陳在前，不論於荒郊蠻地或是紅塵市廛，總覺得蘊藏著一種深層的力量，攔住了當地歷史的長流，全部堆疊在它的腳下，化青成苔。久而久之，竟也融爲橋身的一角，乃至是周遭山林的部份。

過去十幾年來，在探查時所遇見的古橋，卵石堆放者有之，竹架簡易搭蓋者亦不乏。更有精緻者如吊橋、充滿現代感如鐵橋，或奇特如筆筒樹者。台灣內地屢出山奇壑險之地，橋的種類自是林林總總，難以依次例舉。我卻偏愛拱型橋身的古橋。何以如此，想必是拱型的橋身，總讓人聯想起古人的科技智慧和創意，更讓人清楚感受文明的強勢拓展。有時走訪古道，最大之目的竟只是一睹這類古橋的形容。

當這樣的古橋沉穩地跨在溪流上，其隱隱散發的魅力，彷彿也攬盡了古道的精華，集所有歷史的內涵於一身。拱橋者，不出各種石子、磚塊之類的建材。所以，在這裡介紹的都是這般經過人工費心設計、堆砌的重型橋身。我謹依著台灣史的變遷，大致歸類爲四種類型。

第一類是原始味濃烈的石板橋。

石板橋大抵在清朝時已然大量出現。它多半出現於安山岩和砂岩的山區。畢竟，這兩種環境的地質最容易找到長方形的石塊，就地敲打爲石板，再鋪設爲橋凳。石板橋往往是用三兩塊橋凳，搭在小溪兩邊石塊堆疊之上，做爲穩固的小橋。它們通常較爲簡單，長度短得可憐，多半三兩步就可跨過。講究的，已然可見橋下的拱型橋身。在木柵、南港的許多舊路上，我就看到不少不及兩公尺的石板橋，簡單地橫跨在溪溝上。

經驗裡最長也最精彩的石橋，當數北新庄大屯溪上的三板橋了。三板橋少說有兩百多年的歷史，是早年深入大屯溪拓墾的漳州移民鋪蓋的。如果進入大屯溪古道探查，從那些廢棄的炭窯、橘園和染料池來判斷，三板橋主要是用來運送茶葉、染料和橘子。三板橋之名，顧名思義，是用三塊石板並排列而成。但是，大屯溪少說有十來公尺，當地居民再如何神通廣大，都無法找到這樣長的石板！怎麼搭蓋呢？結果，他們聰明地利用溪上的兩座安山岩大石做爲天然橋墩，再連續利用三塊一組的石板，串連成這特殊的歪歪曲曲穿過林叢的石橋。

時隔百年，三板橋渾然天成的古樸裡還流露著原始的森林氣息，實爲古橋裡的一奇。這裡最近也成爲名勝風景區，例假日常有人到溪邊大啖烤肉，殺了風景也罷，壞了附近的自然才教人難過。古橋旁邊還有新橋，兩橋間豎立著政績貧乏的前任台北縣長尤清題字的石碑，簡單地敘述三板橋的由來。三板橋兩頭則各有一小廟。左岸設立的是保護產業的土地公廟，右邊近民宅的卻是拜祭羅漢腳的有應公廟，正好將這座古橋和古道的意涵點繪得很清楚。

第二種是造型美麗、引人遐思的紅橋。

所謂紅橋其實就是以紅磚爲主搭蓋的橋。在台南古都的西定坊，據說還有荷蘭時期之磚仔橋。我所接觸的紅橋，大抵建立的時間多在清末至日領時期間。蓋橋的紅磚主要都是由平地和丘陵的目仔窯燒製出來的。要用長方形的紅磚逐一堆砌成一座橋，最好的方式便是以拱橋的型式出現，磚和磚的間隙敷以紅糖、灰石等物質，藉以牢固地縫合。

台灣中南部的大溪遼闊不斷，交通往返多以筏渡爲主。除了少數的大城如台南、鳳山尚有紅橋或其他石子蓋成的小橋外，早年的紅橋多半集中在北部的丘陵和平原，靠近重要城鎮的小溪流，諸如大溪、三峽等。這些紅橋多半以一、二座拱門，精巧地完成容牛車寬度之橋身。如今交通發達，紅橋多半毀棄。一般人不察下，還以爲紅橋全消失了。其實不然。有機會遇到一座鄉間小橋，旁邊曾是保甲路、越嶺路之類的舊道時，不妨貼近一些，走到橋墩仔細端倪，有些橋墩還留著紅磚堆疊著呢！縱使都消失了，從一些橋柱的蛛絲馬跡，還是可以研判的。

印象裡，最教人流連忘返的紅橋，應該是大坪紅橋了。第一次看到是在網路上，尋找一個叫三坑子的龍潭客家小村。網路上一張小小照片，露出古樸而暗紅的橋墩，隨即吸引驅車前往尋找。好不容易東探西問，終於走下一處隱祕的小溪谷，在一處荒涼的鄉野，找到這座幾乎無人知曉的大紅橋。

大紅橋彷彿被整個世界遺忘，寂然地在那兒躺了好幾個世代。它的橋墩多達五座，形成四孔的美麗紅色拱門，跨過隔離大坪和三坑子的小溪。橋身的寬度僅容兩人擦身而過。橋的兩頭分別有大樹和鄰近常見的刺竹佇立。大樹下則有古墓一座和建橋的石碑。古墓不知和紅橋是否有牽扯，那石碑就息息相關了。碑上刻寫著昔時捐錢建碑之人的名字和捐款數額。

原來，紅橋是日領初期的建築，屬於大坪和三坑子間的聯絡要道。三坑子位於大漢溪上游，屬於龍潭，可能是大漢溪上游的最後一個港口。日領時期台灣總督府官房文書課便記載著：「根據一九〇八年十二月之航運，大嵙崁溪自海山堡大嵙崁三坑子庄起，至大佳臘堡大稻埕約四十二公里可通船。」可見百年前大坪村落的人是靠著這座紅橋的便利，挑著貨物，通往三坑子的碼頭，才得以和大溪、萬華、大稻埕等繁華的都市搭上關係。

第三種是古樸而莊嚴的糯米橋。

方形石塊、色澤暗灰、拱型橋身的糯米橋，幾乎都是日領時代的建築。所有古橋裡，就數這種石橋的內涵最能穩重地將古橋的典雅完整地投射。日領初期在台灣的公園裡，就有好幾座小型糯米橋。現今尚完整保留的，印象裡大概就剩北投公園的那一座了。現在，有些仿古的建築也會選擇以糯米橋的造型出現。畢竟糯米橋給人的直覺，最貼近過去。在魚路古道上重現的許顏橋，就清楚地展現了這樣的原貌。

晚近新聞裡鬧得不可開交的是以摸骨和仙草出名的關西東安橋。這是一座擁有五孔大橋墩的糯米橋，建於三〇年代初，橫跨水勢豐沛的牛欄河。過去關西鎮通往東安里和省三號公路，全仰仗它來聯絡。現在牛欄河上的大橋多了三、四座，各個比它氣派、雍容。保守而清瘦的東安橋自是相形見絀，再者橋寬有限，平時僅一車通行，不符合當地愈來愈繁榮的交通流量。去年有一度曾經要被拆除，準備擴建。所幸，當地文史工作者發動抗爭，才把這座老橋從怪手手下搶救回來，繼續以孤單的身影佇立在河上。

印象裡最深刻的卻是南投國姓鄉的北港橋。這座糯米橋又稍爲年輕些，迄今不過六十多年歲月。整座橋的石材都用淡粉紅色的北港石切割成正方，再以土法，用糯米混合紅糖、和泥土混合，黏造橋身和橋墩。過去，它號稱台灣三大糯米古橋之一，是草屯、東勢、國姓通往埔里必經之地，以前的八幡崎古道也由此橫渡。

儘管只有四孔，在台灣古橋裡，北港橋卻是相當巨大的一座。過去可通自動車，現在亦可讓貨車來往順暢。相較於東安橋的拘謹，北港橋充滿宏偉的霸氣。每一塊磚石彷彿都很傲岸，挾帶著歷史遞變的滄桑和自然洗禮的歲月。它已然是一個渾厚且堅毅地的生命體，昂然地跨過北港溪。有時河岸站久，初見的龐大竟也慢慢地揉和，在靜靜無人之時，釋放著一股內斂，已經溶入溪水的環境，彷彿被自然所認可，成爲這裡不可或缺的一部分。

九二一大地震時，附近橋樑多處坍塌。我多方打探北港橋的安危，所幸立即得知它安然無恙。想來恐怕是費工的糯米橋建築結構穩固，遠非現代水泥橋可及。

第四種是夾雜著現代氣息，水泥肉身的洗石子橋。

暗灰色的洗石子橋，出現的年代大抵都已近日領中期。最有名的大概是橫跨三峽溪的三峽拱橋了。這座三峽的地標，在三〇年代初時橫跨三峽溪，意氣風發之形容，儼然是三峽這個新興城市邁入未來的象徵。曾幾何時，大漢溪航運逐漸沒落，後來的主要公路也都未經過三峽。時過境遷，它竟是佇立成一種繁華歲月的滄桑，更是三峽鎮無緣進入現代化最具體的悲涼姿勢。

我喜歡的是天母古道上的水石子橋。以前在華岡讀書時，從學校旁的小坡穿過零落的自來水處日式宿舍，隨即可看到細長而瘦寂的橋身，靜靜地坐落在原始林間，只容旁邊的瀑布嘩然喧洩。如今人過中年再次拜訪，它依然屹立隱祕的林間，更讓我加深歲月蹉跎的感懷。此後，凡有古橋，最先浮升的橋影，不免都是它那交錯在櫻花、楓樹和長葉楠間的橋身，彷若初戀之情人。

古橋如是觀之，盡都是個人胡亂筆記之雜言。還盼同好之朋友更加細酌，多予史料和專業的斧正。

——原載二〇〇一年七月號《聯合文學》

輯四

自然教育

這幾年來，一直有個理想，
試圖將自己的山林體驗和生活價值，
透過自然教學的實踐，
讓更多朋友分享這個美好的世界。
自然觀察並非得到國家公園之類的大山大水才能接觸和體驗。
當我們打開自家的窗口、陽台，
或者每天上學時，就能實現這個理想。

山黃麻家書

湖邊的旅行

一個溫煦的冬天午後，爸爸又帶阿一去小坡池散步。池邊的甜根子草和五節芒都開花了。灰白和紅褐的花穗在風中搖曳著，也在餘暉裡相互輝映。濃綠的野薑花林羅列在它們之後，潔淨的白花才凋謝不久，我們已開始懷念那濃郁的花香。野薑花林之後，便是我們常翻越的茂密的相思樹林，小綠山。

今天我們不去爬山了，就坐在池邊看蜻蜓、蝌蚪、烏龜和大肚魚，還有等那隻小白鷺來池邊覓食。阿一才五歲，但因爲有了這個池子的存在，提前看到了魚狗的形容，也提前知道了夜鷺和小白鷺的長相。甚至，難得一見的黑冠麻鷺，阿一也聽過牠幽渺的「波、波——波、波」長鳴。當時選擇這附近的社區定居，便是考慮到旁邊有一座相思樹林子。未料到進去林子裡以後，竟然發現了這座小湖。

一個林子旁邊有湖和一個林子旁邊沒有湖，自然環境的資源差別是相當大的。至少，我們就無法像今天這般看到蜻蜓和烏龜等水中生物了。但我們今天來湖邊，並不只是來觀賞而已，爸爸也特別來撿一種特殊的垃圾。我們的湖每過一陣，總會有些釣魚客丟棄的魚鉤、魚線和各種釣魚用品。每過一陣，我們沿著岸邊總會撿拾到不少。爸爸總是擔心這些東西會傷害你，或者其他小孩，也怕它們會傷害到棲息在池裡的生物。以前，有一隻小白鷺就這樣在岸邊被魚線纏住，活活地溺死了。而我們在此散步時，也曾救過一隻本土種的斑龜。牠就是被人任意丟棄的魚鉤勾住。

我們挖了一個很深的土坑，把撿來的垃圾埋進去。這樣我們繼續在岸邊散步，心裡就覺得踏實多了。雖然我們一直未等到小白鷺，但我們還有明天、後天，以及未來。牠還會回來，繼續在我們的湖，安心而快樂地生活。

大樹之歌

冬末時，我們去北海岸拜訪一位爸爸的老朋友。它的年齡比阿公和爸爸的年紀加起來都還大。至於到底有多大？我也算不出來，也不想猜了。反正，它看起來還是很強壯，很能生長的樣子。它住的地方靠近金山一條小河的河口邊，是看著金山鎮長大的一棵大樹了。

什麼樣的樹呢？它是一棵大葉雀榕。大葉雀榕的枝幹通常長有許多肉紅色的漿果，平地的鳥群最愛集聚那兒，所以它應該也有許多鳥朋友。河口附近還有許多大葉雀榕，樹齡都和這一棵差不多。感覺上這個河口應該是一個大樹群生的地點，就像象群集聚的泥沼地一般的情景。

這棵基部足足可讓四人擁抱的大樹，葉子已經落得一乾二淨，只剩肥胖的軀幹和枯枝伸向清冷的天空。以前爸爸和何華仁叔叔去金山賞鳥，都會順路去探望它。有一次，我在它身上粗略地統計了一下，還有十來種草木寄宿在它的身上；如酢漿草、鼠麴草、黃鵪菜、馬齒莧等。

但附近的人並非很善待它，他們在它身上纏繞了電線，還掛漁網舖曬。樹幹間的樹洞裡也堆積著廢棄的空罐頭和保特瓶。我們仔細探視這位老朋友，它的枯枝已有一些紅色的嫩芽，準備掙出天空了，下個月再來，想必已蓊鬱成一片樹海！

它的旁邊還有一位垂倒的夥伴，大概是枯死一段時候了，又有新的小雀榕自枯樹裡長出橢圓、淺黃的優雅嫩葉，象徵著新生命的孳生不息。

我們把樹洞清理了一下，偷偷地把漁網拉下來。然後，在離去前，向樹身行禮、祈禱。不知下一回再來看它是什麼時候？也許阿一已能長大到爬上它的樹肩。站在它的肩膀，看到湛藍的海洋。

死亡之書

死亡，對一般人而言，這是一個多麼忌諱討論的問題啊！它卻是自然觀察者必須時時面對的嚴肅大事。

爸爸有好幾個朋友都是在年輕時，因進行野外的自然觀察，意外地罹難異鄉。這些事都曾使我沮喪甚久，不免感覺生命的無常與脆弱。有時在野外旅行，經過他們生前也滯留過的地方，心情更是益加困頓、疲憊。尤其是在清冷的高山旅行時，總覺得離他們和死亡都很近了，說不定不久的將來，也會去看他們的。

那時，我便常冥思，假如有一天，爸爸眞的像他們一樣，到深山裡去觀察，沒有回來了。千萬記得，你們一定不要感到意外或者難過。相反的，你們應該欣慰，因爲那也是一種福氣，是我想要，大自然適時回報給我的。

爸爸只要求死時是在一個台灣的高山區。有鷦鷯那樣孤獨的小鳥旁陪著，簡單地躺在那兒，在感覺著霧聲的到來，以及很安靜的肅穆中，慢慢地，感知世界的遠離。

屆時，你們可以把我火化，骨灰撒在這塊山域，讓我可能是一棵樹、一粒石頭、一聲鳥啼、一片雲霧，伴護著你們，繼續在我們生長的地方旅行。

為什麼賞鳥

爲什麼要賞鳥？賞鳥的意義在哪裡？這是爸爸觀察鳥類十幾年來經常被人詢及的問題。

年輕的時候，我總是嚴肅地回答：「因爲要逃避整個現實城市的社會體制。」後來，拜讀一些六、七〇年代著名鳥類學者對自然觀察的看法，竟也有著相似的意見。譬如美國博物學家阿特金遜就說過：「人們之所以對鳥有那麼大興趣，因爲鳥在生存本質上，有一部份是在規避人類。」

後來，因爲被問多了，我曾改口說：「想要認識自己。」爲何這樣說呢？主要是那一段時間裡，我常到高山賞鳥。高山地區每次抵達都須花很多時間在攀爬。那是一種體能和意志的考驗。而不爲攻頂，只爲了看一隻鳥，竟付出這麼大的心血上山，的確是不可思議的事。這是一種超越。去進行過去認爲不可能做，也不可能達到的目標。

小綠山的經驗也是一種全新的認識自己。有一陣子，每星期我都要上山四五天，花一整個早上觀察，無論晴雨天都得上山，蹲伏在蚊蚋叢生的林間溼地。爲了獲得更詳細的觀察行爲，我經常一坐三四個小時，忍受牠們的叮咬。但久而久之，也習慣了這種煎熬，有時在林子久了，未遇到這種日子，反而覺得自己不認眞工作了。

現在呢？我反而一律跟人說：「追尋一種素樸的生活。」怎樣的素樸生活呢？雖說一個人經年在城裡生活都未到野外去，其實，每天的生活還是跟自然生態有關。你的每一種行爲都和自然互動，都有可能對自然環境產生衝擊。在台灣，我們的物質生活眞的太過豐裕而近乎奢侈了。唯一的不二法門便是減少個人的消費，這是自然保育的根本基礎。

我自己是如何生活呢？平常在家裡，爸爸便自己煮飯或做簡單的麵食，偶爾也摘採野菜當佐料。我選擇的衣服也十分簡單，終年穿的多半是幾件灰樸帶點綠色的衣服。外出則固定背書包，裡面放著幾本圖鑑、書冊和畫筆。出門時，除了購買生活必需品，盡量不隨便花錢，也不去咖啡館或者ＰＵＢ等地方。我也選擇散步和搭公車的方式上班。每天從辛亥路搭公車到火車站附近，走路繞過新公園，到寶慶路去，再搭一班公車到萬華中國時報上班，藉著這樣固定而常態的生活方式，減輕個人對自然環境的傷害。

現在跟你們談這些，或許嫌太早了，而且充滿教誨之意，實在不是我所願意扮演的角色，但又覺得不吐不快。所以順手寫了，當做你們長大以前最苦澀的一次對話。

——一九九四年・選自晨星版《山黃麻家書》

稻浪之歌

春雨綿綿的三月初，開車經過北投附近的水田，趕赴一個約會。一路上，卻被嚴重的塞車所阻撓，車子在路上斷斷續續地半停半駛。我乾脆搖下車窗，欣賞左邊綠油油的稻田。後來，也不知爲何，想起童年時在稻田的種種情境，腦海隨即浮生許多緬懷，遂忍不住離開前進的車陣，把車子開到旁邊停下來，在這片綠色景觀前休息。

生活裡突然有一兩天，獲得這樣意外的插曲，而且不是進行嚴肅地認知活動。我想，我的決定是對的。更何況，我的自然觀察正處於低潮。

就這樣，那一天的下午，從新北投的方向，我像一具孤獨佇立於秧苗間的稻草人，不爲什麼的，遠眺一望無際的關渡平原，直到落日滑入觀音山的山窪裡。當然，我和朋友的約會也泡湯了。

但隔了一個星期後，我又來到這塊水田。這回卻是帶著不同的心情前來拜訪。我沿著田埂晃蕩。如果上回是一種浪漫的懷鄉情愁，這回可是奠基在這種感性基礎，重新整理心情，再出發的知性觀察。

橫亙在我眼前的稻田，是台北盆地最大的一塊綠地。隨著季節的變換，這種以綠色做爲基調的環境也從最初的淡綠，調和出淺綠、翠綠、墨綠、黃綠的色澤，最後被成熟的金黃色澤給取代。可是，沒過多久，黃褐而乾枯的大地又會注入清沁的水源；淡綠的秧苗也再次生長，重新彩繪大地。

是的，兩個星期前甫插種的秧苗，有的已經長至我的膝蓋間。它們像小學生在操場做早操一樣，在我眼前嘩地一字排開，整齊而有致地排列著。

我沿著田埂，慢慢地走進去。這回我想在水田裡尋找什麼呢？

我希望在這種淺水的水田裡，尋找到一種像大肚魚一樣長，但身形較爲優雅的小魚。牠們的俗名叫做稻田魚。多數的魚類圖鑑稱之爲青將魚。牠們喜歡棲息在水稻這樣靜水的區域。每次我有機會走入水田時，便想看看這種昔時農家經常可以看到的小魚，是否還生存在水田裡。

我知道，在農藥大量使用下，牠們已瀕臨絕種。但我還是想試看看，說不定是魚類專家的資訊有誤，也可能他們剛好未在這個區域調查過。甚至，因爲這裡的環境較爲特殊，稻田魚還眞倖存了下來，成爲台灣最後的一個族群。

我蹲下來檢視好幾處，沒多久便失望了。清澈而冰冷的水田裡，只有外來的福壽螺微緩的蠕動，還有一些水蟲在我的驚動下，向四方迅速逃逸。

當我略微沮喪地抬頭，向稍遠一點的秧苗望去時，卻發現一團大型的動物。牠靜默不動地倚在秧苗旁。我小心翼翼地走過去，有趣的情況隨即發生了。

那隻大型的動物因我的接近，不安地嘩然展翅，抖落一身露水，迅速飛離。那一剎那間，我看到牠身上展露出老虎斑的條紋羽色。同時，有一副生得有些過長的黑嘴。呵！這是一隻隱祕的田鷸，可能正在覓食，卻被我驚起。

這麼早就將牠吵醒，我不好意思地搔著頭。但是，我的抱歉似乎顯得多餘而虛假。當我不斷地再往前踏出一步，田埂雙側，不遠處的秧苗，又有一隻隻的田鷸寂然飛出，隨即再沒入水田裡。

老天！我已經進入田鷸的世界。周遭到底有多少隻田鷸，已經無法估計。冬天時，這裡都是休耕的土地，甚少水鳥棲息。這些田鷸顯然是最近才抵臨。牠們正在遷徙返鄉的路上，水田暫時成爲棲身休息的驛站。後來，我和鳥友討論時才發現，初春時，他們走入稻田，也都有我這種驚措的喜悅。顯然，田鷸北返時，稻田是很重要的休息區。

四、五月梅雨季時，經過蘭陽平原的水稻田，那兒的秧苗已經長高，田裡的水剩下不多。我也試著在溝渠裡尋找稻田魚。結果，在這個封閉的環境裡依然未發現。

可是，我有了意外的收穫。青綠的水田上，大群的家燕在稻浪上來回梭巡，飛捕著蚊蚋。

這個訊息告訴我，家燕從南方飛回來了。牠們在蘭陽平原的幾個溪南市鎮街集的屋簷下，已經開始築巢。前些時，宜蘭縣選舉縣鳥，就有不少資深的鳥友考慮到牠們的代表性。

這時節在北投地區的稻田，也有一些家燕。我們到北投一些舊屋宇的騎樓下檢視，也會看到不少家燕的巢。很顯然，牠們和附近的農夫一樣，都要到水田討生活。

過去，稻田絕少噴農藥。澤蛙也很懂得在這個時節進入水稻田裡，利用隱祕而翠綠的稻草和淺水，交配、繁殖。夜深時，在各地的鄉村，我們都會聽到蛙鳴大響，那多半是澤蛙雄蛙求偶的鳴叫；其間也會夾雜拉都希氏赤蛙、黑眶蟾蜍的叫聲。

除了想要發現稻田魚，在水田裡，我也一直有個期盼，那便是看到素負盛名的金線蛙。這種大型的綠色青蛙，背上有兩條寬大金褐色縱帶，牠們在中南部分布比較多。前些時聽說淡水北新庄附近的農田也有牠們的蹤跡，還興沖沖地跑去尋找。可惜，始終未曾謀面。不過，牠們的數量還很多，見面應該是遲早的事。

十五年前，我在關渡進行經年鳥類調查。每到六月時，稻田的色澤就變得暗綠了，田水也已枯乾。微風吹拂，綠浪婆娑下，有經驗的賞鳥人都知道，稻田上即將出現一種美麗的景觀，絕對不能錯過，那就是燕鴴家族的梭巡。

這時鴴鷸科水鳥多半已返鄉，家燕忙著餵食幼鳥。但巡弋能力高強的白翅黑燕鷗和黑腹燕鷗群，從海岸飛進內陸，把稻浪視爲海潮，拍著寬闊而修長的翅膀，灰白的身影不斷地梭巡於稻田之上。迄今，我也不知道，這種固定在六月稻田來回的習性爲何？有位鳥友曾開玩笑地說，「牠們像是來幫農夫檢視，稻穗是否成熟了。」

七月初，稻稈黃褐，穀粒肥胖了，逐漸有垂倒之姿。在這個稻作準備豐收的地方，讓農夫愛恨交加的麻雀群，開始興奮的結集。會吃蟲的麻雀，吃起稻米可毫不含糊。一撮稻百來粒米，一隻麻雀一天少說可吃個二十粒左右。

對農夫而言，麻雀簡直是可怕的吃客。豎立再嚇人的稻草人也沒有用；久而久之，機靈的麻雀還會飛到上頭去拉屎。不過，比起雁鴨科，牠們的爲害又顯得輕微了。冬天時，雁鴨科飛進水田時，二期稻作的秧苗一定遭殃；若是飛入稻穗成熟區，牠的食量更是驚人。

水鴨的爲害也不是最近才發生，從以前到現在，由北至南都有。只要提到牠們，農夫就叫苦連天；麻雀還會吃蟲，而雁鴨會做什麼呢？

雁鴨科對人唯一的好處，或許是帶來氣象預報。當農夫看到雁鴨科飛入田裡時，便了然了，明天天氣將會變壞；反之，牠們若飛離稻田，就表示明天起天氣即將好轉。

在一些貧瘠的濱海地區。八、九月以後，有些稻田收割後，乾脆翻耕，改種其他作物。每當這些稻田有水牛翻耕時，牛背鷺群便會跟過來尾隨，甚至停在牛背上。這種鷺鷥與水牛一起棲息的畫面，遂成爲我們童年鄉村生活裡不滅的印記。

現在可不一樣了，農夫都是靠耕耘機，一路噗吃噗吃地冒著白煙，不斷地將稻田翻耕。雖是如此文明，「鐵牛」還是會耕田的「牛」，照樣吸引牛背鷺群的到來。其他鳥類也照舊，譬如常見的烏秋和喜鵲等，繼續尾隨在鐵牛後，捕食昆蟲。那些翻出來的泥塊，什麼動物都有。步行蟲、蚱猛、蟋蟀、蚯蚓和金龜子幼蟲等等，琳瑯滿目。這是任憑牛背鷺花一天的時間，都難以找到的豐富菜餚。牠們自然極樂意整天跟在後頭，甚至大清晨天未亮，就在鐵牛邊等候了。

在北部地區，第二期稻作通常於十二月結束耕種，只留下枯竭的空曠田地。有一次和當地的老農聊天，他們對我說，第一期的稻粒較肥美，煮起來吃也較有口感。從稻稈的質料，也可以明顯感覺出差異。他們喜歡用第一期的稻稈搓草繩，因爲稻稈較長且有韌性，第二期稻作較短而乾硬。

寒冬時，在桃竹苗地區，很多農家會趁機在空田上灑油菜籽。油菜長得快，年關近時，整個田地便形成黃色的綺麗花海，成爲平原裡最漂亮的景觀。農夫們並不吃這些油菜的，他們把油菜當肥料。春節過後，又開始第一期稻作的工作。而當他們插種好秧苗時，田鷸們也養肥了身子，再次從南方迢迢飛來，準備再進入稻田裡棲息。

——一九九六年・選自迪茂版《偷窺自然》

菅芒行

芒草，或者閩南語的「菅芒」，通常是對五節芒這種常見植物的泛稱。它也是所有植物裡，我們最熟悉的一種禾本科植物。

在台灣的平原、曠野之類的荒郊，尤其是低海拔丘陵山區，都不難發現芒草的蹤跡。這種生命力強韌的植物，往往也率先在一個裸露地區出現。許多自然觀察者經常據此判斷爲當地開墾、朔風強大，或者森林火災後的指標植物。有些地名也顯示，早年擁有這樣的景觀風貌。譬如淡水有一個地方叫竿蓁林，這個名字即意味著，早年這兒是五節芒非常多的地方。

就不知，你來到這樣的五節芒草原旅行，是抱持何種心情？我想，現代人對這種看來毫無利用價值的植物，往往是不屑一顧的。很少人願意爲五節芒駐足，仔細欣賞它，甚至於花長時間的觀察。

大概是這樣的原因吧，我們也常錯把河口生長的蘆葦當芒草。在平原地區，五節芒還有一種近親，由於開花時節接近，更屢屢被誤認。它叫甜根子草，習性上比較偏向在河床地形生長。台灣各地的大溪如蘭陽溪、大安溪、大甲溪都是這種植物的大本營。開車經過時，在公路上都可看到一整片花海。

我們如何辨認這兩種的不同呢？最好的時節當然是在冬天了。當五節芒抽出紫紅的花穗時，甜根子白澄澄的花穗也告盈滿；有時甚至更早一些。遠遠望去，雪白一片，偶爾還亮著銀光，優柔裡帶著蒼茫，截然不同於五節芒秋末的剛毅、肅殺之氣。

我因常年在野外走動，對五節芒這種多年生的植物，漸漸地有著難以著墨的情感。每到秋天時，就習慣性地對它特別注意。這幾年也累積了不少心得，對它生息起落的時節，以及和其他動物的互動，蘊積出一些有趣的看法。

先說它的歲時吧！

爲何每到秋天時，我就開始關心它的生長呢？

原來，晚秋十一月時，五節芒紫色的花穗開始抽長了。經常，一個山頭三、四天不去，再走訪時，已經滿山火紅。

這是它最美麗的時候，攝影者最愛捕捉的五節芒鏡頭。藝術評論家蔣勳曾經撰文，維妙地形容，這時的芒草花發出金屬性光澤，就是在描述這種抽穗的景致。

等寒冬時，金屬的光澤褪去，色澤漸漸轉白灰後的芒花，在冬風裡搖曳，黃褐帶白，淒涼涼地，下過雨後，彷彿束著冷意。以前的人稱之爲「寒芒」，是有道理的。

唯天氣放晴時，一叢叢蓬鬆的花穗，慵懶地下垂著，我最欣賞了。這也是芒草花穗最肥大的時候。但電影《悲情城市》開頭的對白說，芒草開花像雪花一樣，似嫌誇張了些。

冬末時，芒花開始旅行。春風吹拂下，許多芒花到處旅行，隨風飄揚。這時節雖有其他野草的種籽在天空旅行，芒草無疑是數量最多的飄泊者。我總浪漫地以爲，那是一種希望，自然界孳生不息的泉源。

春初時，芒籽遠離，多數的五節芒只剩殘破的枯稈挺立，垂著細鬚的枝條，襯托著淺綠的葉子。但是在一些裸露地，或者不幸垂倒的芒稈上，許多芒子已經長出像小麥草一樣美麗的幼苗。

春天起，幼小的芒草開始努力生長，不斷地茁壯、茂盛，佔領任何空曠的野外，直到晚秋，再度進入抽穗開花的時節。在裸露的環境裡，它當然不可能一直保持優勢族群的生長情況。隨著時間的演變，它也會不斷演化。許多灌木和喬木型樹種的小苗開始從芒草間冒出，諸如山黃痲、相思樹、血桐、構樹等先鋒型的向陽性樹種，都會漸漸地取代芒草的生存空間。最後，形成次生林。這時向陽性樹種也會被其他樹種取代，轉變爲生態更豐富的陰性樹種。但是要等到一個闊葉林的初貌，恐怕得等上百年的時間，才可能看到這樣的光景。

一般說來，鄉下的農夫對芒草都沒有好感，因爲它很容易就佔領一塊開闊的空間。農夫爲了開墾，花在除草的時間相對地增多。喜歡登山的朋友對它也相當頭疼，因爲芒草經常密生於山路小徑，它的葉緣具有微細而堅硬的鋸齒，很容易割傷人的皮膚。有經驗的登山者，旅行台灣低海拔丘陵時，爲何要穿長袖，主因也在於顧忌五節芒的存在。

五節芒如此一無是處嗎？如果你這般認爲，那就大錯特錯了，也凸顯你對生活環境的生疏。它的好處可是意想不到的多。不管人類、鳥類或者昆蟲，我們都會利用不同的時節，將五節芒拿來做多重的用途。

先說人類吧！以前生活窮困時，一般鄉下的農家都會利用芒草的芒花穗稈，綑綁起來做掃帚。芒花也是過去做童玩的上好素材。現今，每年秋天以後，萬華附近的龍山寺，都還有不少人用五節芒花穗做童玩零賣。

國人重吃，這種被視爲粗俗的植物，早年也有人採食基部先端的幼嫩部份，或炒肉絲，或生食，滋味還不輸美味的箭竹筍。

農夫也常割五節芒，當飼料，餵食牛羊等家畜。此外，一些現成摘取的果菜，也常用芒草綑綁，莖枝取來做防風籬笆。著名的中國藥草名著《本草綱目》也敘述過，它的莖可以利尿，根則可以治咳嗽。

常見的低海拔鳥類也各取所需。譬如晚冬時，斑文鳥、尖尾文鳥這一屬，開始成群到芒花上啄食成熟的穀類。春天時，麻雀、烏秋和綠繡眼，也喜歡叼穗稈條去築巢。我們檢視許多鳥類建巢的材料，幾乎都是利用這種唾手可得的植物。但叫聲如銀鈴般好聽的褐頭鷦鶯，品味卻明顯的不一樣。牠偏愛抽咬細長的葉絲，用葉絲繞成菜瓜布形的家屋。集體活動的粉紅鸚嘴和山紅頭，又是另一種五節芒的受益者。牠們偏愛基部的枯葉片，做為襯好巢內的材料。也有的鳥類，乾脆就在這種隱祕的植物裡面築巢。譬如小彎嘴畫眉，便是著名的芒草之鳥。

昆蟲寄居在五節芒者，更是屢見不鮮。我知道至少就有一種黃褐色刺椿象科的椿象，以五節芒爲一生的食物。從幼蟲到成蟲，都生活在五節芒上，吸食它的汁液。

低海拔最漂亮的紅圓翅鍬形蟲，到了秋天時，也經常成群出沒於芒草上，似乎對這種草莖的汁液情有獨鍾。而秋日時，瘦小而機靈的鐘胡蜂，顯然也最愛這種植物做爲築巢的位置。牠們總是把宛如小酒杯倒立的紙質之巢，細心地築在葉背。

總之，一株五節芒對人類而言，幾乎全身都有用途，對多數的鳥類和昆蟲亦然。一種植物，各類動物受惠，像這種植物還眞不多見。而這種常見植物也佔領了許多開墾過後的地帶，和相思樹林比鄰，成爲最重要的低海拔景觀。

——一九九六年．選自迪茂版《偷窺自然》

綠色童年

出發前，先寫一封信

每次出發到一個地點之前，都先寫一封信給小朋友。

在信裡，我會告訴他們，下一次要前往的地點。或者是，在前往的路上，發一些當地的資料讓他們先了解。

通常，在信裡，我往往會誇大要前往地點的特色，譬如描述那兒可能會遇見某一種可怕的情況，發現某一類美麗的植物，或是找到一種即將絕種的動物。

同時，我會附上一張圖文並茂，親自製作的，繪有當地各種具有代表性特色的簡易地圖，讓孩子們對當地的情況更爲了解。

譬如前往八斗子漁港，我會畫出即將消失的老鷹、砧硓石、石板菜的老屋、捉旗魚的漁船和飛行笨重的大笨蝶等等獨特的生態。

到菁桐小鎮時，地圖畫的是廢棄的煤礦坑、經過許多山洞的支線火車、基隆河的水眼和瀑布等等代表性景觀。

前往坪頂水圳時，地圖上的水圳旁就會出現雙座土地公廟、吃甲蟲的蝙蝠、愛學小鳥叫的小鳥蛙、台灣最大的無霸勾蜓等等動物。

當然，我最大的目的是鼓勵孩子，自己找地圖來看，或者到網路裡找資料，閱讀要前往地點的相關資料。

有許多孩子喜歡戶外活動，但要他們找資料或者看書都不太願意。如果，用有趣的信件和活潑的地圖表達，他們就顯得非常有興趣，吸收的知識也就多了。

孩子的野外背包要裝什麼

出去外面登山時，小朋友的背包裡面要裝什麼東西才好呢？

許多家長往往只讓孩子們背一個水壺，或者是空手爬山。重的、吃的東西都自己來。

以前，我也是這樣，生怕孩子視登山爲畏途。後來，爬了幾回後，態度才逐漸改變。我發現，多數孩子的耐力遠超過家長的預估。

有一回，和布農族的朋友爬山，刺激更深。那天他帶了孩子一起去，我們走了近八公里的路。他的小孩不過六歲，身上已經扛了一個小小的包裹，裡面有件衣服。他在整段路上嘻嘻哈哈，一點也不覺得苦。

此後，我就改變了自然觀察的態度。每一回出野外，都要孩子們自己先準備東西。

六歲的小兒子在背包裡經常會記得放一個玩具。然後，才是一只昆蟲盒，說要去那兒捉蚱蜢和鍬形蟲。

大兒子較懂事，背包裡往往會放入昆蟲盒、放大鏡、望遠鏡。當然最重要的是鉛筆和筆記本。他知道，我喜歡鼓勵小朋友出去時，一路要做記錄。

出發那天清晨，我才分配食物。

通常，他們會獲得一個三明治、一個滷蛋，以及一壺水。水壺裡面裝的水有六分滿。我會半帶警告地提醒孩子們，「一路上山就只有這些水和食物了。你想提前喝多少、吃多少，我不管。但是，就只有這些，沒有人會分給你，你要懂得珍惜。」

起初爬山，他們口渴或肚子餓就會亂吃亂喝。後來，發現我真的限制時，就學乖了。

此外，我還會在他們的背包裡塞一件雨衣和毛巾、帽子，讓他們的背包看來鼓鼓的。這樣適量的背包，不重，但也不會太輕。只是讓他們小小的肩上，一定要扛著一些重量。並且，在抵達終點休息時，讓他們享受自己背負的成果。

保留一個模糊的空間

夏天時，有一次，幾個孩子在路邊的枯木捉到一隻攀木蜥蜴。他們很興奮，因爲這種爬蟲長相跟酷斯拉很相近。

孩子們把牠放到手臂、臉頰玩。最後，讓牠在自己身上爬來爬去。

我在旁邊靜靜地觀察，一邊思考著如何跟孩子溝通。有很多生態專家在自然觀察時，相當反對干擾動物的棲息，遑論這樣的捕捉動物。

再者，像攀木蜥蜴這樣的爬蟲數量畢竟有限，遠不如昆蟲眾多，如此捕捉其實是相當不當的行爲。

可是，從另一個角度看，我卻有不同的思考面向。

在野外，孩子們如果能夠用手接觸一隻陌生的，甚至長相看來兇惡的爬蟲，這種自然經驗才是最直接的，最具有撞擊力的。而這種感覺，恐怕和接觸外星人一樣新鮮吧！

所以，我就未加干涉，只在旁注意他們的行動。假如，他們不做出過分的傷害動作，我就不會阻止，儘量讓他們自由地發揮。

這些傷害動作包括了，捉住牠的尾巴倒吊，或者是用樹枝威嚇牠之類。

當天現場，我覺得，自己選擇了一個有利的位置，在自然環境、孩子和我之間，保留了一個是非比較模糊的空間，讓他們自己去摸索。

我只點醒孩子，這是一隻公的攀木蜥蜴，背脊有兩條黃斑。這裡是牠的領域，牠的家。牠最熟悉這裡。每一隻動物都有牠的家。

不久，孩子們把蜥蜴放走了，除了新奇，似乎也未從這個遭遇裡發掘到什麼新的體驗。不過，日後再遇見其他蜥蜴時，一種老朋友再度相逢的心境，總會在他們的心頭浮升。

——二〇〇〇年・選自玉山社版《綠色童年》

金面山來去

——一個自然教育工作者的省思

秋初時，帶著一群孩子和家長到大溪攀爬金面山。那天天氣悶熱，山勢陡峭，路途亦較綿長。爬到半途時，孩子們就不斷地喊累了。隊伍裡瀰漫著一股牢騷和抱怨的氣氛。我不得不隨時停下來休息，說些好話，鼓勵他們繼續往前。

或許是受到他們的刺激，走在隊伍前面，竟有一絲感傷。這些孩子和我少說已經有三、四年在野外活動的時間。但是，最近遇到陡坡、陽光炙熱等麻煩時，情緒似乎比過去更容易受到挫折，難以撫平。會不會因爲最近都選擇較高難度的山縱走和攀爬，體力吃不消？還是年紀大了，意見也變多了？反而應該尋思、好奇的問題減少了？我突然懷念起他們一、二年級時的單純、活潑和好問。

好不容易抵達接近山頂的岔路，有一條可以直接折返登山口。孩子們在那兒休息後，直嚷著想下山。只要再花個十來分鐘，就可爬上頂峰，遠眺山谷的壯麗。孩子們卻放棄了。我很難過，卻沒有什麼訓斥和責備，只是如常把他們平安地帶回登山口。

但是這次的教學讓我陷入往昔的經驗裡，仔細地檢討了自己。這幾年來，一直有個理想，試圖將自己的山林體驗和生活價值，透過自然教學的實踐，讓更多朋友分享這個美好的世界。

五年前，當我結束小綠山三年的博物觀察時，曾經試著在旁邊的辛亥國小義務教學。在校長的允准下，安排了上半學期，一系列自然生態的課程。當時我萌生一個企圖，希望實踐「現實性的自然觀察」，讓學校的小朋友能夠對附近的自然有更爲熟悉而親切地了解。所謂現實性，我確切地強調，自然觀察並非得到國家公園之類的大山大水才能接觸和體驗。當我們打開自家的窗口、陽台，或者每天上學時，就能實現這個理想。

在小綠山觀察時，我記錄了近三十萬字的報告，並且繪圖、攝影，結集成書。這些豐碩的資料是我教學的最好基礎工具。當時，我的試教對象是二年級的學生，三個班級，近七十多名學生。不論是鳥類、植物或動物教學，我都試著用各種自創的團體遊戲來傳授。

一個學期下來，教了五堂課，我卻發現有幾個難以解決的麻煩。一來學校的教學環境和行政資源變化很大，我難以貫徹整個教學的內容。隨便一個活動出現，我這類無關痛癢的課程都必須暫定、延後。同時，在校園的範圍裡，有相當多的活動局限。譬如，站在自然教學的立場，或許校園裡應該有更多的野生花、池塘和樹林，但是學校方面可能會顧慮到美化環境、蚊蟲的叮咬等問題，希望除掉這些容易孳生蟲子的環境。

有鑑於種種的限制，我傾向於走出戶外。唯有在學校周遭的山野活動，才可能在自然環境裡學習到更多。後來，因緣際會，終於有了一個機會。幾位媽媽在一次講演中，和我談起自然教學的可能。於是，我開始有了帶領孩子徜徉山林的機會。更沒想到，這一上課竟是近乎五年的時間，慢慢地看著，這些身高不到腰部的孩子，逐一長及我的肩膀。

剛開始教學時，我努力地傳授孩子們許多昆蟲、花草的知識。一、二百公尺的森林小徑，常走不到一個小時。每一個階段的教學，我都會用不同的方式來讓他們接觸自然。遊戲、摘食、急救、求生等等科目，大概街坊書籍所提到的野外知識，我都會試著去嘗試。

等這些孩子年紀大一點，足以掌握更多文詞時，我也去買素描本，讓他們隨手記錄、繪圖。甚至，鼓勵他們將每次觀察活動，寫成作文；或者嘗試以簡單的圖文展現。有陣子，我也希望孩子們能有更準確的地理方位，所以鼓勵他們繪製地圖，把自己經過的地點，看到的重要事件繪製成有趣的旅行地圖。

自然教學不止是單方面的施與授，而是相互成長。我也不自覺地打開更大的觀察視野，嘗試著以我們生活的台北做爲教學的範圍；逐一拜訪重要的自然景點。除了自然景觀外，許多人文史蹟的地點諸如古道和老街，我們也學著去認識、踏查，累積人文風物的內容。最後，有堂一學期末的課，我們一起繪製大台北的自然地圖。

當大台北的自然地圖完成時，我發現所謂自然教學，在性質上，慢慢地轉而融合爲戶外旅行。透過這些不斷改進、變化的戶外旅行，我當然期待著這些孩子都能接受良好的野外成長，成爲觸類旁通的博物學愛好者。但是，事與願違，三、四年的教學下來，根據孩子的發展特性，我發現自己的期望過高。很少孩子能夠達到要求。反而是孩子們個性的多樣發展，不斷地啓發、改變我的教學方式和對自然的認知。

或許是我的能力不足，這些孩子們並沒有認識多少昆蟲或植物，也還欠缺爬山的能力，但是自然的種籽已經深埋，而且存藏許多。我希望，他們記得，在童年裡，有我這樣一位老師，努力地和他們在野外成長，一起看到美麗的山川，也看到許多環境的破壞、消失。我也希望，這時埋下的種籽，在未來的日子裡會發芽，成爲生活裡終生信奉不渝的價值。

後來，眼看著他們升上五、六年級了，課業繁多。每次的戶外教學，我也逐漸減少自然知識的傳達。有時，我會試著提供人文思考的角度，讓孩子擁有這樣的觀察能力。可能，我提供一樣多的旅行講義和地圖。但是，這些資訊，他們是否願意吸收，或者只是瞄了後就放到背包裡，我都不在意。我只是讓他們充分清楚，每一次旅行的出發，我都會有一個「姿勢」。一種旅行的準備功夫。我希望孩子們習慣，每次的旅行，不論輕鬆與否，都是一種生活的學習。

隨著旅行次數的增多，孩子成長的改變，我又有不少新體會。後來的旅行，多半只用一種登山人常用的手繪地圖，加上簡單的文字敘述。我鼓勵孩子們藉著登山地圖，訓練認路和判斷環境。我也試著讓他們有更多機會利用四肢攀爬山岩，並且拉長縱走山林的時間。雖然這樣的危險性增高，但是，我有一種對他們長年在戶外的了解和信任，覺得應該嘗試這樣的冒險。

這些自然教育內容的不斷產生和遞變，都是經過長時間的教學，屢次經過辯證、推翻、實驗，才逐一建立的。我嘗試著不以文學角度去關照，轉而以自然教育摸索一套自然生態觀。

但是，那天登山時，我又修正了一些想法，試著去質疑自然教育的本質。那天我不再像過去那樣一路源源不絕地敘述著生態知識和人文史蹟。我只是像一位登山的嚮導，默默地帶領著一群登山團體，走過險絕而綿長的稜線。這種行徑只像一位尋常的父親，帶著孩子爬山一樣，沒有什麼特別的教學內容。只是想和他們一起登高望遠，或者進入隱祕的森林。默默地分享一座山的寧靜、肅穆，或者蓊鬱、潮溼。那天跟在隊伍後面的家長們，應該也有和我一樣的心情吧！

這層領悟或許不是最終的目標，卻是一個重要的教學情境。讓自己更清楚感受到生活的成長和發現缺失。走過如此一段的戶外教學，我恍然體悟，自然教學應該是一種尋常的，人人都很容易學習的教育。不盡然要有許多知識的傳達，也不必然非得什麼體驗，這樣的不二選擇。每一個父母都是自然教育工作者。自然教學，或者從中發展出來的生態旅行，更重要的是親子間和大自然的互動。讓大自然在你們之間扮演一個生命的橋樑，一個穩定的三角之一。努力地和親人在大自然裡長時分享生活，這樣的能力是每一個父母親都能做到的，不一定非得自然老師或專家才可能完成。最重要的關鍵還在於，身爲孩子最親近的人，你願不願意撥出時間，陪孩子一起到野外。你的態度，決定了他一生和自然的關係。

《牧羊少年奇幻之旅》裡小男孩旅行多年，去尋找寶藏，最後才發現，原來寶藏就在自家的腳下。這幾年的自然教學亦讓我有如是感受。這樣的反省，並非全盤否定知識的傳授，或者心靈的體驗。每一種教學主張都有它的美意和完善之道德信念。我多方摸索，享受著這些教育內涵在不同階段給予我的啓示和洗禮。只是，當我覺得自己和一位普通父親一樣，帶著孩子出來徜徉山水，而非博學的自然老師，成爲孩子和大自然的橋樑時，我才能更爲坦然，並且更爲徹底地感受到自己的卑微和無知。並藉由這樣的理解，準備好下一個階段與孩子們的對話。

——原載二〇〇〇年八月《自由時報》副刊

輯五

人物肖像

可是，
在山裡，
在山的險峻與荒涼裡，
他卻像是永遠溯河回鄉的鮭魚，
快樂而滿足。

外木山傳奇

——側寫沈振中

年初，一個冬日的安靜清晨，我朝大武崙砲台的山路踽踽而行。突然間，一隻老鷹從旁邊的山嶺冒出，攤開比身子長的羽翼，像一枚巨大的枯葉，從我的頭頂緩緩地低空飄去，朝另一座設有高壓鐵塔的小山滑行而去。

牠的背景讓我想起三〇年代中國空軍爲數不到百架的雙翼單人戰鬥機，霍克三式，簡陋而速度緩慢。但它有一種深沉而古樸的飛行樣式，隱隱展現於機翼的一搖一擺中。

好久沒有這樣被老鷹低空貼近，壓得透不過氣來了！等牠遠去，我深深地呵了一口氣，拭掉額頭上的汗，繼續肩起背包，準備趕到山頂，去拜訪一位在此觀察老鷹已快一年的高中生物老師，沈振中。

沈振中在基隆德育護專教書。我會認識他是透過一本雜誌的媒介。那是去年四月，收到他寄來的《自然筆記》，才知道他正在觀察老鷹。這張十六開的雜誌，裡面的內容多半是跟自然生態與生活理念有關的文章、札記、日誌，都是由他獨自撰寫，印給學生們傳閱。我會收到，或許因爲我是自然寫作者的關係吧！

那時，他每個月都寄來一期。很慚愧的，我是到第三期，才注意到他描述老鷹族群栩栩如生的習性。那一期的《自然筆記》裡，他提到，有一隻叫叉翅的老鷹死了。

去年，一份農委會最新的猛禽調查報告出爐後，這種過去在鄉下常常見到，很熟悉的，被暱稱爲「來葉」的猛禽，在台灣可能剩不到兩百隻了。

由於他對老鷹習性的出色觀察，這幾個月來，許多賞鳥人在全島各地旅行，也開始注意天空是否有老鷹在盤旋。可是，他們一路從南到北所能見到的數量，稀少得可憐。我自己有兩三回的機會，從鼻頭角繞了五分之一個台灣海岸，找到大南澳去，結果也未在天空發現半隻。

我一邊趕路，一邊暗自叫苦。前幾日，沈振中在電話那頭告訴我，搭公路局，在武嶺下車，走一會兒就到了。我竟忘了，跟我說話的人素來習慣徒步旅行，他算路程的方法跟我們這種都市人有很大的差距。果不其然，走了一個小時，仍未看到山頂。

沈振中是如何觀察老鷹的呢？猛禽是鳥類裡最難觀察其習性的一種。我們每次看到的，往往只是天空上驚鴻一瞥的飛行感受。他如何從基隆港尾隨，追蹤到這裡。緊接著，又是什麼樣的自然信念，讓他時時來這裡，從清晨待到黃昏，枯守在東北風狂吹的芒草山頭，爲老鷹們逐一取名，並記錄下牠們的「一言一行」。這個傳奇不僅吸引了各地人士，我來過兩三回，熟悉了他的觀察習慣後，每想到他的癡狂行徑，都不禁爲之動容。

八點左右，好不容易上抵大武崙砲台大門。有一部腳踏車停在外頭。能將腳踏車推上這麼高的地方，八成是他的。去年，這位簡樸生活的信奉者，就靠騎腳踏車上山，在這附近山區長期追蹤老鷹的棲息。

穿過砲台，直接走到觀景台。那兒視野良好，一望無垠，幾乎可以俯瞰整個情人湖山谷。老鷹呢？我四處張望，只聽到一些山鳥的婉轉叫聲。台上正有一個鬍髭滿絡的人，攜帶了一部十六厘米攝影機。他指著遠方的鐵塔，我用單筒望遠鏡細看，那兒正停了兩隻老鷹。我來晚了！一大清早，其餘的老鷹都已飛出去覓食。

他叫梁皆得，目前在蘭嶼拍攝蘭嶼角鴞記錄片，已經默默進行了好幾年。沈振中曾跟我提起，最近，梁皆得常來此與他做伴，一起觀察、保護老鷹。他們爲了防止獵人爬上老鷹築巢的琉球松，特別用鐵絲網纏繞樹身，並且將獵人的車號登記，向警方檢舉。

沈振中在哪裡呢？梁皆得指著遠方綠色山谷裡，一塊突出的危崖。我用望遠鏡看，沈振中戴著迷彩帽，瘦長的身影正孤立在那兒。他也拿著望遠鏡，朝更遠的瑪鋉山山區搜尋老鷹。

去年年初，他就是在那座像鷹的危崖，意外地發現不少老鷹集聚，在猛厲的東北風中起鷹與落鷹。起鷹與落鷹，顧名思義即老鷹的起飛與迅速降落的行爲。

發現後，他就像和尚敲鐘般辛勤，一週來三四回。未幾，這位看鳥不到兩個月的菜鳥，憑著驚人的耐心，意外地成爲台灣第一位記錄到老鷹巢位的人。而且，一次發現了三個。後來，他也是在別人告知下，才知道自己是最早發現老鷹在台築巢的人。

但或許更重要的是下面的故事：他也愛上了這群老鷹。

•

不久，我和沈振中的望遠鏡對望。他果然是賞鷹的高手，眼尖得很，一下子就發現了我，向我招手。上一回，去瑪鋉山的一座小山頭找他時，就覺得他大概天生也有一對鷹眼，當我們還在尋找老鷹落腳的位置時，他已注意到老鷹在做什麼動作。

沈振中發現的這支北海岸老鷹族群，尙存有廿隻。另外還有同樣數量的一支，棲息於南台灣的偏遠山區。現在，要在北台灣看老鷹壯觀的聚集和盤飛，當然就剩下這一支族群了。

正因爲，這幾年老鷹突然自我們的生活空間消失了，也因爲沈振中的適時重新發現，很多關心的人士都覺得時間已十分迫切。鳥類學者劉小如就呼籲過了，假若不再立法保護這種我們以爲十分普通，常在港邊或城市撿拾腐肉、死魚、老鼠的猛禽，牠們極可能會在這短短幾年，自這塊土地消失。

沈振中回到觀景台後，未幾，停在鐵塔的那兩隻老鷹也飛出去覓食，整個山谷似乎更加空曠、靜謐了。牠們要到下午時才可能再回來。還有五六個小時要等，我下到山谷的林子裡，尋找老鷹群夜間棲息的那棵大樹。

去年冬天，這群老鷹棲息的位置原本在瑪鍊山。今年，瑪鍊山山頭遭人偷偷違法開發，牠們被迫移到這處外木山山區。可是，再過不久，牠們現在棲息的山坡將開闢爲滑草場，而春初時築巢的山壁也會因道路穿過，遭到毀滅。

老鷹能棲息的環境，往往是危崖高聳的峭壁，這樣的地形在北海岸只剩此地，北台灣最後的老鷹族群將何去何從呢？關於牠們的未來，我實在不敢想下去。

我也無法想像，一個沒有老鷹的基隆又會是什麼樣的港口呢？任何住在基隆的市民都知道，即使在今天這樣惡劣的自然環境下，他們前往港邊的公路局搭車，晨昏時還能看到老鷹們在基隆港梭巡。牠們是最能代表基隆港活動地標的自然生物，這個福氣是其他地區市民所無緣目睹的。

由此沿著北海岸到萬里一帶，許多山區都被開發成風景遊樂區後，這幾年出現的大量空屋，在在證明北海岸並非一個適合全年休閒觀光，進而全面開發的地點。有這個慘痛的前車之鑑，我實在難以理解，主其事的基隆市，竟然要以防止「垃圾濫倒」和「遊客溺斃」這兩個奇怪的理由，繼續把經費浪費在這些遊憩景觀的規畫上，無端地背負扼殺這些老鷹的罪名。

費了好一段時間，終於在密林裡找到牠們晚上休息的大樹。梁皆得剛好來到，我們兩人將手邊的鐵絲網，重重捆在樹身，確信獵人毫無上樹的機會後，才放心地離去。

中午時，我們繼續待在觀景台，各人吃自己帶來的食物。沈振中的午餐是一個蘋果，梁皆得帶了兩個饅頭，我則享用了早晨在路邊買的飯糰。山谷沒有多少遊客了，天空靜得彷若只有烏雲飄過的聲音似的，偶爾有陽光從其間下來。

不知早晨相互告別後，飛到北海岸各個區域的廿隻老鷹是如何度過一天的？而且，爲何在這個季節的黃昏時，每天又要辛苦地回來參加「集聚儀式」（gathering ceremonies）？上述的這些問題還有很多仍待長期而仔細的調查研究。

沈振中打算在這裡觀察五年，尋找這些答案的可能，然而，整個山區若如期開發，他的計劃將隨著這些老鷹的消失而泡湯。

用過午餐後，我在觀景台小睡。一群登山客經過，我被他們嘈雜的聲音吵醒時，剛好一隻老鷹從我的上空滑行而過，沒入後面的山區。又是一個好低好低的滑翔，充滿了三〇年代螺旋槳飛機飛行員的冒險精神。

我頓時想起六年前在萬華戲院上空，看到一隻老鷹貼著和平西路低空掠過的往事。沒有猛禽會用這種姿勢接近人車的，牠們總是高不可攀。唯有老鷹，才擁有這種不懼人的優雅與從容。自從五股、關渡的老鷹群逐一消失後，那是我最後一次在台北看到老鷹飛臨我們的城市。

下午三點多時，老鷹們果然陸續回來了。一隻、兩隻、四隻……，我們興奮地數著。「黑環回來了！」我從望遠鏡裡看到，跟沈振中說。黑環是換羽後目前廿隻老鷹中，他唯一認識的兩隻之一，尾羽有一根明顯是白色，疑是掉羽。

去年春初時，沈振中在瑪鋉山的小山頭觀察其中的三對。那三對他都認識，都取了綽號。相對的，牠們似乎也認識長期待在山頭的沈振中。有好幾回，沈振中要上山時，都遭到老鷹半開玩笑的攻擊，逼得他必須匍匐前進，或攜雨傘上山，藉以保護自己。

那時，有一隻叫白斑的雄鷹，樹巢被偷偷放置了獸夾。有一天，白斑回來時，很不幸地遭到夾傷。沈振中眼睜睜地看著牠，連同獸夾一起掉落下來，垂掛在樹上。掙扎，再掙扎。最後力竭而死。而更早時，牠的另一半，叉翅，可能因食物中毒橫死於海岸。至於，牠們巢裡的蛋呢？此後也杳無音訊。

四點多時，鐵塔上已集聚了十八隻。另外兩隻先回到林子休息。這時，有二三十位關心老鷹在此集聚的基隆市民趕來欣賞。自從基隆的這群老鷹即將滅絕的消息見諸報端後，這裡已成爲台灣的賞鷹勝地。

起風了！風起鷹飛，好戲開始粉墨登場。

沈振中像是這個森林世界的導演般，準確地描述著老鷹們的下一個步驟。他先說老鷹群待會兒會撤退到後面的山嶺盤旋。那兒被沈振中戲稱爲「後台」。未幾，老鷹們果如其言，逐一起身，飛到山後去排演。

老鷹喜歡這個山谷的原因，很可能是這裡經年有猛厲的海風吹颳，很適合牠們玩落鷹、起鷹與抓枝的遊戲。高智慧的動物都懂得在生活裡安排這種遊戲的時間。海豚如是，老鷹亦然。

但接下來，沈振中算錯了，老鷹群並未如以往那樣，像一架架B29，從山嶺紛紛掠至我們的上空，表演今天的最後一場戲，盤旋與落鷹。

「大概今天是牠們的禮拜天吧？」有人這樣開玩笑。

也有人猜測，「可能是今天觀景台的人比較多，老鷹們眼尖，害怕了，不想盤飛。」

我也清楚聽到有人說，「眞奇怪、亞洲各國的城市，像東京、香港，老鷹都非常多，爲什麼我們這兒卻那麼少。是不是我們的環境比較毒？還是我們生活的地方的垃圾比較少？」

老鷹群又從剛才的路線退回到鐵塔，像一群長老靜靜地蹲俯在最高的杜頂上開會。一團薄霧籠罩下來時，黃昏的落日餘暈斜打在牠們的位置，形成蕭瑟又充滿肅殺的景觀。「集聚儀式」通常被鳥類學者解析爲兩大主因：一種是交換食物的情報來源，一種是相互認識交配的對象。

天地愈蒼茫，冷風相益增強了。許多人套上外衣。老鷹也開始動身。第一隻飛出，間隔一段距離後，換第二隻飛下鐵塔。當第一隻降落時，第二隻正在半途，準備降落。第三隻呢？牠也正從鐵塔下來。每一隻似乎都知道自己的位階，要扮演第幾個角色。牠們也像作戰歸來，一起抵達機場上空的戰鬥機群。一隻接著一隻，秩序井然地，逐一朝近乎闇黯的森林飛去。

牠們就在那棵下方綁有鐵絲網的大樹上，一齊度過寒冷的冬夜。這些早年被人類忽視的，如今卻受到鳥類學者注意，被稱爲從舊世紀活過來，生存到新世紀，背負著生物進化歷史意義的猛禽，又安然地度過一天了。

然而，明天呢？

明天會是怎樣的日子？

會不會又有一個瑪鋉山被毀掉？

會不會又有一隻白斑在回到自己的巢時，被獸夾夾死？當天空全然暗黑時，這些揮之不去的陰影也重新襲上我的心頭。

假如明天外木山的森林仍然茂盛存在，基隆港仍然有豐富的食物，崖邊的琉球松也沒有覬覦牠們的獵人。牠便還能繼續盤飛，集聚與遊戲。每一隻也將像飛行的活歷史，繼續盤旋在我們的土地上。

但牠們有明天嗎？

——一九九三年・晨星版沈振中著《老鷹的故事》序文

高海拔人

——初記楊南郡

終於，在層層山稜之上，露出了一點白色的山尖，是關山啊！牛車繼續顛簸前行，露出的部分更白更大了，在深綠色的山稜與藍天的交界處，那積雪的關山連峰，輝映著陽光，正如一串金剛石那樣地閃爍著。

我不知道這片刻的經歷，究竟給予我那小小的心靈，有多大的震撼力？因為一直到現在，雖然我曾在往後的登山歷程中，看過無數更壯麗偉大的景觀，但當年那一幕景象，以及當時欣悅崇慕的心情，始終那樣鮮明地烙在腦裡，浮在眼前。

我時常自問：我這一輩子所以會那樣毫不遲疑地奔向山野，是不是只為實現兒時的憧憬？

——一九七七年　楊南郡〈南台霸主屬關山〉

這段娓娓道來，溫馨感人的懷念，是楊南郡先生追憶第一次跟父親出遠門，不知目的哪裡，究竟為何而去的旅行中途，於高雄甲仙遠眺這座南台首霸的記憶。

這段話也是我就讀大學時，有一回瀏覽中央圖書館，無意間自借到的一本書《靈山秀水》裡看到，細細拜讀後，覺得深具啓發性，遂抄錄於筆記本。可惜，那時尚未認識這位登山界的前輩，更遑論知其登山探險的顯赫成績。

但正如一句登山名言，「山是永遠不會變的，它就在那兒。」相對的，登山人也一樣。過了十年後，好像冥冥中早已注定好似的，我們便在一次跟山的歷史有關的編輯事件裡，因緣際會地相識了。

那天是一九八八年元月二十二日，前一天是自立早報創刊。當時我在自立報系負責早報副刊創刊的編務。第一天副刊的內容是我自己撰寫的導讀〈探險家在台灣〉，文中附帶地預告了十二位準備在副刊介紹的，對台灣有很深遠影響的探險人物。

楊先生在看到副刊的內容後，想是相當興奮吧？因為當天他就跑來報社，亟欲了解這個副刊的走向與認識編輯者。殊不知，主掌編務的我仍是個對登山知識或台灣史猶懵懂未知的年輕人。當時，自己會策畫這個專輯，只是個人對台灣史裡許多尚未被認知的事物，充滿神往而已。

不過，楊先生或許並不這麼認為。那時，他甫完成八通關古道的探勘工作，出版了一本重要的著作《玉山國家公園八通關古道西段調查報告》（一九八七・八）。這本報告讓他蜚聲鵲起，成為國內調查古道的不二人選。而我準備邀請專家撰寫的人物裡，諸如森丑之助、鳥居龍藏、鹿野忠雄、伊能嘉矩等，正好都是他知之甚稔，與八通關古道或多或少有一些關聯的重要學者。

從那時起，我也才約略清楚楊先生的身世。小時遠眺過關山的他，家鄉就在台南縣龍崎鄉。而要了解他的登山探險生涯，更必須從這裡回溯，畢竟，他的冒險早從少年時代就已開始了。

那是一九四四年，太平洋戰爭末期，一個十四歲，才小學畢業的少年，還不知世界到底發生了什麼事，便被迫入役海軍，遠赴日本神奈川縣海軍航空技術廠，擔任製造零式戰鬥機的生徒。這兩年間，他歷經盟軍空襲，死裡逃生。戰爭結束半年後，才搭軍艦返台。當時和他同去的七千人，喪失殆半，只剩四千人安返。

返台後，一直認為自己擁有西拉雅平埔族血統的楊先生，跟我的父執輩一樣，受到外省人士來台這一波更強烈的衝擊，文化、語言背景的頓然轉變，讓他無所適從。此後，一邊在淡江中學就讀，勤練中文的過程裡，他也在摸索、尋找個人所應歸屬的文化體系。

三年前，他曾在一篇訪問中提到這段成長期的經驗，或許能端倪出他後來登山所抱持的精神：「當時我把外在所受的動盪經驗全部轉移到思想上來，好奇心跟意志都十分蓬勃，養成獨立研究的個性，而在少年時代就經歷了戰爭、宗教衝突跟文化上的迷惑，這幾種轉變對我都是很珍貴的回憶，因而，對各種研究，都事先抱著很濃的去涉險的心情。」

進入台大外文系時，他更注意到原住民的問題，花了很多功夫去研究。這個接觸，就我個人研判，對他日後登山所蘊育的人文性格也有著一定程度的影響。惟嚴格說來，他那時候還不脫一個文藝青年的本質，喜歡的仍是哲學、宗教議題的東西，參加的也是合唱隊等社團活動。那時校園也沒有相關的登山組織。所謂山，還是一個跟童年時一樣遙遠的夢想，還未進入他的思維世界。

畢業以後，楊先生換了許多工作。約莫民國四十八年，返回老家在台南空軍基地服務時，他才受到駐地美軍喜歡野外休閒活動的啓發，開啓了一個新視野。小時所培養的山情終於在三十歲初時回來了。

最初，他攀爬一些小山。但未幾，他便登上玉山，開始高海拔山岳的攀爬生涯。無心插柳下，在國人競相以登百岳爲榮的七〇年代裡，他也成爲最早完成百岳的前幾人之一。

一般岳友論起這時期登山的重要事蹟，咸認有「百岳」、「會師」、「縱走」等。楊先生這一階段的登山，最被人肯定的卻是當時較不受到重視的「踏查」。他的踏查則以開拓高山新路線爲主。我手頭上有一份他當年履歷的小表格，雖不完整，多少仍記錄了他這段時期的經歷，或許可以做爲個人登山史的一段小切片，了解他全面接觸歷史人文與古道之前的一些踏查行徑：

1.民國六十年五月至六月，他完成國內第一次完全縱走奇萊連峰的卡羅樓稜線，還由奇萊北峰直下塔次基里溪（立霧溪源流）。這條由北壁直下的路線，日後未有其他隊伍再冒險嘗試。

2.民國六十六年二月，開拓陶塞溪溯登南湖大山路線。

3.民國七十一年九月，開拓台灣十峻之一的馬博拉斯山，由北壁處女稜直攀，發現高山水晶池與冰斗遺跡。

4.民國七十三年一月至四月，和高雄登山會林古松等人合力開拓中央山脈主稜，自卑南主山至大武山的處女稜，並完成十數座處女峰的首登。

5.民國七十四年十月，開拓由小瓦爾溪直登中央尖山東南稜的新路線。

開拓高山新路線的意義何在呢？關於這方面的概念，也很少登山人擁有像他一樣的人文背景，透過深刻的思索，將它整理出來。他自己在那張簡單的表格裡順便寫到：

由各個角度來了解我們的高山地理環境，不僅止於傳統的多數人熟知的點或線上。更希望能藉著不同的路線，讓我們把對高山地形地物的認識擴充爲面。

除了新路線的探勘，當時，楊先生也進行原住民抗日事件的查訪。下面二例最爲著名：

民國六十一年十月，他攀登南投馬海僕富士山，特別踏查霧社事件時，泰雅族首領莫那魯道和族人三百名，最後死守與集體自殺的岩窟。

民國六十年起，他亦率隊，陸續走訪大分事件的戰跡地。一直到現今，仍在涉獵有關的文獻，並繼續調查訪問中。

我個人相信，這時的原住民查訪，對他後來走向另一個「踏查」高峰：古道，有著直接的關係。然而，從今日來檢視早年這一時期的登山「踏查」。他多半在南部活動，自組隊伍，也自己計劃路徑。很少與我們所熟知的登山界人士往來。登山界素負盛名的四大天王中，他也只和林文安前輩爬過白姑大山，開了一條新路。

當然更有趣而重要的是，山爬愈多，楊先生跟傳統登山界在理念上的差異也加大。他並未拘限於登山的「小天地」裡，反而經由開拓新路線和採訪原住民，展開更寬廣的視野。在強烈抱持著本土信念，以及充滿對早期台灣登山、古道與原住民歷史的求知精神下，他「遠離」了大部份的登山人，走向了殊途也不同歸的另一條路去。

楊先生也十分了然自己爲何朝這個方向前進的因由。後來，在評述台灣大學登山社的《丹大札記》（一九九一）裡，便由衷地提出這幾年來少見的，具有遠見性的登山建言，值得關心登山未來的人深思：

對山岳界而言，國內的登山運動已經出現瓶頸；各地的山頭都有登山客的足跡；溯溪、橫斷、縱走或是岩雪攀登也都逐漸被開拓出來，海外登山近十年來未有更大的突破，因此整體來看。雖然不斷有路線變化和技術引進，使活動仍有蓬勃的樣貌，但在大方向上卻有隱憂，登山運動已到了發展上的轉捩點。如果參考國外的狀況，其實不難發現我們已經背離了國外登山運動的走向，國外登山運動的走向是如何呢？簡單的說就是登山學術化。藉著登山，從橫面空間性的認識到縱向時間性的了解，也就是深入地區內的地形水文、風土人情和歷史文化。從實實在在的田野見聞中建立知識的基礎。

不過，相似的觀念，更早時我已有幸先親聆他的教誨了。記得那是我們的第二次見面，一九八八年秋天的事。蒙楊先生餽贈他的另一本傑作《玉山國家公園八通關古道東段調查報告》。他的妻子徐如林也伴同來訪。徐如林在台大唸書時，爲了完成她的「成人禮」，以一個女子面臨體力極限與智慧的挑戰，單獨七天走完南湖大山，震驚了登山界。她和楊先生因山結識的姻緣，無疑也是登山界的一段傳奇佳話。

那天，似乎也是我非正式地懇請他們夫婦幫忙在副刊撰稿。於是，楊先生又重新執筆，譯註與考證歷史與人文相關的登山報導。完稿後，便寄交我過目。

諸如太魯閣合歡越嶺道、關門越嶺道等日據時代著名的探勘報告與戰爭記錄，這些相當難得的史料，就是在他苦心孤詣下得以重新出爐，逐一於自立副刊見報。這時，每回拜讀其文章，更是獲益匪淺，且不斷被其獨特的發現所震懾。

綜觀這些「新」的歷史事件與古道探勘，正是他登山多年後，一個階段的轉向，也兌現了他自己所提出的「登山學術化」的實踐：「從橫面空間性的認識到縱向時間性的了解……。」

前年十一月，我和詩人焦桐在好奇與仰慕之心慫恿下，陪同楊先生前往海岸山脈，探尋一條百年前和八通關同期的，橫越安通的古道。這是我第一次在野外和他一齊登山、探勘古道，共同尋找歷史謎題的答案。趁這個難得的機會，我也才能約略體會其登山心境之一二。

楊先生的登山性格，十年來如一日，謹守老一輩本省人嚴格的生活規範。豐富的野外經驗，更使他的登山哲學充滿道德感。在平地世界，在複雜的功利社會裡，這樣的自律原則，以及對自然的情懷，我隱隱感覺，或許無法像在山裡那樣順遂。

可是，在山裡，在山的險峻與荒涼裡，他卻像是永遠溯河回鄉的鮭魚，快樂而滿足。何況，說實在的，在社會裡的浮華終究是山與山之間縹緲的雲，只有山的實體才是具象的。唯有當我們把山放到目前，把自己弱小的生命放回大自然世界的懷抱裡，那一時那一地的生命情境才會放大，變重。

這是三〇年代台灣著名的博物學者、登山好手鹿野忠雄的信念。想必也是後繼的崇仰者楊先生，這樣特立獨行，緊緊抱持著登山歷史的情懷者，才所能深刻體悟的吧！

——一九九三年・晨星版楊南郡、徐如林著《與子偕行》序文

飛回玉山

——追記兩位年輕的自然觀察者

記得好像是去年六月，福華沙龍送來三幅鳥類畫家何華仁的版畫，三幅畫裡的鳥種分別爲夜鷹、彩鷸與褐鷹鴞。不知內子是因何觀點喜歡牠們的造型，特別選購。當時，看到其中的兩種鳥，卻呆愣了許久，一股好不容易才自胸口消退的傷痛，又湧回胸臆。

那晚，回到書房，竟是無法維持平常習慣的讀書和寫作。只好再次取出夜鷹與彩鷸的相關資料，逐字重新細讀。

那冊子裡有三本鳥類雜誌《中華飛羽》，以及一小疊資料，記錄著一位年輕人兩三年前在家鄉彰化快官，長時期觀察夜鷹的報導，作者叫張巍薩。裡面還附帶有一篇作家王家祥緬懷好友陳定昆的文章。

當時，原本打算寫一篇文章，追悼這兩位年輕人，但在做了一小片段文字的整理後，旋即產生很大的疲憊，遂再放回桌角一隅。沒想到，這一擱置，因一時疏懶，一年後的今天，它們仍橫攤在那兒，積滿一層薄薄地灰塵。這幾日整理書桌，不意打翻了資料，整個人恍然一驚，若有所悟，版畫的到來，更添增了這種感覺。當時，或許覺得資料不足，所以未竟成篇。現在倒覺得文章是否完整已不重要，重要的是他們背後的故事應該讓人知道了。

最初整理的那一段內容如下：「一九九一年六月十六日晚十點。張巍薩和他這幾年在野外如影隨形的夥伴陳定昆，採用自助旅行，準備前往憧憬已久的九寨溝。他們是師大生物系呂光洋教授的研究助理。在四川松藩縣蓮花岩的山路上，遇見一輛遭崩落土岩撞擊，情況相當危急的大卡車。車輛一半懸空於岷江岸邊的斷崖。就像在台灣高山森林旅行時的熱情，他們兩人奮不顧身地下車，協助司機使用千斤頂。未料，此時土岩再度崩落，這兩位年紀不到三十歲的台灣青年，相互緊緊地擁抱在一起，想要保護對方。但第二次的坍方還是無情地奪走了他們寶貴的生命。」

以前，我常常閱讀到一些歐美的自然科學工作者，爲了追尋或調查特殊物種，不斷冒險進入鮮爲人知的熱帶雨林，或蠻荒瘴癘之地，最後橫死異地的感人故事或傳奇。從未想到，自己身邊竟也出現這樁令人震驚、扼腕的意外。

他們不幸罹難的意義，並不在於對台灣的自然科學界有過重大的貢獻。而是短短的一生裡，在對大自然環境開始懷抱理想的熱情與不懈時，竟於這最初的起步發生了這樁不幸，把小小而有限的生命，在從事自然保育的工作裡，提前還給了大自然。而且正因爲是默默無名的小角色，反而更讓人感到那種年輕生命的激越與不凡。

早在他們啓程前往中國大陸半年前，作家王家祥曾伴隨他們二人，在冬末時攀登玉山。當時，張巍薩和陳定昆的目的是每月例行的長鬃山羊研究計劃，重點放在山羊食物的植物咬痕調查，以及持續經年的排遺分解、採集。

旅行之後，王家祥曾撰過一文，〈走過布農族的獵場〉。在文章裡，他以從事自然研究的角度，就他們當時的工作性質，放入台灣自然科學的研究歷史時，給了一個允當的形容：

> 研究助理，是所有有志於生物研究、學術之門的畢業生們，最常選擇，也是最艱苦的道路。對他們來說，那是一個磨練與砥礪實務經驗的最佳機會。他們擔任所有最基本，最繁碎的實驗工作，凡事必躬親。換言之，那便是一份兼具勞心勞力的工作，守候在荒野沼澤，跋涉於山林海口；守候在實驗室中。跋涉於挫折與成敗之間，默默無名……
>
> ……它只是一個無足輕重，因計劃經費而增減刪留的角色，一種臨時約雇的勞工。卻是許多畢業生蛻變爲優秀學者的學習關鍵，並且也是台灣生物研究最勞苦功高的無名英雄。

……他們是第一線的山林捍衛者，擔負最基礎，最卑微卻最不可或缺的工作。在台灣的自然保育工作，這樣的一群研究助理功不可沒。

他們就是這樣沒有面貌，沒有偉大的事蹟。在獲聞他們二人噩耗之後，重新翻讀過去的賞鳥日記後，我也才發現，自己竟巧合地都和他們個別地有一面之緣。但也因爲這樣的認識，我更覺得有一份同是喜好自然的感情，永遠交流在他們與我之間。它是那樣的無形，卻隨著時間的流逝有了巨大的能量，不知不覺中，變成個人觀察自然的生活裡很大的驅動力。

我和張巍薩是如何邂逅的呢？後來才知道，竟是在冬山河口。

那天是一九八八年十二月四日，我和何華仁、李建安，從大鬧門出發，沿著美麗的冬山河北岸，尋找前幾日被鳥友發現的灰鶴與凸鼻鴉。張巍薩和其他鳥友也從台北趕來會合。彼此雖未交談，但一看他的穿著打扮，舉望遠鏡的架勢，以及判斷鳥種的準備動作，就知道是對鳥類十分熱情的人。

那天，在趕抵河口前，我們幸運地發現極爲罕見的栗鳶與灰鶴。正午時，在蘭陽溪口南岸，我們也頂著燠熱地太陽，空著肚腹，追探兩隻鴉科是否爲禿鼻鴉或小嘴鴉？黃昏時，大家疲累至極，準備打道回府了，他仍興致勃勃地和何華仁跟在禿鼻鴉之後，試著再更接近牠們。更清楚地，確定鳥種的身分。獲悉他不幸罹難之事，何華仁後來回憶，那兩三年的觀鳥旅中，他在野外常遇見這位不記得名字，卻十分熱情的年輕人。

當時，張巍蘁常在鳥會會訊發表文章，在這份沒有稿酬，純粹是義務幫忙的刊物，他把自己辛苦觀察地成果寫成遊記，和大家一齊分享。這份工作也使這位龍華工專電子科畢業的年輕人，突然在賞鳥後獲得啓蒙，決心矢志成爲一位生物研究者。

我個人印象裡，張巍蘁發表在會訊裡最有名的一篇，是描述他在老家彰化快官郊區的觀察，從這篇短文裡，我們可以看出他觀察的認眞與熱情。

一九九〇年一月初，他在家鄉的烏溪畔發現了夜鷹，這種十分罕見的鳥種。大年初一，他帶著姪女到烏溪畔觀察鳥，準備回家時，他這樣寫道：

在一矮草叢中，驚嚇出一隻不明鷹，飛起後，馬上又降到芒草裡，當我再度趨向前看時，嚇了一跳！怎麼變成兩隻了，牠們飛起時，初級飛羽有塊白斑清晰可見。由於急著帶姪女回家……所以未再觀察。

翌日十點廿分，他和好友陳賜隆又來到烏溪畔，展開搜尋的工作：

……我們倆躡手躡腳，小心翼翼地，深怕錯過好機會。終於，牠再度被我們驚起。牠飛起時，曾發出「尬尬」兩個音節的單音，然後快速低空飛行，再擇一地而棲，其體色大致由黑、褐、白三色混合而成，而其初級飛羽的白斑依然清晰可見。陳賜隆一眼就認出牠是夜鷹。我倆興奮地握手道賀。

在我倆的觀察追逐中，共看到十次的起降飛行，而且證實此地有二隻夜鷹在此棲息，但很不容易看清其體色，每次看牠飛起，隨即拿起望遠鏡看之，也只能看見其雙翼及尾，偶有一次看見其喉部有白色，所以陳兄建議我晚上再來聽牠怎麼叫。

十七點四十五分，天色已漸暗，蝙蝠已陸續出來遊盪，小白鷺群正趕著回家吃團圓飯，而野鴝、鶺鴒、青足鷸、小雨燕等的啁啾聲不絕於耳。

十七點五十五分，突然聽幾聲低沉向下之單音「嘴」或「主意」的鳴聲，我心知肚明，認爲那就是夜鷹的叫聲，趕緊趨向前觀之。這回可看清楚了，牠的外側尾羽有兩根爲白色，尾下覆羽爲黃白色，雙翼的分叉明顯。飛翔時跌跌撞撞的，翅膀抬得很高。像V字形。曾看見其停在地上，但因光線不佳，故無法進一步看清其體色，隨後牠就飛到溪中的河床地停下來。此時，可聽見小水鴨、夜鷺、青足鷸的叫聲，偶爾也穿插夜鷹「主意」的叫聲，也許牠晚上就在河床上捕捉昆蟲塡飽肚子，其生態行爲有待進一步觀察。

度。

張巍薩還有一篇在快官貓羅溪畔的觀察，題名〈塵封往事憶彩鷸〉顯示他對大自然的態

七月十六日，發現有人在附近架了兩張網，用望遠鏡一瞧……有彩鷸上網，趕緊跑往前，還好尚活著，有二雄一雌，在網上，拍照後，將其釋放，但其一隻雄鳥因身體虛弱飛不動，只有將翅膀張開，讓牠慢跑離開。而正當想把網子拆掉時，正好有個年輕人遠遠前來，對著鳥網望望，檢視一番，以懷疑的眼光問我，有沒有鳥上網，我撒謊回答。……我未再繼續盤問就先行離開，事後回家想一想，應該給他一個機會教育，於是寫了一封信；說明野生動物保育法已於七月一日生效，捕抓野生動物是要受罰的，請他勿再破壞自然生態，傷害野生鳥類。然後，再前往貓羅溪畔，將網拆掉，並將信置於地上，希望能給他一點啓示。

有一天，前往調查時，赫然發現有隻彩鷸雄鳥被綁死在竹片上，並高掛於竹竿上隨風飄蕩，以達殺雞儆猴的功效，看了眞令人心痛。而另外在水田中的網上更有一隻掙扎的雌彩鷸，於是趕緊下田將之解放。還好曾在繫放組當過義工，已學會熟練的解網技巧。很快的就讓牠自由，再將被綁於十字架的雄彩鷸埋土爲安。

陳定昆呢？非常巧合的，我們也只有一面之緣。然而，陳定昆留下來的資料不多，我所

有有關他的印象，都是來自王家祥的口述，以及他姐姐的一張照片，讓我慢慢地憶起這段往事。

相對於張巍薩的熱忱、開朗，陳定昆是一位憨厚而淳樸的農家子弟。

他的老家原本在嘉義阿里山下的番路鄉，小時即舉家搬至板橋。住的地方是一棟窄小而四周環境較髒亂的公寓裡。那兒就是一些報導文學工作者形容的，犧牲了這些人的生活環境，而富裕了台北的一些老舊公寓。陳定昆的父親原本是勞工，退休後，在附近市場賣甘蔗。家裡有一位兄弟，兩位姐妹。他是家裡唯一的大學生。家庭並不富裕下，他的生活也過得十分節儉。我猜想，基本上他天生大概就是一位自然主義的力行者。聽說就讀師大附中時，每天即從板橋騎腳踏車上學。日後就讀台中中興大學森林系時，也經常由車站走回位於南區的校社。

大約是一九八八年秋末吧？陳定昆陪著王家祥到天母來找我。我和王家祥暢談一些自然生態的事情時，相對於王家祥的熱情，他一言不發，默默在旁聆聽，客氣地不敢表示意見。只是喝茶，一語不發。內子也因此對他特別注意，覺得人家這麼沉默，一定是我虧待了。

陳定昆不僅是王家祥中興森林系的同班同學，也是學校自然保育社的社團核心人物。他們曾彼此相約，一個走學術路線，一個走文字路線，日後期能結合，爲台灣的自然生態做一點事，但玉山之行卻成爲他們在台一起出外的最後之旅。

王家祥後來曾在一篇追記的文章裡，悲痛地寫道：

還記得你在大學時代，常常每天買兩個饅頭度日，一點一滴地把錢節省下來買書，大部頭的植物圖鑑、昂貴的原版生態書籍，你都捨得買，教授們所蒐集的珍貴絕版書，你鍥而不捨地借來影印，裝定成冊，即使動輒耗費整個月的生活開支也在所不惜。

前個月，在鳥會遇見張巍薩的好友陳賜隆。他甫自軍中休假，前來鳥會逛逛。我們談及陳定昆時，他也記得，陳定昆經常影印資料送給友人，相互勸勉。他們不幸罹難之事雖已遠去，但陳賜隆仍頗多感傷，無法細談。我又何嘗不是？五月末上玉山，夜宿排雲山莊時，還默想過，兩年前他們來到玉山，不知睡的是哪一間房舍？死了後，靈魂回鄉了，是不是也上來過這個大家摯愛的山區？

唉！實在不知該如何表達了，因為都只有一面之緣，也都未曾好好促膝長談，所以無法再更細膩地表達對他們的情感。我所擁有的，只是一份和他們一樣對自然的熱愛，因而在他們於人世時，我們猶若空中交會而過的光芒，一閃即逝。可是，那一剎，卻成為我至深不滅的烙印。

——原載一九九四年二月《台灣日報》副刊

自然老師

——側寫有木時代的凌拂

在戶外常見的野菜裡，鼠麴草是相當含蓄的一種。湯匙柄形的淡綠小葉，外表內斂，含蓄。甚至黃花盛開時，也依舊保持矜持的形態。它不會集聚或叢生，只是單獨地靜靜地生長著，在裸露的貧瘠之地。連昆蟲都很少去拜訪。

這是凌拂最喜歡的植物之一。想到凌拂時，不約而同地，也想到這種冬末時開始頻繁出現的小型草本植物。

凌拂已經在三峽有木國小教書、蟄居近八個年頭了。有木是什麼樣的地方呢？按當地土語解讀，據說是有很多樹木的地方。

可是，你若翻開台北近郊旅遊指南之類的書籍，一定找不到。但附近的幾個名字你一定聽過，諸如樂樂谷、蜜峰世界、滿月圓等。光是從這些名字，你也可以想像，例假日時，那兒就像台北近郊的休閒遊樂區，總是擠滿了城裡去的人潮。

對凌拂而言，從星期六下午起，那兒就像是台北市的鬧區。她總會選擇蟄伏，等星期日過了，再出動。那時整個山恢復安靜了，唯一的一條山路上人煙稀少，山雲不斷從旁邊的溪谷，或者更遠的山區湧升、流逝。她又離台北很遙遠了。

沒錯！早年山裡還未開闢馬路時，那兒的確是很遙遠。在那兒執教的老師，如果要出來三峽鎮上採購，都要大清早出門，搭流籠下山，不然黃昏前絕對趕不回去。只得在三峽過夜。現在有柏油路了，對外的聯絡才方便起來。

前些時，凌拂對外唯一的交通工具，是一輛撞凹了好幾處的大發祥瑞一千，已經近十年的車齡。

記得第一次應凌拂之邀，前往有木拜訪時，正好是初春時節，特別帶孩子去看螢火蟲，順便想辨認看看一隻怪鳥，牠住在學校對面的山裡，叫聲類似稀有的黑冠麻鷺。去了兩年，螢火蟲的季節，牠都在那兒鳴叫。

凌拂獨居的地方是學校旁的宿舍。那隻怪鳥住的地方，就是窗口遠方林相蓊鬱的青蛙山，山下有一條終日水聲喧嘩的大豹溪。

至於，宿舍裡呢？好像有許多她從山裡撿回來的奇特的植物種子，以及各種植物、野菜圖鑑。很抱歉！就這麼多了。這是我這種粗心的自然觀察者，極目所及的世界。

爲何會選擇山裡教書？凌拂的理由很簡單而有力：都市太擁擠，不想待了。這樣的理由，放諸城裡，哪一個城市人不覺得呢？可又有多少人去實踐？她卻做到了。

最早從台北師專、輔大中文畢業後，她原來的教書工作在板橋海山國小，那是一所有著太多太多學生的學校。每天早上的升旗，各班都逐日輪流出來參加。一二年級的學生則在教室旁走廊，要等到升上了三年級，始能站到操場，看見國旗飄揚。

但爲何會選擇三峽的深山呢？可能一切都是緣份吧！那天是八年前的中秋節晚上，她和朋友騎機車抵達這個山區遊玩，不意天落豪雨，當晚只有她們兩位遊客。由於雨勢甚大，只好在鄭白山莊過夜。凌晨時，雨停了，她們出來散步，整個山區像睡著了般靜寂，清冷而凄美。凌拂被這個自然世界感動了。

隔天，她們沿山路散步，抵達一所很小的小學。走近學校旁的宿舍，探視裡面，發現房子裡破破爛爛的，堆滿了雜物，連門都沒有；像是一個無人管理的倉庫。

就這樣結束了這趟山旅嗎？不！第二年，她便騎機車上來教書，住進「倉庫」了。

搬進去的第一天是八月三十日。從早上開始整理，到了下午終於體力不支，累倒在地板上。醒來時望著四周的山，林影怔忡，一如她還不知如何適應的心情。但喜愛自然的人總懂得如何孤獨自處，一點也不覺得寂寞。居住了一段時日，她很快地就適應，甚至有著眷戀、喜愛之情了。

位於深山偏遠的地區，整所有木國小的學生可以想像的少。今年剛好四十名，男生二十二位，女生十八位；她教的是一年級。

有一回，我忍不住好奇，問她教的班級，「全班有幾個學生呢？」

「四個！」

她還補充道，「本地生有三個，另外一個是總務主任的小孩，因此在此教書，順便把孩子接過來。」

「四個學生如何教呢？」

人少，空間大了，學生和教師間的關係自然非常親密，她的教書方法變得家庭化。有時下雨太久，好不容易放晴，便駕著那輛小祥瑞，帶著四個學生到野外觀察了。有一回，學生多時，她的小車還擠了十五個學生，開到三峽去麥當勞吃薯條，再駕車回來。

每天，小學生放學下課回家後，四下無人，學校就像高海拔的森林，成爲全台灣最荒涼的地方。一直忘了問她會不會害怕？後來想想，向一個已經住了那麼久的人問這句話，恐怕是多餘的。

在高山溪水四繞的環境裡，她和花草對話的時間，顯然比和人類相處的時候多。這種情形下，認識一草一木的名字，變得理所當然。而她剛開始學習辨識植物，是無師自通的，只是憑著幾本從坊間書局買回的野外圖鑑，從學校、山壑和溪溝附近的植物，逐漸摸索、對照起。單子葉植物、羽狀複葉、一年生草本、總狀花序……，這些植物學的名詞漸漸地進入她的腦海，成爲熟練的英語片語般使用著。不久，生活周遭的植物花草也變得熟稔。不！或許應該說是朋友了。

上個月中旬，才和她沿著大豹溪鑑賞植物。喜愛自然觀察的人，能夠一起在野外切磋自然世界的知識，這是我素來最快樂的旅行。而能跟著她，一邊淺嚐野生的漿果、野菜，一邊學得採食的知識，更是旅行的大享受。

凌拂懂得採食野菜，也是從書本慢慢自修學來的。只要圖鑑說可以吃，她總會試著按圖索驥，將眼前認識的野菜採回家，炒食看看。等摸熟了野菜的馴化程度，她也會做多樣的變化。或燙。或炸。甚至，試著生吃了。

當然也有已經熟悉，卻不黯習性的，導致意外中毒。野外常見的龍葵便是一例。這種野菜，少量食之味美而甘。過去鄉下農村也常採去拌煮稀飯。有一回，在不知情下，她吃多了，全嘔了出來。

不過，她並未刻意去摘採野菜。這件事已化入生活的一部分。經常是在散步時，看到了，覺得很漂亮，順手便摘一小把適量的份帶回家。

那天的旅行裡，我吃了一顆紫色的銅錘玉帶草漿果，她準確地描述了吃後的味道。是不是有著生蘿蔔的辛辣味？我咀嚼了一陣，隨即點頭，暗自發誓，以後絕不再碰觸。

另一個朋友，咬了一片淡纖柔的細葉碎米薺，聽說有些芥末味。自己忍不住試嚐了一片，覺得滋味頗佳，那天回家後，在自家的水溝採集，當做一個星期蛋花湯的佐料。

採食野菜，並非趕流行，重視的也不只是果腹，或者換個新鮮口味。它講求的毋寧是整個採食的過程，從認識、了解到食用，都有著很嚴肅的人生學問。

我大膽猜想，大概是一種素樸生活的實踐吧！她卻不敢苟同，也不認爲是想過什麼自然生活。這都不是她的本意。她只是順著性子在生活而已，談不上理念。選擇這種山居生活，本質上，也是覺得自己比較害怕人群，習慣於回來面對自己罷了。

但不可諱言，從朝夕相處的自然環境裡，她紓解掉許多積鬱的壓力。這種自然賜與人的福份，只有長期浸沁於自然的人才能體會。

緣於這種福份，她懷疑自己的前生是個植物人。如果生命有輪迴，她也希望自己來生是一顆小小的野草。闃靜的過一生。給昆蟲吃，吃了還會再長。

除了鼠麴草，還喜歡那幾種植物呢？我很好奇地問。她毫不假思索，向我提到兩種喜歡的校園植物。一種是桂花，除了七八月，四季都開。但香味以九月爲最。秋高氣爽裡，整個桂花的香氣是向外溢的。冬天時卻有另一番撲鼻之香，是寒冷凝凍的香氣。

還有一種是橘子花，四月滿山全開，白色五瓣，香味濃郁。她常帶回家泡茶，甚且釀酒。但米酒壓不了那花味，要高粱才鎮得住。

在野外觀察久了，發現到一處美景，往往會想留下來。多數人使用的是照相機，凌拂卻意外地選擇了一種吃力而不討好的方法——繪畫。

這幾年，她逐一把喜愛的植物用鉛筆繪在畫本上。雖然沒有學過繪畫技巧，但筆帶感情，久而久之，眼前的植物以寫實、素樸的風貌呈現時，便擁有了無可取代的意義，遠非拍攝一張照片可取代。而且，筆繪植物也跟採食一樣，她逐漸體會，整個繪圖的過程也是在享受一種創作的喜悅。

由於繪圖必得接觸植物最細膩的部份，因而有了意想不到的收穫。諸如種子的形狀、幼株的冒芽、花開的瓣數、葉脈的肌理等等，大部份的自然觀察者，往往最容易疏失，她卻心細地觀照了。

總之，一個植物學者認識的植物一定比她多。但對一株普遍常見的野菜，無疑的，她比任何植物學者都熟稔；更重要的是，擁有一份更深入的親切感。

在自然世界眞的是這麼美好，毫無瑕疵？也不盡然。八年了，整個環境漸漸形成平面化，有時生活難免沉寂，缺乏衝力。譬如有一陣子，放學時，她常到溪邊躺著，以眼睛和思緒優遊地徜徉天空，直到天黑都還不想回家，也什麼事都不想做。

還會在有木待多久呢？她也不確定。主要是一直想完成系列寫給小孩的植物繪本，再離開。年輕時，她曾在三峽駱駝潭附近獨居過一陣，如果離開了有木，這將是她第二度回到城市。

回去會習慣嗎？大隱隱於市，也是另一個新的開始。比起上次，她更具信心了，畢竟這回回來時，她的行囊裡，將會裝填更多面對自然世界的深層情感。

——一九九五年·時報文化版凌拂著《食野之苹》序文

探險台灣之後

——鳥居龍藏和鹿野忠雄的旅行

相對於十九世紀，整個世界的地理大發現時代，台灣較有科學系統的踏查明顯晚了些。再比較同一時期，西藏和新疆的地理探險，它的地位也毫無不顯眼。

這樣一個孤懸於外海的島嶼，又缺乏世界主流文化思潮的衣帶關係。在往昔，甚至遠不如南洋的熱帶島嶼，諸如北婆羅洲、巴拉望島般吸收外來者，進行持續性地博物學之類的科學考察。直到晚近，區域性調查逐漸受到本地人士的重視，地位才明顯躍升。

幾位日治時期在台灣內地探險的日本田野調查學者，就是處於這個知識風潮下，在八〇年代末，重新「出土」。當年科學探險所帶來的學術成果，以及在台踏查的意義，都因了時空環境的不同，受到普遍的肯定和重視。甚至，囿於意識形態的微妙變化——諸如追求本土化的結果，還被賦予神話般的英雄形象。

但是，探險的定義在哪？探險家，或者做為一個旅行者，其本質何在？我們要如何重新定位，這些帶著學術性質，又夾雜殖民色彩的探險人物？這些更符合現代人追求生命意義的眞諦，並未隨著探險家群像的再現，被多元的探討過。

近年來，我的興趣一直繞著以上的問題打轉，並且將心力集中在鳥居龍藏和鹿野忠雄身上。這兩個分屬日治初期和末期的田野探險人物，或許是閱讀這段時期最具代表意義的典範。

鳥居龍藏生於一個富裕的家庭，從小即浸淫於史地博物的戶外教學，厭惡枯燥的課堂教育，經常逃學。終其一生未受過學校的正式教育，完全自修苦讀而成。千島群島、朝鮮半島、遼東半島和東北亞大陸是其生平人類學田野調查的主要地點；其治學受到推崇，台灣卻非不可或缺的一站。

一八九六年，鳥居龍藏年方二十六歲，來台開始人類學田野研究。斷續四年的調查，在猶是蠻荒瘴癘、盜匪蜂起的環境裡，辛苦地走過了中部的集集、東埔、特富野，東部的蘭陽平原、花東縱谷、卑南平原，南部的大武山山區，以及綠島和蘭嶼。甚且，穿越了幾無人橫越的八通關古道。

日後，他的學術報告涵蓋了全島族群的調查。豐富而實證的現場筆記，成爲台灣早年最重要的人類學第一手資料。

鹿野忠雄來台時的歲數更爲年輕。年少時，就對昆蟲採集產生莫大的樂趣。十七歲時，更因了對台灣昆蟲的奇妙，刻意選擇台北高等學校就讀。來台後，多半時間就在野外奔波。由於曠課時日過多，差點無法畢業。後來，還是校長特別保薦，方能安然度過。

初時，鹿野只在北投和烏來附近的台北近郊採集昆蟲，等到深入中央山脈和離島蘭嶼後，進而對考古學、民族學、鳥類學、哺乳類學、地理生物學等都產生廣泛的興趣。隨著在台時間愈久，研究範圍也愈來愈寬廣。

雪山山脈、中央山脈和蘭嶼等地都是他長期定點旅行的地點。他的研究範圍始終未離開台灣，直到太平洋戰爭爆發，才遠赴北婆羅洲。戰爭末期，由於熱中於土著調查，日本憲兵頗爲不滿。後來即神秘失蹤，迄今未歸。

鳥居和鹿野二人，由於擁有長年的實地踏查經驗，生前都曾出版過豐碩的報告。同時，對於過去在台灣的旅行調查，兩人也留有通信、札記之類的著作，提供後人充裕的線索和思考背景。

於是，當我們去除那些學術報告的外衣，回復到探險者本身，比較他們的旅行意義時，他們的探險形態也充裕地提供了另一種旅行台灣的重要符號，各自呈現了一個外來旅行者，面對異域的不同才質。

鳥居的田野調查方法，正如一般明治維新後典型的日本科學人士。在古道專家楊南郡翻譯的《探險台灣》裡，讀者很難感受鳥居個人心境的轉折。多半時候，我們看到的都是異文化風俗和文物的翔實敘述。通篇好像在閱讀一份現代的科學數據報告，一切以量化爲導向。

人類學者黃智慧在《鳥居龍藏的生涯》一文裡特別提到：「鳥居不是一個詞藻華麗的文人墨客，他向來是以日記或遊記的形式，淡淡地記錄下他們每日所行經之地，所遇到的事。至於自己內心感覺與情緒，不論是有多麼地深刻，他也只以樸拙的一、二句話點到爲止。」

我們翻讀日治初期的日本學者在台灣探查的學術通信，幾乎都是類似的呆板敘述。孩提時代的人文訓練，並未讓鳥居有游刃有餘的敏銳度，思考自己和不同環境之間的互動關係。

也或許是，鳥居走過的地方太多，廣漠的東北亞大陸還在未來等著他的前往；他的一生根本來不及爲台灣停下腳步，細心地咀嚼曾經在此的各種接觸。

不過，縱使如此僵硬而匆促的通信，除了學術的貢獻，鳥居仍有超越當時他人探查通信的特色，諸如縱橫台灣的博學史觀、更爲寬大的國際視野、豐碩的現場記錄，以及理性而大膽的地理冒險等創舉。

鹿野就明顯地把全身的精力都投注在台灣。鳥居的旅行腳步是沒有停止地往前進。但鹿野不時停下來，吟哦山水、觀察土著，反思自己和這塊土地，和當地人民之間的關係。

在《山、雲和原住民》這本早期自然寫作的經典裡，讀者充分地感受到一位博物學者的情感流露。華麗的詞藻和浪漫的行吟，洋溢於文句之間。

我的眼眸、我的心靈，完全爲玉山東峰軒昂的氣概吸引住了，有如與久別的戀人重逢，難抑激動之情。凡人變異，唯山永恆。在我熱切的目光裡，玉山的身影，比平素思念中的景象更加鮮明，林木無恙，靜靜悄悄，往日情狀，於焉重現。從踡踞於右方、親近主峰的岩山，經刀刃般的脊稜，玉山東峰，即崢嶸其上。……（〈玉山東峰攀登記行〉）

上述內容，我們很難想像是一位日本博物學家，在一九三〇年代初的旅行筆記。反而較像是，一位一九九〇年攀登玉山的台灣自然寫作者，對自己土地的抒懷。

更吸引我們注意的，當然不止是個人的思緒和感情。在鳥居的探查裡，我們多少還會嗅聞到背後殖民帝國的色彩。一如英法探險家在非洲旅行的形象。自己頭戴沙伐利帽，手持獵槍；前有持矛的土人嚮導，後面有背負行李的苦役。

最遭人疑慮的，或許是一九一〇年時，他再度匆促返台的旅行，因爲他走訪的地區正是日本人攻打宜蘭和新竹泰雅族的範圍。我們很難不聯想，往昔或當時，他對當地原住民的詳細調查資料，是否也成爲作戰的有利情報，幫助了台灣總督府的山地治理？

在旅行通信裡，我們也看到，當時他所調查的民族正在滅絕時，他所關心的只是提醒自己要加快腳步。我們感覺不到更進一步對原住民的關心。在其個人的學術志向和原住民的命運之間，我們也無法找到一個合理的平衡點。

但在鹿野身上，我們看到的就不止是一個治學勤快的科學探險家角色；或是一個擁有自由主義傾向色彩的人物。在他的探查裡，還有旅行者少有的人文孤獨，以及對土地的強烈情感；進而驚異地發現他對異文化的認同。而七訪雪山和其他險峻山岳的毅力，以及日後神秘失蹤的行徑，更加添了這種傳奇性。

鳥居走過的地方，日後也很少有當地人還提到這位蓄著仁丹鬍的採訪學者。鹿野離去多年，戰後不知其失蹤的蘭嶼達悟族人，還深爲懷念這位和他們一樣矮壯、黝黑的日本人。

鳥居每到一個地方，多半住進地方首長和頭目的家，或者利用當地的駐軍或官舍官署，解決食宿和安全的問題。四年前甫辭世的阿美族人拖泰‧布典（漢名陳抵帶）曾經和鹿野行走各地山區。楊南郡訪問他回憶鹿野時，他說得最深刻，「他對每一個人都很好，但是他非常討厭日本警察的官僚作風，他拒絕駐在所日警提供的乾淨宿舍，寧願住在番人的家……」

在這段對照兩人旅行的生活內容時，很抱歉，我更不由自主，荒謬卻合理地聯想到十九世紀末，史坦利（H. Stanley）和李文斯頓（D. Livingstone）在非洲的旅行。眾所週知，李文斯頓地理探險的終點，竟是戲劇性地背負白人原罪的十字架，讓自己「消失」，認同於母親般的非洲大陸。史坦利則是不斷和這塊土地的文化產生衝突，最後在地理上有重大發現，同時因找到李文斯頓而聲名大噪。

鳥居絕無史坦利惹人爭議的旅行惡質，鹿野也沒有李文斯頓的人道主義。只是他們在這種探險者本質的兩極之間，各自佔有了一個有趣的位置，在台灣實踐了不同的旅行層次。更因爲來台的時空背景和所受到的限制不同，很難給予一個功過是非之評價。我們必須謹慎地，繼續停留在旅行者本身，從過去的足跡，尋找現代旅行的意涵，一如現代文化學者薩伊德在成名作《東方主義》的嚴峻審視。

如是觀之，鳥居的旅行眞的是過客。對他而言，台灣只是一個上好的研究素材。吸引他來台的，別無它因，純然是台灣的原住民，這個迷人的題材，一如他自己所云：「東台灣是人類學的博物館。」

鳥居的南方之旅，毫無綺想，更無遐思。不論他的哪種報告，台灣本島並未形成一個旅遊的主體性。在時間或者精神上，鳥居的旅行心思也都是短暫的，而且是以東北亞大陸爲中心的主體性思考。

鳥居像一個講究品味的食客，來到台灣這個異地小鎭，只是來小鎭品嚐最好吃的名產。接著，又趕往遠方。他在台的冒險犯難，一如在其他地區一樣，不乏危險的遭遇。這種探險上的無畏勇敢也無分軒輊，但著實難以激發我們做出更多超越生命的深遠啓發。

鳥居對我們最重要的啓示，或許是他的成長和治學過程；對台灣的貢獻大體上也不超出：他是最早來台的人類學者，做了科學而有系統性的第一手調查；而且，用相機拍照，留下了早年台灣原住民的珍貴史料。

鹿野忠雄做爲一個旅行者的意義，顯然就超出了如此的內容。若說鳥居在台的探險是理性的開展，實質的離去，鹿野就不然。他是浪漫的出發，傳奇的結束。

鹿野無疑會是現代文化評論者喜歡的，去中心化，在邊緣內化的代表人物。回溯台灣三百多年的探險者，也不過馬偕醫師、甘爲霖牧師等少數宣教人物，展現過如此魅力。

——原載一九九八年六月十四日《台灣日報》副刊

黑鳶大夢

——二記沈振中

十月時從草嶺古道回來，經過雞籠山之前的山崖時，一隻猛禽飛出峭壁。開車的鳥友竟忘了，正行駛於這條以危險著稱的濱海公路，興奮地喊叫道：「大冠鷲！」

「不，牠的尾羽和翅膀都較狹長，應該是老鷹……，哦，現在叫做黑鳶。」我立下判斷。

「黑鳶？」朋友若有所悟，卻是一臉困惑。

老鷹正名為黑鳶已經有三四年了，但是這位鳥友還是不習慣。

我則無來由地感歎道：「我們接近沈振中的地盤了。」

「他還在看老鷹嗎？」朋友還是不習慣黑鳶的稱呼。

「嗯，除了老鷹以外，你想他還會有什麼興趣？」我半戲謔地說。

「眞可怕，一個人竟然能觀察老鷹這麼久？有沒有六年了？」朋友咋舌道。

我沒有回答。車子繼續往基隆前進，自己卻陷入五年前和沈振中初識的情景裡。

還清楚記得，初次見面是一九九三年元月，我前往外木山，拜訪這位奇特的賞鳥人和他觀察的老鷹族群。先前，我並不相信，一位非科班出身，而且初學賞鳥的人，能夠把老鷹看得如此神奇，竟然每一隻都認識，而且把牠們之間築巢的行爲和關係，描述得活靈活現，一如動物學者勞倫茲般的有趣。

那一天，我待在外木山，和自然生態記錄片攝影家梁皆得陪他觀看一天後，才驚覺到，他描述的可一點也不假。我遇見了一位奇特的賞鳥怪傑。

離開外木山後，再和沈振中聯絡的機會並不多。接觸有限，我難免有一種俗媚的看法。當時就猜想，已經整整一年了。這種專注於個別鳥種的研究樂趣，終有結束的時間。再過一陣，他大概要結束老鷹之觀察，尋找另一種鳥種替代吧？一如作家之創作，重新另一種題材之試驗，追尋自我之肯定。

但是，沒消多久，我就知道自己的認知是多麼幼稚。一個來自生命底層深沉而強大的力量，繼續支撐著他的觀察意志。賞鷹對他而言，已經不是樂趣之觀察，而是一種生活態度的具體抉擇。

緣於如此的逐漸認知，有空時自己總會胡思亂想，看看有什麼好方法可以讓更多人認識他這種熱愛自然的熱忱，進而關心老鷹族群的危機？

有次，我便靈機一動，建議他，何妨把觀察老鷹的記錄，稍作整理，參加時報報導文學獎。我說服他參加這個文學獎比賽的原因，主要便是上述的理由。

沒想到這第一篇參加比賽的文章，竟受到決審委員的青睞，一舉拿到當年報導文學的評審獎。這個獎的獲得，果然讓黑鳶的事情獲得更多矚目。

但沈振中顯然對得獎毫無興奮之情，知道這個消息後，電話那頭，他當下就決定要把這筆錢捐贈給野鳥學會。

一九九四年春天，我前往北方三小島探查，有幸再度和他於野外同行。在航行中的簡單淺聊裡，約略知道他繼續在觀察基隆的老鷹。同時，在猛禽類的觀察和築巢行爲上，記載了不少珍貴的發現。

此時，如果我沒有記錯，沈振中已經辭去教職，專心賞鳥，並且成爲無給職的基隆鳥會理事長。可是，沒有工作，生活怎麼辦呢？

還記得，當時就關切過這個問題。他的回答倒是很乾脆。反正只有一個人，節衣縮食，隨便都過得去。

沈振中賞鷹之前，曾經去過花蓮鹽寮，學習過簡樸生活的日子。我暗自估忖，一個服膺區紀復所提倡之理念的人，物質的需求想必不是他最先要煩惱的，遂未再打探下去。

此後，我們又有兩次在野外見面的機緣。不過都和老鷹沒什麼關聯，倒是跟自己熱愛的自然教學有關。從自然教學的意義裡，我對沈振中有了另一番了解。

這兩次的教學分別在三峽和烏來。我和他分別採用兩種方式教學。

通常，抵達一處教學現場時，我採用的教學方式是全然的知性。以自己的經驗，就著現場有什麼人文環境和動植物，做全面空間的解讀。

我原本以為，沈振中也會以自己觀察老鷹的經驗，做為教學的背景。事實卻全然與我的推斷相反。

有鑑於多數人不是專家，也非天天有機會接觸自然環境。他並不強調知識的傳遞，反而是從最簡單的方式，接收自然的訊息，讓每一個人都有機會。他的教學內容和美國自然教育家柯內爾的理念不謀而合。

教學前，他會先到教學場地走一遍。然後，在講義上寫下相關的教材。我清楚記得，在影印給學員的教學單裡，就有如下的內容：

（1）一個人走到大樹前，試著躺下來，用不同的角度看天空，或者聆聽自然。

（2）站在草叢邊。請找看看，周遭有許多黑色的珍珠。（指的是火炭母草的漿果，但他並未講出植物名字，顯然也不需要名字。）

（3）附近有一個大象的鼻子，請找出來。（原來是一棵大樹的樹幹。）

我對純心靈體驗的教學持續性，素來有所質疑，唯接觸他教學時展現的自信，還是相當受到啓發。至少，日後我在教導孩童時，更懂得用不同的內容去吸引他們。

其實，這以後的野外時光裡，我多數的時間也花在教導孩子，並且不斷尋找個人的自然教學理想。不過，對沈振中來說，帶領孩子似乎是附帶的，我想若不是老鷹之「牽絆」，他應該也是一個孩子王！

他繼續孤獨地走向猛禽的世界。同樣是賞鳥人，在心靈深處，他潛藏著對生命意義的追求。這種生命之熱情，像我這種有家累之人，恐怕窮一輩子之力都難以徹底體悟的。

也許，我對他的理解只能像每次的匆促見面。一如我對黑鳶之觀察，欽羨其在天空的自在翱翔，自己卻無法擺脫俗世之負荷。

後來，我能接觸到的沈振中，都是從每個月鳥會會訊《中華飛羽》裡獲得。這一兩年來，幾乎每一期的會訊都有他觀察黑鳶的報告。

對許多人而言，這些看來有點像經文般反覆、枯燥，且冗長的觀察記錄報告，卻是了解他最好的方法。

不久，我也獲知，這是他「黑鳶二十年」計劃的部份。接下來，還有各種的長期調查和推展活動，以及調查員之培訓等等。這些工作無疑要大筆金錢的花費始能持續。所以，他誠摯地希望獲得外界廠商的贊助，好讓這個計劃能綿延下去。

二十年！這是何等破天荒的大計劃。我直覺地感受是怎麼可能？縱使他持續得下去，有哪一家廠商願意資助二十年的計劃？但是，他還沒獲得資助已經迫不及待地著手調查了。

最近一次相遇，意外地竟是遠在屏東火車站前。那天，我應邀到屏東師範學院演講。還記得對話時，我的詢問內容大概是這樣：

「你怎麼會在這裡出現？」

「我來三地門調查老鷹。」他說。

資深的賞鳥人都熟知，除了基隆的老鷹，三地門有另一支大族群的老鷹族群。

「調查？」我有些驚訝。

「對，大概每個月都會來一趟。」他淡淡地回答。

「這樣南北奔波很辛苦。你現在要去哪裡？」我再問道。

「回基隆。」

「怎麼不搭飛機？」

「飛機太貴了，搭不起。」他笑道。

「啊！」我沒有再問下去，如此長途奔波，長期調查老鷹，除了沈振中，還有誰能有這番能耐？突然間，我被過去許多的往事勾起回憶。

目送著他遠離，六年前在基隆山區初見的背影，穿梭在人群裡時更加清癯了。

在這個芸芸眾生的紅塵裡，他依舊勇於選擇在最孤獨的路線旅行，且甘之如飴。然而，一個長年的龐大計劃，終究不是一人之力可以完成。更多的人力和資金的進來是不可或缺的。

最近國際著名的靈長類學者珍．古德女士來台，不僅媒體大肆報導，募到相當的款額，並且在國內迅速成立了人猿基金會。

我多麼期待這種自然保育熱潮，以及這種對遠方動物和學者的尊重和熱情，同樣會發生在自己的國人身上。但我刻意冷靜觀察、思索後，有著相當程度的無奈。

恕我以狹隘之本土觀點斗膽直言，對我而言，支持珍．古德或許是一種權利，幫助沈振中的黑鳶計劃卻是一種義務；一種對土地的認同。

誰能夠幫助沈振中完成這個不可能的任務呢？

有沒有企業界和廠商願意贊助，讓黑鳶計劃綻露良好的契機？

或者，有其他人願意加入他的行列，和他比翼遠航？

還是繼續看著他孤獨高飛，一如那些瀕臨滅絕的黑鳶！

——一九九七年．晨星版沈振中著《鷹兒要回家》序文

台灣特有種

——一個自然寫作的新面相

一位陌生的年輕作家寄來他即將出版的散文集，隨著集子還有他精心手繪的插圖和micro鏡頭拍攝地照片做爲內文的搭配。此外，郵袋裡還附了一本他的處女作《本日公休》。在這本短篇小說集裡，作家宋澤萊以「美麗的初航」稱允作者爲未來的重要作家。

面對散文集，我卻相當遲疑，自己是否能寫好序。畢竟，對方是一個陌生的實體。我素來內向的個性夾雜著奇特的疏離和不安。生怕自己的感情無法融入，就對不起作者辛苦的創作了。

可是，開啓內容後，隨即被一種特有的熟悉情境所著迷和感動。整部集子所處理的題材，正是我這二十多年來信守的寫作主題和環境。他已經在我曾經走過的大地，試著以自己的腳步摸索一陣，而我竟習焉不察。從一篇篇的敘述，一邊感慨自己的疏失，一邊則揣想著他的思維和體驗，不自覺地對照著自己年紀相仿時的遭遇。

藉由這塊土地的牽成，再透過這樣的野外生活共鳴，我慢慢地認識了他；並且隱隱掌握了一種來自自然觀察的原力——我們彼此深知這種力量的特異，進而不揣淺陋，試著撰文闡述，也決定向讀者介紹吳明益。一個非小說領域的吳明益。我要試著就他這回作品的內容，素描他的散文背景和啓源，進而簡短地追溯我們這一群野外族群的發展過程。

蝴蝶是吳明益這本創作的主題。整個敘述的主軸亦緊緊環繞著蝴蝶的生態習性，以及由蝴蝶牽引出來的自然志和生態環境問題。有趣的是，這個主題和先前的小說並無任何瓜葛。若不掛上作者的名字，還眞難以想像，兩種文類竟都是同一個人的創作。

純文學的前衛小說在前，自然觀察的散文在後，這是什麼樣的寫作意境和創作斷裂呢？恐怕也只有作者能體會箇中滋味。早年自己寫詩時，雖然也有過這樣的企圖和努力，文詞裡難免還夾雜著一些糾葛的情緒，始終無法擺脫文藝青年的喃喃自語。吳明益竟無這層困境，讓我頗感稱奇。

賞蝶和其他自然觀察一樣，必須透過不斷地旅行，在跋涉山水中，長期鍾鍊心志和書寫的內容。吳明益沒有忘記這個本分。他以我極爲熟悉而親切的旅行方法，在台灣各地走動，記錄自己觀察蝴蝶的心得，而且充分發揮創作的想像和才華。儘管他走得還不夠遠，亦不綿長，但是已經呈現的作品卻充分展現了更深更廣的可能。

在蘭嶼，他尋找珠光鳳蝶。從〈十塊鳳蝶〉的故事裡，旁徵博引地提到了鳥居龍藏、夏曼·藍波安和蘭嶼的自然沿革，再以此穿針引線，生動地介紹捕蝶歷史、珠光鳳蝶的棲地。在國姓鄉，他追蹤小紫斑蝶的歷史，從四百年前荷蘭人的經營，到鄭成功的拓墾，再涉及德國人紹達的辛苦採集。一隻小小的普通蝴蝶，在他熟練的寫作技巧下，經常就有橫向地生態習性和環境變遷之敘述，兼有縱深地歷史和自然志的延伸。縱使在校園、都市之小天地，我們都看到他和蝴蝶熱情而精彩的互動。毫不起眼的蛇目蝶，在他眼裡竟飽滿了神話和哲學之味。笨拙的大白斑蝶在環境不同的對照下，也有了無與倫比的炫麗飛行。

吳明益創作所汲取的養分不僅廣泛且拿捏得宜，我不時讀出一陣歡喜和讚歎。這幾年來，台灣自然生態觀察和歷史人文所累積的豐富知識，都在他的旅行過程裡，成爲隨手可汲取的養分。他不像八〇年代的自然寫作者，犯了捉襟見肘的困窘，常要向西方取經，也不時露出那個時代教條式的道德威權，甚至仍無法擺脫口號式的報導。

由於在那個年代初，我即已投入自然題材的創作，對於當時正興起的自然寫作，以及後來的發展始終保持高度的關心。同時，對每一個階段自然寫作者展現的風貌，更充滿好奇。我亦不時積極尋找這類同好，相互切磋、請益。這幾年，在這個領域裡，我也遇見了不少「台灣特有種」。諸如鎮日迷戀老鷹的沈振中、倡議綠色旅行的陳世一，或者遇見孤高的古道學前輩楊南郡。尋找他們，一直是我從事自然觀察裡不可或缺的工作。我把它當成和觀察動植物一樣快樂的事情。

不過，吳明益明顯地和他們的出身不一樣。他和我一樣都是「科班」出身的。我的意思說，我們都是從文學出發，在創作的路上和自然生態的視窗照會了，從此就不再離開它。這樣的人並不少，在八〇年代時，王家祥、洪素麗、凌拂和徐仁修等都是這類同好。

九〇年代初也有零星的創作者，朝這個方向在努力創作和實踐生活。但直到最近我才又有明顯地感受，爲數更多的另一批積極創作者，堅持著更成熟的生態觀，在自然寫作的範疇裡，尋找自己的風格和觀點。如果你常看報紙，應當不難看到杜虹、李曉菁、范欽慧、廖東坤等人的名字，以及他們的作品。

從他們的創作意圖和內容，我試著了解，那些經過整個年代生態環境運動洗禮，並且擷取更多西方自然寫作精華的創作者，對土地倫理有無我們的好奇和熱中？抑或是充滿新的生活價值？

早期的自然寫作者常被譏諷，只能以淺顯是非的道德和美學說服人。晚近的自然寫作者很少陷入這種啓蒙期的思維框架。吳明益更是。他所成長的環境讓他輕易地跳開這個八〇年代環保的迷障，直接以更成熟的自然知識，在文學的場域奔放。他的行文，不僅看不到早年自然寫作者（包括我）的那種濫情了；同時，也無作家楊照在九〇年代時認定的急切和焦慮。

他的創作內容展示了較爲活潑的可能，以及更多文字鍛鍊後的繽紛。三種主要的面相交錯著，形成他書寫蝴蝶的內涵。一爲自然誌的隨手捻來，豐富了他文章的深度，並顯示了他的聰慧和機敏。二是豐富的野外經驗，允當地糅和科學的生態知識，讓他的敘述更加有說服力。三係文學的技巧卓越，平淡的素材經過他的消化、轉換時，充滿了詩意的效果。

從自然寫作在台灣的發展來看，這一系列蝴蝶散文所蘊藏的成績和發展，恕我再襲用野外經常使用的語言：我又發現了另一個新品種。一個在這塊土地上經過許久才可能蘊育的種類。

晚近以自然爲題材的創作，逐漸傾向工具圖書化的書寫，輕忽了文學長遠的功能和意義。很高興，作者對這樣的傾斜保持一個高度警覺的距離，繼續在自然寫作的園地上和我們一起深耕。

從吳明益的創作，我不免想到晚近國內大量譯介、引進美國自然寫作者的創作經典，我們從梭羅、約翰‧繆爾的早期生態文學作品，讀到晚近如戴安‧艾克曼、亨利‧貝斯頓等人的創作，每一個階段的自然寫作者都有他們的生活哲學和土地倫理觀。

台灣也有機會如此呈現成績。在短短二十年間，隨著生態意識的高漲，我們的自然寫作人才並不乏後進。生態主張逐漸多樣下，觀察也展現更多的細膩和成熟。薄薄地這本散文集雖不足以展現個人的強烈風格，但一種過去較少看到的新方向已然成形。

自然寫作也需要更多歷史的積累，透過一代接一代生活和哲思經驗的開創，緊密地和生態環境互動。這種特殊的文學類型方能豐收，成爲台灣文學裡重要而獨特的一支。環顧過去，我們還走沒幾步。歡迎吳明益進入這條路線，而且能夠持續走下去！

對我而言，吳明益的初航不只是美麗，方向也很準確。

——二○○○年・麥田版吳明益著《迷蝶誌》序文

劉克襄寫作年表

一九五七年　出生於台中縣烏日鄉九張犁。

一九七八年　出版詩集《河下游》。

一九七九年　入伍，服役於海軍九一二號軍艦，任少尉文書官。注意到港口的老鷹，離島的海鳥群。

一九八一年　退伍，工作於《台灣日報》副刊。隨東海大學賞鳥社、台中鳥會在中部地區森林河域觀察鳥類。年底，開始單獨旅行，撰寫一系列鳥類札記。

一九八二年　出版自然著作《旅次札記》（時報文化）。北上，工作於《中國時報》美洲版副刊。七月，旅行北海岸從事海生物觀察。九月抵關渡，從事

一九八三年　淡水河鳥類生態環境調查與攝影，計劃為時一年。五月，出版詩集《松鼠班比曹》（蘭亭出版社），以及生態報導《旅鳥的驛站——淡水河下游的四季觀察》（大自然出版社），《旅》書版稅捐贈中華民國自然生態保育基金會。

一九八四年　出版詩集《漂鳥的故鄉》（前衛出版社）。獲時報新詩推薦獎、台灣現代詩獎。

一九八五年　出版自然著作《隨鳥走天涯》（洪範出版社）、詩集《在測天島》（前衛出版社）。任《人間副刊》編輯。

一九八六年　大量閱讀國外動物研究報告，完成《荒野之心》（前衛出版社），並出版散文集《消失中的亞熱帶》（晨星出版社）。開始蒐集和研究台灣自然志。

一九八八年　任職自立報系藝文組主任。出版詩集《小鼯鼠的看法》（當代出版社）。主編「探險家在台灣」（自立報社），開始研究台灣鳥類早期調查與西方人在台旅行記錄。

一九八九年　出版歷史旅行《橫越福爾摩沙——外國人在台灣的旅行（1860–1880）》（自立報社）、論述《台灣鳥類研究開拓史（1842–1912）》（聯經出版社）。

一九九〇年　辭職，離開自立報系。完成小說《風鳥皮諾查》（遠流出版社），獲當年開卷十大最佳好書獎。

一九九一年　任《人間副刊》撰述委員。進行另一部有關鯨魚的長篇小說。白天進行自然觀察寫作。

一九九二年　出版《後山探險——外國人在台灣東海岸的旅行》（自立報社）。離開天母，住木柵。完成小說《赫連麼麼——一頭鯨魚溯河的故事》（遠流出版社），出版自然寫作《自然旅情——鯨魚、獼猴與鳥類的觀察記事》（晨星出版社）。在家後面的小綠山進行三年低海拔全面的自然觀察。

獲吳三連獎。

一九九四年　完成寫給孩童的《山黃麻家書》（晨星出版社）。

一九九五年　出版《小綠山之歌三部曲》（時報文化）以及《台灣舊路踏查記》（玉山社）。《小》書獲聯合報最佳書獎。催生關渡自然公園。

獲台灣自然保育獎。

一九九六年　出版繪本《鯨魚不快樂時》、《不知名的水鳥》和《豆鼠私生活》（玉山社）。嘗試以台灣自然環境爲題材，撰寫《偷窺自然》（迪茂出版

一九九七年　寫台灣常見野鳥的童書《望遠鏡裡的精靈》（玉山社）。出版奇幻小說《豆鼠三部曲——扁豆森林、小島飛行、草原鬼雨》（時報文化）。

一九九八年　五月撰寫童書《望遠鏡裡的精靈》（玉山社），獲一九九七年聯合報十大最佳童書獎，並獲新聞局第三屆小太陽獎文字創作獎。十月，出版散文集《快樂綠背包》（晨星出版社）。旅行北台灣各地山巒和古道。

一九九九年　《橫越福爾摩沙》改成《福爾摩沙大旅行》（玉山社），重新校譯、攝影、旅遊出版。獲本土十大好書。

二〇〇〇年　書寫自然教育的小書《綠色童年》出版（玉山社）。出版旅遊指南，《北台灣自然旅遊指南》（晨星出版社），獲明日報十大好書。

二〇〇一年　環島旅行，以生態旅遊爲主題，撰寫《安靜的游蕩》（皇冠出版社）。

二〇〇二年　繼續以生態旅遊爲主題，出版《迷路一天，在小鎮》（皇冠出版社）。進行阿里山地區人文歷史和古道調查。

二〇〇三年　六月，出版青少年著作《少年綠皮書——我們的島嶼旅行》（玉山社）。十月，出版散文集《新世紀散文家：劉克襄精選集》（九歌出版社）。

劉克襄作品重要評論索引

評論文章	評論者	原載處	原載日期
孤獨疲憊的旅者——劉克襄和他的《旅次札記》	苦苓	明道文藝	一九八二年・第八十一期
從山鳥到水鳥——試評劉克襄《試評劉克襄的水鳥的驛站》	吳鳴	新書月刊	一九八四年・第十期
台灣詩一個疑點——試論劉克襄的詩	陳芳明	台灣文藝	一九八五年・第九十五期
貘的蹄筌——劉克襄詩作芻論	林燿德	文藝月刊	一九八六年・第二〇四期

漸漸拓寬的誠意——評《在測天島》　楊　照　聯合文學　一九八六年・二卷一〇期

變色龍詩人——劉克襄的敘述觀點　吳潛誠　當代雜誌　一九八八年・二十三期

做一隻有尊嚴的環頸鴴——我讀《風鳥皮諾查》　莊華堂　台灣文藝　一九九一年・一二七期

一則飛行的寓言——評劉克襄的《風鳥皮諾查》　南方朔　聯合文學　一九九二年・八卷十一期

攻登山頂前的小憩——評《山黃麻家書》　王家祥　中國時報　一九九五年二月九日

揣測大自然的思想——評劉克襄的《座頭鯨赫連麼麼》　楊　照　文學原像（聯合文學出版社）　一九九五年

古道綿長——評劉克襄《台灣舊路踏查記》　許雪姬　聯合文學　一九九五年・一三一期

地理景象的人文縱深——讀劉克襄《台灣舊路踏查記》　楊　照　中國時報　一九九五年七月二十九日

給孩子一座山——讀劉克襄《山黃麻家書》	鹿憶鹿	文訊	一九九六年・一三一期
愛鳥人的傳聲筒	董成瑜	中國時報	一九九六年十一月十二日
觀察、解說與創造——閱讀劉克襄	沈東青	幼獅文藝	一九九七年六月號
你見過一隻叫皮諾查的候鳥嗎？	鄭愁予	中國時報	一九九七年二月一日
在山林與都市之間——論劉克襄的自然寫作	簡義明	台灣現代散文研討會論文	一九九七年
台灣鯨豚寫作研究	徐宗潔	國立台灣師大研究所論文	二〇〇一年六月
尋找X點，或者孤獨向前？——試論劉克襄自然寫作的認知與建構	許建昆	自然生態寫作論文集（文津出版社）	二〇〇一年十二月
從孤獨的旅行者到多元的導覽者——自然寫作者劉克襄	吳明益	幼獅文藝	二〇〇二年十二月
當代台灣自然寫作研究	吳明益	中央大學中文系博士論文	二〇〇三年元月

新世紀散文家 20

溪澗的旅次
——劉克襄精選集

著者	劉克襄
創辦人	蔡文甫
發行人	蔡澤玉
出版發行	九歌出版社有限公司 臺北市105八德路3段12巷57弄40號 電話/02-25776564・傳眞/02-25789205 郵政劃撥/0112295-1
九歌文學網	www.chiuko.com.tw
印刷	晨捷印製股份有限公司
法律顧問	龍躍天律師・蕭雄淋律師・董安丹律師
初版	2003年10月10日
增訂新版	2016年10月
新版2印	2018年8月
定價	350元

書號	0106020
ISBN	978-986-450-088-8

（缺頁、破損或裝訂錯誤，請寄回本公司更換）

國家圖書館出版品預行編目(CIP)資料

溪澗的旅次——劉克襄精選集 / 劉克襄著. --
增訂新版. -- 臺北市 : 九歌, 2016.10
面； 公分. -- (新世紀散文家 ; 20)

ISBN 978-986-450-088-8(平裝)

855 105016799